インパクト選書―4

俗臭

織田作之助［初出］作品集

織田作之助［著］
悪麗之介［編・解説］

インパクト出版会

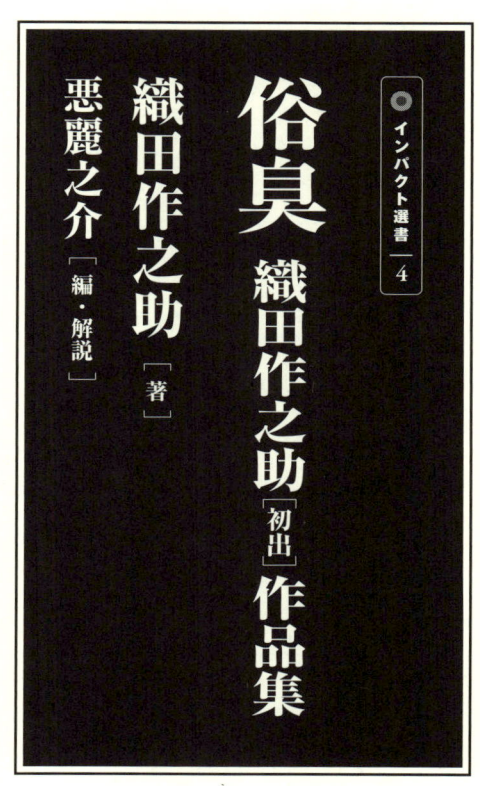

カバーカット・『わが町』（田村孝之助装幀、錦城出版社、一九四二年四月）

凡例

一、本書に収録した作品は、すべて初出誌を底本としている。いずれも単行本に収められるのは本書が初めてとなる。

一、作品解題は、各作品の扉ページ裏に記載しているので参照されたい。入手可能な版本として言及しているものは、すべて二〇一一年四月現在である。

一、作品本文については、原則として新字・新かなに統一した。ただし、踊り字は底本に従い、拡張新字体（屡、祷など）は使用を避けた。

一、明らかな誤記、誤植、衍字は改め、脱字を補った。わずかな箇所だが、編者による補足を〔　〕で括って示している。

一、ルビは底本のものを生かし、編者が補ったものは〔　〕で括った。

一、一般的な用字・用語と異なるものであっても、作者の慣用と思われるものは改めず、用字の混用、送り仮名の不統一もそのままとした。

一、句読点については原則として底本通りだが、文末、とりわけ受けカギ（」）と句点の位置の処理については、使用頻度を考慮して各作品ごとに統一した。

一、初出時の表現を最大限に尊重し、時代背景や人物設定の不備、あるいはいわゆる「不適切な表現」なども改変することはしていない。

雨

織田作之助、青山光二、白崎禮三らによる同人誌、『海風』第四巻二号（一九三八年十一月）所収。著者の第一単行本『夫婦善哉』（創元社、一九四〇年八月）に収録するに際して、全面的に改稿されている。なお、前半部分は書き下ろし長篇小説『二十歳』（萬里閣、一九四一年二月）に用いられ、戦後はその続編『青春の逆説』（萬里閣、一九四一年七月、発禁）とあわせて一冊となり、『青春の逆説』（三島書房、一九四六年六月）の第一部として刊行された。

本書への収録にあたっては、初出誌を底本とし、単行本『夫婦善哉』収録版を参照した。この『海風』版が単行本に収録されるのは、本書が初めてである。

歳月が流れ、お君は植物のように成長した。一日の時間を短いと思ったことも、また長いと思ったこともない。終日牛のように働いて、泣きたい時に泣いた。人に隠れてこっそり泣くというのでなく、涙の出るのがたゞ訳もなく悲しいという泣き方をした。自分の心を覗いてみたことも他人の心を計ってみたこともなく、いわば彼女にはたゞ四季のうつろい行く外界だけが存在したかのようである。もとより、立て貫ぬくべき自分があろうとは夢にも思わず、あるがまゝの人生にあるがまゝに身を横たえて、不安も不平もなかった。境遇に抗わず、そして男たちに身を任せた。蝶に身を任せる草花のように身を任せた。

三十六才になって初めて自分もまた己れの幸福を主張する権利をもってもいゝのだと気付かされたが、そのとき不幸が始まった。それまでは、「私《あて》ですか。私《あて》はどうでも宜《よ》ろしおます」と口癖に言っていた。お君は働きものであった。

娘の頃、温く盛り上った胸のふくらみを掌で押え、それを何ども〳〵繰り返して撫でまわすことをこのんだ。また、銭湯で湯舟に永く浸《つか》り、湯気のふき出している体に冷水を浴びることが好きだった。ザアッと水が降りかゝってあたりの湯気をはらうと、お君のピチ〳〵と弾み切った肢体が妖しくふるえながらすくっと立っている。官能がうずくのだった。何度も浴びた。「五辺も六ぺんも水かけますねん。立った儘《〔まま〕》で。良え気持やわ」と彼女が夫の軽部武彦に言った時、若い軽部は顔をしかめた。彼は大阪天王寺第三小学校の教員であった。お君が彼と結婚したのは十八の時である。

軽部の倫理《モラル》は「出世」であった。若い身空で下寺町の豊沢広昇という文楽の下っ端三味線ひきに入門して、浄瑠璃を習っていた。浄瑠璃好きの校長の相弟子という光栄に浴していた訳である。そして、校長と同じく日本橋五丁目の上るり《〔ママ〕》本写本師、毛利金助に稽古本を注文していた。お君は金助の一人娘であった。お君の母親は、お君の記憶する限り、まるで裁縫《おはり》をするために生れて来たような女で、いつみても、薄暗い奥の部屋にぺたりと坐り切りで縫物をしていたが、お君が十五の時、糖尿病をわずらって死んだ。金助は若い見習弟子と一緒に、背中を猫背にまるめて朝起きぬけから晩寝る時まで、こつ〳〵と上るり《〔ママ〕》の文句をうつしているだけが能の、古ぼけた障子のように無気力なひっそりした男であった。中風の気《け》があったが、しかし彼の作る写本《ほん》は、割に評判がよかった、商売にならない位値が安かったせいもある。見習弟子は薄ぼんやりで余り役に立たなかった。母親が死ぬと、他に女手のないところから、お君は早くから一人まえの女なみに家の中の用事をさせられたが、写本を注文先に届けるのにもしば〳〵使われた。まだ肩みあげのついたま丶の、裾下一寸五分も白い足が覗いている短い着物に、十八の成熟した体を包んでお君が上本町九丁目の軽部の下宿先に初めて写本を届けて来たとき、二十八の軽部は、その乱暴ないろ気に圧倒されて、思わず視線を外らし、自分の固定観念にしがみついた。女は出世のさまたげ。しかし、三度目にお君が稽古本を届けに来た時、軽部は、まちがいが無いか今ちょいと調べて見るからね、と座蒲団をす丶めてお君を坐らし、小声で稽古本を読み出し、………あとみおくりてまさおかが………ちら〱お君を盗見していたが、やがて声が妙に震えて来、生つばをぐっとのみこみ、………ながすなみだのみずこぼし………いきなりお君の白い手を摑んだ。

　その時のことをお君は、「何かこう、眼の前がパッと明《あ》かうなったり、真ッ黒けになったりして、あんたの顔がこって牛の顔みたいに大きう見えたわ」と結婚後に軽部に話して、彼にいやな想いをさせたことがある。軽部は体の小柄な割に、顔の道具立てが一つ〱大きく、眉毛が太く、眼は近眼鏡のうしろにギョロリと突出し、鼻の肉は分厚く鉤鼻であった。その大きな鼻の穴からパッパッとせわしく煙草のけむりを吹き出しながら、そのとき軽部は、このことは誰にも黙ってるんだよ、と髪の毛をなでつけているお君にくど〱と言いきかせた。それきり、お君は彼のところに来なかった。軽部は懊悩した。このことはきっと出世のさまたげになるだろうと彼は思った、ついでに、良心の苛責という言葉も頭に浮んだ。あの娘は妊娠するだろうか、しないだろうかと終日思い悩み、金助が訪ねて来やしないだろうかと恐れた。教育界の大問題、そんな見出しの新聞記事を想像するに及んで、胸の懊悩は極まった。だからいろ〱思い惑った揚句、今の内にお君と結婚すればよいという結論がやっと発見されたとき、ほっと救われたような気がした。何故もっと早くこのことに気がつかなかったのか、間抜けめと自分を罵ったが、しかし、結婚は少くとも校長級の娘とすることに決めていた筈であった。写本師風情の娘との結婚など、夢想だに価しなかったのである。僅にお君の美貌が彼を慰めた。

　ある日、軽部の同僚の蒲地某という男が突然日本橋五丁目に金助の家を訪れ、無口な金助を相手に四方山の話を喋り散らして帰って行った。何の事か金助にはさっぱり要領を得なかったが、たゞ軽部という男が天王寺第三小学校で大変評判の良い教師で、品行方正だという事だけが朧げに分った。その軽部は、それから三日後、宗右衛門町の友恵堂の最中《もなか》五十個を手土産にやって来て、実はお宅の何を小生の連添いに頂きたいのですがと、ポマードでぴったり撫でつけた髪の毛を五六本指先でもみながら、金助に言った。金助がお君に、お前はときくと、お君は長い睫の眼をパチ〳〵としばたきながら、「私《あて》ですか。私《あて》はどうでも、宜《よ》ろしおます」一人娘のことだから養子に来ていたゞければと金助が翌日返事すると、軽部はそれは困りますと、まるで金助は叱られているような恰好であった。

　そうして、軽部は小宮町に小さな家を借り、お君を迎えたが、彼は、「大体に於て」彼女に満足していると、同僚たちにいいふらした。お君は働き者なのである。夜が明けるともうばた〳〵と働いていた。彼女が朝第一番に唄う、こゝは地獄の三丁目、行きはよい〳〵帰りは怖い、という彼女の愛唱の唄は軽部によってその卑俗性の故に禁止された。浄瑠璃に見られるような文学性がないからね、と真面目にいいきかせるのだった。彼は、国漢文中等教員の検定試験をうける準備中であった。お君は金より大事な忠兵衛さん、その忠兵衛さんを科《とが》人にしたのもみんなこの妾《〔わたし〕》ゆえと日に二十辺も朗唱するようになった。軽部は多少変態的な嗜好をもっていたが、お君はそれに快よくたえた。

ある日、軽部が登校して行った留守中に、日本橋の家できいたのですがと若い男が訪ねて来た。まあ、田中の新ちゃん、如何《どな》いしてたの。古着屋の息子で、朝鮮の聯隊に入隊していたのだが、昨日除隊になって帰って来たところだという。口調の活溌さに似ぬしょげ切った顔付で、何故自分に黙って嫁に行ったのかとお君を責めた。かつてお君は彼の為に唇を三回盗まれていた。体のことが無かったのは単に機会の問題だったのだと腹の中で残念がっているそんな田中の問責にお君はふに落ちぬ顔であったが、さすがに、日焼けした顔にあり〳〵と浮んでいる彼の悲しい表情に憐れを催し、彼のために天ぷら丼を注文した。こんなものがくえるかと、箸もつけずに帰って行った彼のことを、夕飯の時に、お君は、綺麗な眼の玉をくるり〳〵と動かしながら話した。軽部は膝の上にのせた新聞をみながら、ふん〳〵と軽蔑したようなきゝ方であったが、話が接吻のことに触れた瞬間、いきなり、新聞がパッとお君の顔に飛んで来た。続いて、茶碗と箸、そして頬がピシャリと高い音をたてた。泣き声をきゝながら、軽部は食後の散歩に出掛けた。帰ってみると、お君は居なかった。火鉢の側に腰を浮かして半時間ばかりうずくまっていると、金より大事な忠兵衛さんと声がきこえ、湯上りの匂をぷん〳〵させて帰って来た。その顔を一つ撲ってから軽部は、女というものは結婚前には神聖な体のまゝでいなくてはならんものだよ、たとえキスだけのことにしろだね。いいかけて軽部はふと自分がお君を犯した時のことを想い出し、何か矛盾めいたことを言うようであったから、簡単な訓戒に止めることにした。彼はお君と結婚したことを後悔した。しかし、お君が翌年の三月男の子を産むと、日を繰って見てひやっとし、結婚してよかったと思った。生れた子は豹一と名付けられた。日本が勝ち、ロシヤが負けたという意味の唄が未だ大阪を風靡していたころである。その年、軽部は五円昇給された。

その年の秋、二つ井戸天牛書店の二階広間で、校長肝入りの豊沢広昇連中素人浄瑠璃大会がひらかれ、聴衆百八十名、盛会であったが、軽部武寿こと軽部武彦はその時初めて高座に上った。最初のこと故勿論露払いで、ぱらり〳〵と集りかけた聴衆の前で簾を下したまゝ語らされたが、沢正と声がかゝったほどの熱演で、熱演賞として湯呑一個をもらった。その三日後に、急性肺炎に罹り、かなり良い医者に見てもらったのだが、ぽくりと軽部は死んだ。泪というものはいつになったら涸れるのかと不思議なほどお君はさめぐ〳〵と泣き、夫婦は之でなくては値打がないと人々はその泣き振りに見とれた。しかし、二七日の夜、追悼浄瑠璃会が同じく天牛書店二階でひらかれたとき、豹一を連れて会場に姿を見せたお君は、校長が語った「新口村」の梅川のさわり、金より大事な忠兵衛さんで、パチ〳〵と音高く拍手した。手を顔の上にあげ、人眼につく拍手であったから、人々は眉をひそめた。軽部の同僚の若い教師たちは、軽部の死位で枯涸されなかったお君の生命感に想いをいたし、腹の中でそっと夫々の妻の顔を想い浮べて、何か頼り無い気持になるのだった。校長はお君の拍手に満悦であった。

三七日の夜、親族会議がひらかれた席上、四国の高松から来た軽部の父が、お君の身の振り方に就て、お君の籍は実家に戻し、豹一も金助の養子にしてもらったらどんなものじゃけんと、渋い顔して意見をのべ、お君の意向をきくと、「私《あて》どすか。私《あて》はどうでも宜《よ》ろしおます」金助は一言も意見らしい口をきかなかった。お君が豹一を連れて日本橋五丁目の実家に帰ってみると、家の中はあきれるほど汚なかった。障子の桟には埃がべたっとへばりつき、便所には蜘蛛の巣がいくつもかかったまゝ、押入には汚れ物が一杯押しこまれていた。お君が嫁いだ後金助は手伝い婆さんを雇って家の中を任していたのだが、選りによって婆さんはもう腰が曲り耳も遠かった。このたびはえらい御不幸なと挨拶をした婆さんに抱いていた豹一を預けると、お君は一張羅の小浜縮緬の羽織も脱がずバタ〳〵とはたきをかけ始めた。三日経つと家の中は見違えるほど綺麗になった。手伝い婆さんは、実は田舎の息子がと自分から口実を作って暇をとった。お君は豹一を背負って、こゝは地獄の三丁目と鼻唄うたいながら一日中働いた。そんなお君の帰って来たことを金助は喜んだが、この父は亀のように余りに無口であった。彼は軽部の死に就て、ついぞ一言も纏った慰めをしなかった。

古着屋の田中の新ちゃんは既に若い女房を貰って居り、金助の連れて行った豹一を迎えに、お君が銭湯の脱衣場に姿を現わすと、その嫁も最近産れた赤ん坊を迎えに来ていて、仲善しになった。雀斑《そばかす》だらけの鼻の低いその嫁と並べてみてお君の美しさは改めて男湯で問題になり、当然のことゝして、お君の再縁の話がしば〳〵界隈の人たちから金助に持ちかけられたが、その都度、金助がお君の意見をきくと、例によって、「私《あて》はどうでも宜《よ》ろしおます」という態度であったから、金助は、軽部の時とちがって今度はその話を有耶無耶に葬ってしまった。お君はときどき軽部の愛撫から受けた官能の刺戟を想い出し、その記憶の図を瞼に映して頭を濁らすのだったが、そのたびに、ひそかな行為によって自ら楽しむ所があった。見習弟子はもう二十才になっていて、夏の夜なぞ、白い乳房を豹一にふくませながらしどけなく転寝しているお君の肢態に、狂わしいほど空しく胸を燃していたが、もと〳〵彼は気も弱く、お君も勿論彼の視線の中に男を感じたりはしなかった。

五年経ち、お君が二十四、豹一が六つの年の暮、金助は不慮の災難であっけなく死んでしまった。その日、大阪は十一月末というのに珍らしく初雪がちらちら舞っていた。豹一の成長と共にすっかり老いこみ耄碌していた金助が、お君に五十銭貰い、孫の手をひっぱって千日前の楽天地へ都築文男一派の新派連鎖劇を見に行ったその帰り、日本橋一丁目の交叉点で恵美須町行の電車に敷かれたのである。金網にはねとばされて危く助かった豹一が、誰にもらったかキャラメルを手にもち、人々にとりまかれて、ワア〳〵泣いている所を見た近所の若い者が、あッあれは毛利のちんぴらだと自転車を走らせて急を知らせてくれ、お君がかけつけると、黄昏の雪空にもう灯りをつけた電車が二十台も立ち往生し、車体の下に金助の体が丸く転っていた。ギャッと声を出したが、不思議に泪は出ず、母親の姿を見つけて豹一が手でしがみついて来た時、はじめて咽喉の中が熱くなって来た。そして何も見えなくなった。やがて、活気づいた電車の音がした。

その夜、近くの大西質店の主人が褐色の風呂敷包をもって訪れて来、「実は先年あんたの嫁入の時、支度の費用や言うてお金を金助はんに御融通しましてん、その時お預りした品が利子もはいっとりまへんしますさかい流れていますのやが、何でもあんたの家には大切な品や思いますので相談《はなし》によっては何せんこともおまへんこう思いましてな、何れ、電車会社の方の」謝罪金を少くとも千円と当込んで、之ですと差出した品を見ると、系図一巻と太刀一振であった。ある戦国時代の城主の血統をひいている金助の立派な家柄がそれによって分明するのであったが、お君には初めてみる品であり、又金助から左様な家柄に就てついぞ一言もきかされたことがなかった。軽部がそれを知らずに死んだことは彼の不幸の一つであった。お君にそれを知らさなかった金助も金助だが、お君もまたお君で、そんなもの私《あて》には要用《いり》おまへんと質店主人《あるじ》の申出を断り、その後、家柄のことなぞ忘れてしまった。利子の期間云々などと勿論慾にかゝって執拗にすゝめられたが、お君は、たゞ気の毒そうに、「私《あて》にはどうでもえゝことですから。それに」電車会社の謝罪金は何故か百円にも足らぬ僅少の金一封で、その大半は、暇をとることになった見習弟子に呉れてやる腹であった。

そんなお君に中国の田舎から出て来た親戚の者はあきれかえって、葬式骨揚げと二日の務めをすますとさっさと帰って行き、家の中がガランとしてしまった夜、体をしめつける異様な重さにふと眼を覚まして、だれ、と暗闇に声をかけると、思わぬ大金をもらって気が強くなったのか或は変になったのか、こともあろうに、それは見習弟子であった。重さに抗ったが、何故か抗う動作が体をしびらしてしまった。

翌日、見習弟子は哀れなほどしょげ返りお君の視線をさけて、不思議な位であったが、夕方国元から兄と称する男が彼を引取りに来ると、ほっとした顔付になった。永々厄介な小僧をお世話さまでしたと兄の挨拶の後で、ぺこんと頭をさげ、之はほんの心だけです、と白い紙包を差出して、家を出て行った。紙包には、写本の字体で、ごぶつぜんと書いてあり、ひらくと、お君が呉れてやった金がそっくりそのまゝはいっていた。国へ帰って百姓すると言った彼の貧弱な体やおど〳〵した態度を憐み、お君はひとけの無くなった家の中の空虚さに暫くはぽかんと坐った切りであったが、やがて、船に積んだらどこまで行きやる、木津や難波《なんば》の橋の下、と哀調を帯びた子守唄を高らかに豹一にきかせた。

　上塩町地蔵路次の裏長屋に家賃五円の平屋を見付けてそこに移ると、早速、裁縫《おはり》教えますと小さな木札を軒先につるした。長屋のものには判読しがたい変った書体で、それは父譲り、裁縫は、絹物は上手といえなかったが、之は母親譲り、月謝一円の界隈の娘たち相手には、どうなりこうなり間に合い、勿論近所の仕立物も引きうけた。慌しい年の暮、頼まれもの丶正月着《はるぎ》の仕立に追われて、お君の夜を徹する日々が続いたが、ある夜更け、豹一がふと眼をさますと、スウスウと水洟をすする音がきこえ、お君は赤い手で火鉢の炭火を掘りおこしていた。戸外では霜の色に夜が薄れて行き、そんな母の姿に豹一は幼心にも何か憐れみに似たものを感じたが、お君は子供の年に似合わぬ同情や感傷など与り知らぬ母であった。お君さんは運命《かた》が悪うおますなと慰め顔の長屋の女たちにも、仕方おまへん、そんな不幸もどこ吹いた風かと笑ってみせ、例の死んだ人たちの想い出話そしてこみあげて来るす丶り泣きを期待し、貰い泣きの一つもしようと思った長屋の女たちには、むしろ物足り無くみえるお君であった。

　大阪の町々の路次には、どこから引っぱって来たのか、よく石地蔵がまつられていて、毎年八月下旬に地蔵盆《さん》の年中行事が行われるのだが、お君の住んでいる地蔵路次は名前の手前もあり盛大な行事が行われることになっていた。といっても勿論長屋の行事のこと故、戸毎に絵行灯をか丶げ、狭くるしい路次の中で界隈の男女が、トテテラチンチン、トテテラチン、チンテンホイトコ、イトハコト、ヨヨイトサッサと訳の分らぬ唄にあわせて踊るだけの事だが、お君は無理をして西瓜二十個を寄進し、そして踊りの仲間に加わった。彼女が踊りに加ったが為に、夜二時までという警察の御達しが明け方まで忘れられていた。不自然に官能を刺戟させていてもお君の肌は依然として艶を失わず、銭湯で冷水を浴びる時の眼の覚める様に鮮かな彼女の肢態に、固唾をのむような嫉妬を感じていた長屋の女が、ある時お君の頸筋をみて大袈裟に、「まあ、お君さんたら、頸筋に生毛が一杯」生えていることに気が付いたのを倖い何度も言うので、銭湯の帰りに近くの松井理髪店へ立寄って、顔と頸筋をあたって貰った。

剃刀が冷やりと顔に触れた途端に、ドキッと戦慄を感じたが、やがてサクサクと皮膚の上を走って行く快よい感触に、思わず体が堅くなって唇の辺りをたび〳〵拭い、石鹸と化粧料の匂いのしみこんだ徒弟の手が顔の筋肉をつまみあげるたびに、気の遠くなる想いがした。そのようなお君に徒弟の徳田は、商売だからという顔を時々鏡に確めてみなければならなかった。しかし、その後月に二回は必ずやって来るお君に、徳田は平気で居れず、ある夜、新聞紙に包んだセルの反物をもってお君の家を訪れ、「思い切って一張羅を張りこみましてん、済んまへんが一つ」縫うてくれと頼むと、そのまゝ、ぎこちない世間話をしながらいつまでも坐りこみ、お君を口説く機会を今だ〳〵と心に叫んでいたが、そんな彼の腹の中を知ってか知らずか、お君は、長願寺の和尚《おっ》さんももう六十一ですなという彼のつまらぬ話にも、くるり〳〵と大きな眼をまわしてケラ〳〵と笑っていた。豹一は側に寝そべっていたが、いきなりつと体を起すと、きちんと膝を並べて坐り、その上に両手を置いて、徳田の顔をじっと瞬きもしないで見つめ出した。その視線に徳田は年齢を超えて挑みかゝっている敵意を見て何か圧倒されるような気がした。やがて彼は自分の内気を嘲りながら帰って行った。路次の入口で徳田が放尿している音をきゝながら、豹一はごろりと横になった。

そのとき豹一は七つ、早生れの、尋常一年生であった。学校での休憩時間にも好んで女の子と遊び、少女のようにきゃしゃな体や色の白い小ぢんまり整った顔は女教師たちに可愛がられていたが、自分の身なりのみすぼらしさを恥じているようであった。はにかみやであったが、一週間に五人の同級の男の子が彼に撲られて泣いた。子供にしては余り笑わず、自分の泣き声に聞惚れているような泣き方をし、泣き声の大きさは界隈の評判で、やんちゃん坊主であった。路次の井戸端にまつられた石地蔵に、ある時何に腹立ってか、小便をひっかけた。お君は気の向いた時に叱った。

近くの長願寺の住職はお人善しの老人であったが、無類の将棋好きでこと将棋に関するとまるで人間が変り、助言をしたと言ってはその男と一週間も口を利かず、奇想天外やといって第一手に角頭を八六歩と突くような嫌味な指し方をしたり、賭けないと気がのらぬと煙草でも賭けると、たったカメリヤや胡蝶一箱のことにもう生死を賭けたような汚い将棋を指し、負けると破産したような顔で相手を恨むといった風で、もと〱下手な将棋ではあるし誰にも敬遠されて相手のないところから、ちょく〱境内の蓮池の傍へ遊びに来る豹一に将棋を教えた。筋がいゝのか最初歩三つが一月経つと角落ちになり、二月目には平手で指せるようになった。ある日、住職は、「豹ぼん、何か賭けんと面白うないな。和尚《おっ》さんは白餡入りの饅頭《おまん》六つ賭けるさかい、豹ぼんは」何も賭けるものがなく、蓮池から亀の子一匹摑えて、負けると和尚に呉れてやることになった。実力以上の長考であったが、結局豹一が負けて、涙を流した。

夕闇の色を吸いこんで静まり返った蓮池の面を見つめ、豹一は亀の子ねらった。何故自分が負けたのか分らなかった。あんな弱い相手に負けるのはおかしい。自分には空を飛べる能力があるのかも知れないという子供にあり勝ちな空想も、豹一にとっては、いわば彼の虚栄の一つであり、悪人に追われて空を飛び逃げる夢を見た時は鼻高々と人に話し、為に嘲笑されると今にみろ飛んでやると思い、虚栄にうながされてひそかに奇蹟を信じ、奇蹟を待つことが屢々なのである。奇蹟はあらわれず、勝とうと思えば勝てた筈だという彼のいいわけも和尚の大人気《おとなげ》ない毒舌にかゝって一笑に附されてしまうと、一途に残念がった。彼はもう一つの奇蹟を待ち、それにすがりついた。亀の子を半時間も経たぬ内に素早く摑えるという神業を行わねばならない。そうすれば和尚に会わす顔も出来、情無い気持も幾分癒やされるだろうと、彼は池の面を穴のあく程みつめていた。残念なことには、亀の子が摑らぬ内に、和尚は檀家へ出掛けて行った。今は会わす顔の無い和尚だが、もう少し居てくれゝばいゝのにと思ったものゝ、しかし、居てくれなくて倖いだった。もし〳〵亀よ亀さんよ、顔出してくれと、始めは唄う様に言っていたが、時が経つにつれ、そろ〳〵泣き声になり、やがて、一言も声が出ず、もう、顔さえ出してくれゝば、池の中へどぶんとはいっても摑えたい位になった。周囲りはすっかり暗くなり、木魚の音が悲しい程単調に繰りかえされていた。ふと、自分を呼ぶ声に顔をあげると、夕飯《ごはん》もたべんと何してるんや。門の傍でお君が怖い顔して睨んでいた。亀とろ思てるんやというと、馬鹿！　と叱られ、既に泣き出したくなっていた豹一は、こゝぞとばかり泣き出した。泣き出すと仲々止らず、加速度的に泣声が大きくなり、豹一を抱きあげたお君はまるでその声に顔を打たれているような気がし、泣き止まんと池へ放うりこんだるぞ、構《かま》へんか。構《かま》へんわい、放うりこんだら着物がよごれて、母ちゃんが洗濯に困るだけや。困るもんかと、豹一の脇の下をかゝえたま、池の水へどぶんと浸けた。豹一は、亀の子を探るつもりか手をばた〱させた。豹一を引き揚げて、家に連れ戻ると、お君はたらいを持ち出した。

地蔵路次に引越してから、足掛け四年、秋が来た。お君には流れるように無事平穏な日々であったが、それらの日々は豹一にとっては日毎に小さな風波を立てゝいた。彼は自分ではそれと気付かなかったゞろうが、自尊心のからくりによる、何ものかへの敵対意識に絶えず弾力づけられている少年であった。傷つき易い自尊心をもっていたゆえ、絶えず自分を支えるための勝利感に餓えていた。長屋の貧乏ぐらしを恥じいる年でもなかったが、何かしら自ら卑下する気持をひそかに抱いていた。そして、それは彼の自尊心とぴたりと寄り添うていて、勿論謙譲からではなかった。自尊心の均衡によって初めて自分自身を感ずることの出来る彼は、母に似ぬ子であった。母親一人を味方と考え、母親と二人きりの時初めて気持が落ちつくという風であったから、母親をまもるという生意気さを本能的にもっていた。そうして彼の幼き日々は、彼の歯によってキリ〱と噛みしめられていたが、遂に、ある日、彼は自らの唇を噛み切ってしまうに到った。その秋、お君に再婚の話が持ちかけられ、例によって、私《あて》はどうでも宜ろしおますと万事相手の言う通りになった。相手は生玉前町の電球口金商野瀬安二郎であった。

電球口金屋てどんな商売ですねん？　とお君がきくと仲人は、電球の切れたのおまっしゃろ、あれを一個一厘で買うて来て、つぶして、口金の真鍮や硝子を取って売る商売だす、ぼろいいうこっちゃ。しかし、ぼろいのは、当時のタングステン電球の中には小量の白金が使用されているのがあり、電球一万個に一匁五分見当の白金がとれるからである。白金は当時、一匁二十九円の高価であった。もと〳〵廃球は電灯会社でも処分に困り、甚しいのは、地を掘って埋めたりしていたのを、紙屑屋であった安二郎の兄の守蔵が眼をつけた。最初、分解して口金とガラスだけをとっていたので余りぼろいもうけにならなかったが、ふと白金の使用されていることを知り、苦心してそれを分離する方法を発見した。瞬く間に屑屋の守蔵は一躍万を以て数える大金を握った。安二郎はうどん屋の出前持ちであったが、兄の商売の秘法を教えられ、生玉町〔ママ〕に一戸を構えて、口金商を始めた。妻帯したが、安二郎は副こう丸炎にかゝったことがあって子供は出来ず、一昨年女房がコレラに罹って死ぬと、険をふくんだ人相の悪い顔付きであったが、どこかきりっとしたところがあって女にもてるところから、景気の良いのに任せて松島や芝居裏の遊廓を遊びまわり、深馴染みの妓も出来て、死んだ女房の後釜に、女郎を身請けするだろうと噂されていた。そんな事をされたら、うちの娘たちの縁談に傷がつくやないかと、もと飯屋の女中であった守蔵の女房お兼は、安二郎に強意見した。長女が未だ八つにしかならぬのに、お兼は既に三人の娘たちの立派な縁組みを夢みていたのである。義姉《あね》の奴、わいに意見しよった、と女中あがりのお兼を軽蔑していた安二郎は苦《にが》い顔したが、さすがに守蔵の手前を憚ってか、その頃一寸話のあったお君を貰うことにしたのである。しかし、お君の美貌には彼も一眼みて頷けるところがあったから、万更でもなかったのだ。もと小学教員の妻であるということはお兼の眼鏡にかなうに充分であった。連れ子のあることは、安二郎に子供の出来ないことを見越して、あらかじめ勘定にはいっていた。お兼は放蕩者の安二郎には自分の子を養子にくれてやる気はしなかったのである。しかし、お君の連れ子の豹一がしっかり者であれば、娘の中で、一番きりょうの悪いのを嫁にやってもいゝと考えていた。守蔵は既に十万円を定期貯蓄で預けていた。話が纏まると直ぐ婚礼が行われた。後年成長した豹一が毎年木犀の花が匂う頃になると、かっと血が燃えて来るような想いで頭に浮んで来る冬を想わすような寒い秋の日であった。

そのとき、豹一は八つ、学校から帰るといきなり、仕立て下ろしの久留米の綿入を着せられた。筒っ包の袖に鼻をつけると、新しい紺の香が冷え〴〵とした空気と一緒にすっと鼻の穴にはいって来て、気取りやの彼にはうれしい晴衣であったが、さすがに有頂天にはなれなかった。仕付糸をとってやりながら、向う様《さん》へ行ったら行儀ようするんやぜと母親は常に変らぬ調子でいうのだが、何か叱られているように思った。いつになく厚化粧の母の顔を子供心にも美しいと見るのだが、しかし、なぜかうなずけない気持だった。路次の入口に人力車が三台来て並ぶと、その顔は瞬間面のようにとりつくろい、子供の分別ながら豹一はそれを二十六才の花嫁の顔と察し、何かとりつく島の無い気がした。火の気を消してしまった火鉢の上に手をかざして、張子の虎の様に抜衣紋をした白い首をぬっと突き出し、じゞむさい恰好でぺたり坐っているところを起《た》たされ、人力車に乗せられた。見知らぬ人が前の車にお君はその次に、豹一はいちばん後の車、一人前に車の上にちょこんと収りかえった姿を車夫はひねてると思ったのか、ぽん〳〵落ちんようにしっかり摑ってなはれや。その声にお君はちらりと振り向いた。もう日が暮れていた。落てへんわい、と豹一はわざとふざけていい、その声が黄昏の中に消えて行くのを少年の感傷できいていた。ふわりと体が浮いて、人力車はかけ出した。一瞬ごとに暗さのまして行くのが分る黄昏であった。

ひっそりとした寺がいくつも並んだ寺町を通る時、ぱっと暗闇に強い木の香がひらめいた。木犀であった。豹一は眩暈がした。既に初めてのった人力車に酔うていたのである。梶棒の先につけた提灯の光が車夫の手の静脈を太く浮び上がらしていた。尋常二年の眼が、提灯にかかれた「野瀬」の二字を判読しようとしていたが、血の気が頭からすっと引いて行くような胸苦しさで、困難であった。野瀬の家の前で降ろされ、地が揺れているのか体が揺れているのか分らぬ感じによろめき、家の中にはいると、げっとにがい水のようなものを吐いた。あたりのざわめきが、まるで遠くの空にきこえているようで、眼の前がぼうっと霞み、白い視野の中で、母親の赤い唇がうかんでいた。誰に手をひっぱられたのか、どこをどう通ったのか、どれ位時が経ったのか、やがてまるで端唄をうたうような意気な調子の高砂やの声に初《はじめ》てはっと眼覚める想いで、声の主をみた。朝っぱらから呑み続けている赤い顔で、でっぷり肥り、坐蒲団を折って尻の下にあてがい、胡坐をかいていた。それが安二郎であった。儀式張ったことはこの際、とはいうものゝ、高砂の一つ位はあってしかるべく、外にそれをやれる粋者も居らぬを倖い、咽喉自慢の花むこ自ら担当の高砂であった。その夜、豹一は誰の眼にも異様にみえた。彼の真青な顔や瞬き一つしない鋭い眼の輝きは見逃されたとしても再三すゝめられても御馳走に箸一つつけない彼の強情振りは、明らかに人眼をひいた。苦しくて喰べられないのだといいわけし、自分自身もそうだと決めていたのだが、人々はこの子は余り人に好かれないだろうと思った。新しい父への反撥心からか、あるいは安二郎の咽喉の良さを賞讃したときの母親に自分と距離の出来てしまった姿を感じての不満からか、訳も分らぬ敵愾心に釘づけになって、ひそかに秋の夜の長さに毒づいていた。

　そして、その夜、豹一は、二階六畳の雇人の部屋で寝かされた。ぐったり疲れていたが、眠れず、母親の体温を恋しがった。酔っぱらった二人の若い雇人は、声をひそめて淫らな話をしていたが、時々高らかに笑いこけた。蒲団についたナフタリンの匂いが何か勝手の違った想いで母親の側に居ない空虚さを一層しみぐ〵と感じさせ、そんな笑い声に寂しく耳を傾けていた。ぼん〵〵、未だ寝てへんのか、良《え》えもん見せたげよかと雇人はこともあろうに、豹一にあくどい色で彩った小さな画を見せた。描かれた人間の肢態がふに落ちず、好奇心でじっとながめていたが、彼等がその画とお君とを結びつけるいまわしい説明をきかせた瞬間、豹一の蒼白い眼は勢一杯の敵意を託されて血走り、やがてピリ〵〵と画が破られた。雇人の一人があっと声を立て、もう一人の男が豹一の顔を見ると、唇が赤くはれ血がにじんでいた。翌朝雇人がパン〵〵と電球の割れる物音に驚かされて眼がさめ、庭に出てみると、丁度二十個目の電球を投げつけようとしている豹一の姿が眼にはいった。雇人は豹一が何故そんなことをするのか分らなかったが、たゞ何となく憎たらしい子供であると思った。

そして、その後成長した豹一を見て、人々は屢々その時の雇人と同じ気持を抱かされたのだが、しかし豹一は比較的単純な男であるから、我々はその後の彼の様々な行動に明確な因果の線をひこうとしても先ず困るようなことはない。かりに人が記憶と虚栄に支えられて生活するものであるとするならば、彼はその仮定に全くぴったりとあてはまった男であるのだから。判断の便宜上その夜の経験が彼にとって如何に決定的なものであったかを想起すればいゝのである。

その夜豹一が母を冒瀆《けが》されたことは、今まで自分ひとりのものであると思っていた母がもはやそうでなくなったという感傷に彼を陥れたが、同時にまた、それは性的なものへの根強い嫌悪をひそかに彼の心に植えつけてしまったのである。しかし、彼にとって最も痛切なことは、母を冒瀆されたことによって即ち自分自身が辱しめられたということである。それまで母の存在と自尊心によってのみ生きて来たのであるから、その時、母を冒瀆されることによって同時に自尊心を傷つけられたということは、彼にとって敢て誇張するならばもはや安住すべき世界を喪ってしまったことを意味するのである。だから彼はその世界を奪ったものに対する嫌悪にすがるより外に自分を支える道がなくなったと感じた。そうして、今まで漠然と感じていた何ものかへの敵愾心が初めて明瞭な姿をとって彼に現われて来た。彼は自分の周囲、就中雇人、そしてそれ以上に義父の安二郎に敵意を感じた。自分を非常にみじめだと誇張し、自分を卑下する気持になった。そしてそのことが彼の敵愾心を一層強めた。

敵愾心を募らしてみても、しかし、その捌け口に困った。一個一厘の廃球を割ったり、同級生の頭をこついたりしてみても、如何にもけちくさく、それよりか、一里以上もある道を築港まで歩いて行き、黄昏れる大阪湾をながめて、豹一おまえは可哀そうなやっちゃと自分を甘やかしている方が気が利いていた。夕陽を浴びて港を出て行く汽船にふと郷愁を感じたり、訳もなく海に向って毒づいている方がふさわしいと思った。少年はいつの間にか自分は孤独だと決めることによって涙を流しまたその涙をひそかに愉しんでいた。ある日港の桟橋で、ヒーヒーと泣き声を立てる代りに馬鹿野郎と呶鳴り、誰もいないと思ったのが、釣をしていた男がいきなり振り向いて、こら何ぬかす、そして白眼をむいている表情が生意気だと撲られた。泣きながら一里の道をとぼとぼ帰り、帰ると電球十個割った。九個目で、い、加減にしとけと安二郎が呶鳴ったが、しかし安二郎は小さな豹一など明らかに無視していた。彼はお君が来てからも、まるで女工と女中を兼ねたような申し分無い働き振りのお君に家の仕事を任して、相変らずあちこちの遊廓を遊び廻り、どこでやるのか博奕に負けて帰ると、理由もなしにお君の横面を撲ることを常とし、そんな時必ず使うどすべた！　とののしる言葉と、朝鮮！　と嘲る言葉は当のお君より傍できいている豹一の胸にどきんとこたえ、豹一の眼は安二郎に挑みかゝるようにギラ〳〵光るのだったが、安二郎はそんな彼には眼もくれず、たゞお君の連れて来たこぶ位に思って、問題にしなかった。しかし、嫂のお兼は学校の成績の図抜けて優秀な豹一にひそかに期するところがあり、彼が尋常六年を卒業すると、府立の中学校に入れるようにと安二郎を無理矢理に説得した。飯屋の女中上りの彼女はもう自分位の金持になれば、娘の夫に大学出の一人位もってもい丶のだと思っていたのである。どうせ、安二郎は放蕩者だし金も残さないだろうから、今の内に豹一に金をいれさせて置いた方がい丶だろう、とにかく彼女の懐は傷まないのだ。しかし、安二郎もまた懐をいためなかった。月々定ってお君に渡す台所用の金の中から、豹一の学資を出さすことにした。お君はそれでやりくりに困り、自分の頭のものや着物を質にいれたり、近所の人に三円五円と金を借りたりしなければならなかった。

中学生の豹一は自分には許嫁があるのだと言い触らした。それによって同級《クラス》のもの達を羨ませ、自分に箔をつけようと思ったのである。勿論、彼はお兼が色の黒い二番目の娘を彼に妻わそうとひそかに思っていることなど知らなかった。もし知っていたら、口腐っても言わなかったであろう。自分というものが常に人から辱められ軽蔑さるべき人間であると誇張して考える癖のあった彼は、先ず何よりも自分に箔をつけなければ安心出来ないのだった。彼は周囲を見渡してみて誰も彼も頭の悪い少年たちであると分ると、ほっとするのである。しかし自分の頭の良さにはひどく自信がなかった。だから、大して苦労もせずに首席になれた時、之は何かの間違いだろうと思うのだった。クラスの者は彼の頭脳に敬服し怖れもなしていたのだが、人から敬服されるなどということは彼の与り知らぬところであったから、自分が首席である事を絶えずクラスの者たちの頭に想い浮ばせる必要があった。また自分でもしばしばそのことを顧る必要があった。クラスの者は彼に「首席」という綽名をつけた。いわば、首席の貫禄がないのだった。黙って居ればよかったのである。彼等はいくら頑張っても彼に追いついて行けないと分っていても、余り彼が自分に箔をつけたがるので、しまいにはそれをメッキだと思いこんでしまった。点取虫だといわれて、初めてはっと気が付くと、豹一はもう首席という綽名に芸もなくやに下って居られなくなり、自分が余り勉強もせずに首席になれたことを思いこませようとして、試験の前日には必ず新世界の第一朝日劇場に出掛けてマキノ映画を見、試験の日にそのプログラムの紙をもって来て見せるのだった。そんな彼に、最初彼の中に自信の無さから来るどこか謙遜めいたものを見ていた者も、嫌応なしに傲慢だと思わされてしまった。彼はクラスの者に憎まれた。しかし、彼の敵愾心は、クラスの者を最初から敵ときめていたから、憎まれて、かえってさばさばと落つく風であり、彼の美貌に眼をつけた上級の荒男が無気味な媚で近づいて来るのを見ると、かえってその愛情に報いる方法を知らぬ奇妙な困惑に陥るのだった。

ずっと首席を続けて三年生になった。ある日の放課後、クラスの者たち全部からとりまかれ、点取虫の癖に生意気やぞと鉄拳制裁をされた。四十人のものを相手に五分ほど奮闘したが、結局鼻血が出て、闘いは終った。それから十日ほど経ち学期試験が始まった。あぶついて問題用紙に獅噛みついているクラスの者たちの顔を何と浅ましい顔だろうと思った途端、敵愾心がいきなり頭をもたげて、ぐっと胸を突き上げた。ざまを見ろと書きかけた答案を消し意気揚々と白紙のまゝで出した。王者が自ら好んで王位を捨てるような心の余裕が感じられ、ほのぼのとした喜びがあった。彼は初めて自尊心が満足されたと思った。首席にこだわったのも自尊心からではあったが、しかし、考えて見れば、そんな首席にこだわる態度こそ彼の自尊心が許さぬ筈だったのだ。しかし、彼の自尊心がもっと立派な代物であったら、少なくともその時、それを行うのにも観衆者がいるというような心の状態はいさぎよしとしなかったであろう。彼は観客の拍手を必要とする自分の芸人気質に自ら気が付いていなかったのである。観衆者はしかし白紙の答案の為に彼が落第したという事実だけしか見てくれず、彼を嗤った。彼の自尊心は簡単に傷ついてしまった。

二度目の三年の時、教室で、ローマ字で書いた名を二つ並べ、同じ文字を消して行くという恋占いが流行った。教室の黒板が盛んに利用され、クラスの者が公然《おおびら》に占っているのを除《の》け者の豹一はつまらなく見ていたが、ふと、クラスの者の誰もが一度は水原紀代子という名を黒板に書いているということに気がついた瞬間、彼の眼が異様に輝いた。彼はクラスの者の中で最も成績の悪い男をつかまえ、相手にはまるで彼が何を訊こうとしているのか分らぬ廻りくどい調子で半時間も喋り立てた揚句、水原紀代子に関する二三の知識を得た。大軌電車沿線、樟蔭女学校の生徒であると知ったので、その日の午後の授業をサボって上本町六丁目の大軌電車構内に出掛け、彼女の帰りを待ちうけた。二時間ばかりも辛抱強く待って、やっと改札口から出て来る水原の姿を見つけることが出来た。教えられた臙脂の風呂敷包と非常に背が高くてスマートだという目印でそれと分り、何が樟蔭第一の美人だ、笑わせると思ったが、しかし大袈裟に大阪中の中学生達の憧れの的だと騒がれている点を勘定にいれて、美人だと決めることにした。一般的見解に従ったまでだったが、しかし碧く澄み切った眼は冷たく輝いていて、近眼であるのにわざと眼鏡を掛けないだけの美さはあった。二時間もしびれを切らしていたことが弾みをつけるのに役だって、つか〳〵と傍にかけ寄ると、卒爾ながら伺いますが、あなたは水原紀代子さんですか。出来るだけ勿体振った言い方をと考えあぐんだ末の言葉であったから、紀代子も瞬間呆れたが、しかしそんなことはたび〳〵ある事だから、大して顔も赧らめずに、はあと答え、そして、どうせ手紙を渡すのだったらどうぞ早くという意味を含んだ事務的な表情で彼を見た。しかし、彼は用意した言葉が続いて出て来ず、しかも意に反して、顔が真赧になっていた。こんな筈ではなかったと思うのだが、自分の今の恰好を友達に見られたら随分不様《ぶざま》であろうという恐怖で益々ぎこちなく真赧になってしまうのだった。沈黙の十五秒が恐ろしく永い時間に思われ、九死に一生、三十六計とばかり、別に用事はなかったんです。唯それだけです、と全くたゞそれだけがやっと言えたのを倖い、飛ぶ様に逃げてしまった。明らかに失敗であった。不良中学生にしては何と内気なと紀代子は笑ったが、彼の美貌は一寸心に止り、誰それさんならミルクホールへ連れて行って三つ五銭の回転焼饅頭を御馳走したくなる様な少年だわとニキビだらけのクラスメートの顔をちらと思い浮べた。しかし私はちがう。彼女は、来年十九才で学校を出ると直ぐに今東京帝国大学の法学部に通っている従兄と結婚することになって居り、十六の少年など十も年下に見える姉さん振りが虚栄の一つであった。だから、その翌日から三日も続けて、上本町六丁目から小橋西之町への舗道を豹一に尾行《つけ》られると半分は五月蝿いという気持からいきなり振り向いて、何か用ですのときめつけてやる気になった。三日間尾行するより外に何一つ出来なかった弱気の為に自らを嘲っていた豹一の自尊心は、彼女からそんな態度に出られたために、奇蹟的に本来の面目をとりかえした。こゝでおど〱している様では俺もおしまいだと思うと眼の前がカッと血色に燃えて、用って何もありません、唯歩いているだけです。その吻鳴る様な調子が紀代子の胸にぐっと来て、うろ〱しないで早く帰りなさい。その調子をはねとばす様に豹一は勝手なお世話です。子供の癖に、といったが巧い言葉が出ず紀代子は、教護聯盟の人にいいますよとその頃校外に於ける中等学生を取締まる怖い人を持ち出した。いいなさい。強情ね、一体何の用？　用なんてないと言ってまんがな、分らん人やな。大阪弁が出たので、紀代子はちらと微笑し、用がないのに尾行《つけ》るの不良よ、もう尾行たりしないでね、学校どこ？　帽子みれば分りまっしゃろ。あんたの学校の校長さん知ってるわよ。そんならいいつけたらよろしいがな。いいつけるわよ、本当に知ってんのよ、柴田さんて人でしょう。スッポンいう綽名や。いつの間にか並んで歩き出していた。家の近くまで来ると、紀代子はさよなら今度尾行たら承知せえへんしと言い、そして別れた。

先ず成功であったといえる筈だのに、別れ際の承知せえへんしという命令的な調子に苦もなくたゝきつけられてしまった。失敗だと思った。しかし失敗ほどこの男をいきり立たせるものはないのだ。翌日は、非常な意気込みで紀代子の帰りを待ちうけた。前日の軽はずみを些か後悔していなくもなかった紀代子は、もう今日は相手にすまいと思ったが、しかし今日こそ極付けてやろうと思う心に負けてしまった。そして、結局、昨日に比べてはるかに豹一の傲慢にあきれかえった。彼女の傲慢さの上を行くほどであったが、しかし彼女は、余裕釈々たるものがあった。彼女は豹一の眼が絶えず敏感に表情を変えることや理由もなくぱっと赧くなることから察して、いくら傲慢を装っていても、もと〳〵彼は内気な少年なんだと見抜いていた。文学趣味のある紀代子は豹一の真赧に染められた頬をみて、この少年は私の反撥心を憎悪に進む一歩手前で喰いとめる為にしば〳〵可愛い花火を打ちあげると思った。そして、また、この少年は私を愛していると考えた。それをこの少年から告白させるのは面白いと思ったので、彼女はその翌日、例の如く並んで歩いた時、あんたは私が好きでしょう？ ときいた。嫌いだったら一緒に歩いたりしないかも知れませんねという返事に、してやられた想いで、もう一度、そんな言い方ってあるの、嫌い、それとも好き？ 好きでしょう？ とはっきり言わさねば承知出来ないと意気ごんだ。好きでもないのに好きだと思われるのは癪だと思っていた豹一は返答に困った。しかし嫌いだというのはぶちこわしだ。そう思ったので、「好き」ですと、好きという言葉をカッコの中にいれたつもりで答えた。それで初めて紀代子は彼を一寸だけ好きになるという気持を自分に許した。

そして一週間経ったある日、千日前楽天地の地下室で、八十二才の高齢で死んだという讃岐国某尼寺の尼僧のミイラが女性の特徴たる乳房ならびに性器の痕跡歴然たり、教育の参考資料と宣伝されて見世物になっているのを、豹一はひそかに抱いていた性的なものへの嫌悪に逆に作用されて捨鉢な好奇心から見に行き、そして案の条、自分を虐めつけるいやな気持を味わされて楽天地から出て来た途端、思いがけなくぱったり紀代子に出くわしてしまった。心に穴があいてしまった様にしょげていたところへ意外な出合いであり、まごついてしまったが、ふと今自分が変な好奇心からミイラなどを見て来たのだということに気がつき、之は彼女の軽蔑に価すると、みる〱赧くなった。しかも赧くなったために一層恥しい想いがした。近眼の紀代子は豹一らしい姿に気がつくと、それを確めようと眉のつけ根を引き寄せ、眼を細めていた。そんな表情が、まるで彼が楽天地の地下室から出て来たことをとがめて眉をひそめている様に豹一には思われて、すっかりあがってしまい、こんな恥しいところを見られるのならいっそ地震でもおこって彼女が外のことに気をとられて呉れゝばいゝのにと思った。常にもあらずどうかしたのではないかと思われる程恐しく赧くなっている彼を見ると、紀代子はかえって自分の方が照れて、早くその顔色が普通になってくれたらと思う位であったが、しかし恥しがっている彼をじっと見てやれという一寸残酷な気持が心の奥底にあって、思わずニヤリとしてしまい、一言もいわずに彼の可愛い花火を下眼づかいにじっと見つめた。胃腸のわるい紀代子はしば〱下唇をなめる癖があるのだが、その時も勿論なめていた。豹一は物も言わずにいきなりパッとかけ出し、逃げ去ってしまった。紀代子はあっけにとられた。あんな恥しいところを見られたので、自分は嫌われたと思いこんでしまうと、もう豹一は紀代子に会う勇気を失ってしまった。彼が二三日顔も見せないので、彼女は何か物足らぬ気持であったが、それが一週間も続くと、あんなに仲善くしていたのに、ひょっとしたら自分は嫌われたのではなかろうかと思い出した。そして、十日も経つと、もう彼女は自分が明らかに彼を好いているということを否定することが出来なかった。だから十三日目に、やっと上本町六丁目で彼の姿を見つけると、ほっとしてひどくいそ〱としてしまった。しかし、豹一の方では彼女に会うつもりではなかったのだ。偶然に出くわしたので、もう顔を合わすのすら恥しいと思っていた彼はいきなり逃げ出そうとした。途端に早くも自尊心が蛇の様に頭をあげ、逃げ出そうとする足にからみついた。あんな恥しいところを見せたのだから名誉を恢復しなければならない。豹一は辛くも立止り、そしていやに他所々々しくした。冷淡な彼の態度を見ると、彼女は矢張り嫌われていたのかと思い、そのため一層彼を好いてしまった。それで、その日の別れ際、明日の夕方生国魂神社の境内で会おうと断られやしないかと内心びく／＼しながら豹一がいい出すと、まるでそれを待っていたかの様にいそ／＼と承諾し、そして約束の時間より半時間も早く出掛けて彼を待った。

君恋し唇合わせねど、涙はあふれて想いは果てなしというその頃流行していた唄からの思いつきで、豹一は、その夕方、簡単に紀代子に接吻をした。一寸した自尊心の満足があったが、紀代子が拒みもせずに、彼の背中にまわした手に力をいれてぐい／＼と胸を押しつけて来るのを感ずると、だしぬけに気が変った。何かいやなものを感じたのである。いきなり彼女の体を押しのけ、そのまゝ物も言わずに立去った。紀代子は綿々たる情を書きつらねた手紙を豹一に送った。豹一はそれを学校へ持参し、クラスの者に見せた。既に豹一と水原紀代子の事を薄々感づいていた者もそんな豹一には、偽の手紙やろ、お前が書いたんとちがうかと言わざるを得なかった。豹一はクラスの者がひそかに出した恋文を紀代子から奪いとって、それを教室で朗読した。それで鉄拳制裁をうけ、そしてそのことが教師に知れて諭旨退学を命ぜられた。

お君は何とも言わなかったが、安二郎は彼を嘲笑した。お兼は執拗にのゝしった。娘をくれたろうと思てたのに、ほんまに愛想がつきてしまった、碌でなしの不良《バラケツ》といわれて豹一の眼は光った。一週間後に、もう夕陽丘女学校の四年生になっていた鼻の頭の赤いお兼の長女が豹一に乱暴な接吻をされて、十日余り、ぽうとした気持になっていた。

お君の眼のまわりに皺が目立って来た。それをみると、豹一の心は痛んだ。退学処分になったばかりに母親の肩身が急にせまくなったと思うのである。そう思うと、女工の様に働かされてばかりいるお君の姿が改めて痛々しく見直されて来るのだった。安二郎は既に一万円近くの金を貯めた、馴染の女郎を身請けしてかこってしまうと、彼の放蕩は急に昇格して芸者遊びになり、そしてハイカラ振ってその頃道頓堀に出来た大阪名物カフェ美人座にもしげ〳〵と通った。家で泊ることも少く、そんな彼を見て、近頃雇われて来た森田は、御寮さんもお気の毒や、それじゃ何ですな夫婦関係もときわどい話まで持ち出してお君に同情した。お君はたゞ、男なんて仕様がありまへんなと笑うだけであったが、その笑いにどこか力の抜けたものがあると思った豹一は、不平一ついわないお君の心にまで立入って考え、何か自分の責任を感じるのだった。電球の口金についたガラス棒を釜にいれて焼き、それを挽臼で引いて粉にし、そこから白金を分離するという仕事を豹一もやらされていたが、真赤になったガラス棒をガリ〳〵と挽臼でひく時、自分の心が嚙みくだかれる様に感じられた。

暇をみて勉強し、十八の時専検にパスし、京都の三高の入学試験をうけると訳もなく合格した。見直したお兼は、安二郎を説得して、彼を三高の寄宿舎にいれた。しかし一学期もすまぬ間に、彼は自ら進んで退学届を出した。学資の苦面に弱っているお君の姿を見るに堪えなかったのである。三ケ月の京都での生活中、彼は屢々応援団の者に撲られ、与太者と喧嘩し、そして数人の女を彼の表現に従えば「もの」にした。紀念祭の時、裸の体に赤いふんどしを緊め、デカンショ〳〵と観衆の拍手を計算にいれた所謂無邪気さで踊る寄宿生の群には何故か加わる気がせず、絶えず観衆の拍手が必要な筈の自分がそれを嫌悪するという心の矛盾は、その時その踊りに憧憬の眼を注いでいると見えた三人の女専の生徒を同時にものにする離れ業によって解決されると思った。応援団の者になぐられたことが彼を勇気づけた。五月二日、五月三日、五月四日と紀念祭あけの三日、同じ円山公園の桜の木の下で、その美貌の順によって女専の生徒を次々と接吻した。簡単にものにされる女たちを内心さげすんでいたが、しかし最後の三日目もやはり自信の無さで体が震えていた。芸もなく自尊心の満足に調子が乗り、唄ってくれといわれて、紅燃ゆる丘の花と校歌をうたったのだが、ふと母親のことが頭に浮ぶと涙が流れた。そんな彼を見て女は彼の手を自分の懐にいれて、センチメンタルなのね。彼はうっとりともしなかった。次々と女をものにしたが、しかし豹一は頑強に体を濡らさなかった。

学校を止して家に戻ると、元通りに働かされた。学校止めるときいて、止めんでもえゝのに、そやけどお前が止めよ思うんやったらそないしたらえゝとお君は依然としてお君であったが、ある日、彼女に警察から呼び出し状が来、出頭すると、そのまゝ三日も帰って来なかった。何のための留置か分らなかったが、三日目に戻されて来たお君の話で豹一には事情が分った。その頃、安二郎は廃球以外に新品の電球も扱っていて、電球工場から仕入れたのを地方の会社や劇場に納入する一種の仲買いの様なことをしていたが、時々刺青《がまん》のたあやんと称する男が、五百個千個と電球を売りつけに来るのを安い値で買いとっていた。刺青《がまん》のたあやんが窃盗罪で警察の手に捕えられ、その事件に関聯した故買の嫌疑であった。盗んだ品と知って買ったか知らずに買ったかと調べられた訳だが、さあ怪しいとは思ていましたがといったお君の言葉がひっか丶ったのである。罰金やと安二郎は苦《にが》り切ってお君の答弁振りをの丶しったが、豹一はふと、故買の嫌疑ならお君よりむしろ安二郎に掛かるのが当然であったと疑い、調べてみると古物商の届けはお君の名儀になっていたのだった。豹一は、それに何か安二郎のからくりがあると安二郎に喰って掛った。母親が身代りに留置されたのだという豹一の言い分に、安二郎は、生意気いうな、俺《わい》が警察に行くのもお君が行くのも同じや、夫婦は一心同体や。そうですか、じゃあもっと夫婦らしくと豹一が言い出すと、俺《わい》に文句あるなら出て行け。

　母親も一緒にと思ったが、豹一は、一人で家を飛び出してしまった。出て行きしな、自分の力で養えるようになったらきっと母を連れに来ますと雇人の森田に後のことを頼んだ。森田の度を過ぎた母への同情振りはかね〴〵苦々しかったが、さすがにその時はくれ〴〵も頼みますと頭を下げた。便所でポロ〳〵と涙をこぼし、そして涙を拭きとると、泣いて止めるお君を振り切って家を飛び出し、その足で職業紹介所に行った。家出した男にうまい仕事がある筈はなし、丸金醤油運搬用貨物船の火夫の口ならあるといわれ、四国の小豆島に渡った。成るにこと欠いて、火夫などになったのは、築港で寂しく時を過していた少年の海への郷愁からであったろうか。しかし、荒くれ者の船長《おやかた》が彼の哀れな腕を嗤っただけあって、船の仕事は辛かった。小豆島と高松を往復する一〇〇噸《〔トン〕》足らずのボロ汽船であったが、彼の石炭のいれ方がちゃちだから船が進まんと、罐《かま》の前でへっぴり腰を蹴り飛ばされた。もう一人いる火夫は船長《おやかた》たちとバクチばかししていた。そのバクチの仲間に無理矢理にいれられて、お君に貰ったなけなしの二十円を捲きあげられその上船長《おやかた》に十円の借りが出来た。漬物と冷飯だけのひどい夕飯を情なくたべながら、「脱走」ときめた。二日経った夜、高松の港につくと豹一は船員たちと一緒に女を買いに行くのだと船長《おやかた》に五円借りた。それを大阪への旅費にし、勿論バクチの借りは踏倒すつもりだった。焼け出された様な火夫の服のまゝではいくら何でも帰れないと、家を飛び出す時に着ていた着物を新聞紙に包み、何喰ぬ顔で船から降りようとすると船長《おやかた》が怪しんでそいつは何だ。着物と分り、ちょく〳〵あることだがまさか、といい掛けるのを、着物きて行かんとプロセチュートに持てないでしょう。プロセってなんじゃ。英語で女のことです。お前なか〳〵インテリじゃな。うまく信用されて、船を降りると、その足で連絡船乗場にかけつけた。

汽車の中では大阪につくと直ぐ家に戻るつもりであったが、しかし、駅に着いて、いきなり大阪弁をきくと何故かもうそんな弱気がなくなってしまった。駅で買った新聞の広告を見て、霞町ガレージの円タク助手に雇われた。一日に十三時間も乗りまわすのでふら〳〵に疲れ、時々目が眩んだ。ある日、手を挙げていた客の姿に気付かなかったと運転手に撲られた。翌日、運転手が通いつめていた新世界の「バー紅雀」の女給品子は豹一のものになった。勿論ものになったという言葉には豹一的な限界がある。品子が借りていた住吉町の姫松アパートの一室で泊ることになり、乳房にまでコールドクリームの匂いをさせている品子の体を抱くことは抱いたが、ふと、遠くに聞える支那ソバ屋のチャルメラの音に思いがけない感傷を強いられると、収っていた母の想出が狂暴に働いて、だしぬけに気が変った。燃えていた品子には不思議なほどにわかに男らしくなくなるのであった。照れてるのかしら、と思われても仕方のないところもあったが、しかし照れさせない品子の技巧に飽くまで抗った本根のところは、自分にも説明出来ない何かであった。

運転手に虐待されても相変らず働いていたのは品子をものにしたという勝利感からであったが、ある夜更け客を送って飛田遊廓の巴里楼まで行くと、運転手は、如何《ど》や一丁遊んで行こうか、こゝは飛田《びた》一の家《うち》やで。どうせ朝まで客は拾えないし、それにその日雨天のため花火は揚らなかったが、飛田遊廓創立二十周年記念日のことであるし、何んぞえ、ことあるやろと登楼をすゝめた。勿論断ったが、十八にも成ってと嘲けられたのがぐっと胸に来て登楼《あが》った。けちけちしなはんな、どうせこゝは金が敵《かたき》やと遣手婆にいわれて、財布ぐるみ投げ出し、おまけにポケットにはいっていた銅貨まで一枚二枚と勘定しながら、渡した。哀れな自己陶酔と自ら嘲った気持には、円タク助手などしていていつに成ったら母親を迎えに行けるかという自責が働いていた。長崎県五島の故郷へ出す妓《おんな》の手紙を代筆してやりながら、何故《なぜ》こんな所へ来た？　親のため、そやけどこんな所とは思わなかったわ。知ってたら来なかった？　返答はなく、尚も、最初はどんな風に感じた？　顔を袂でかくしていた？　残酷な質問であり、そして一口に言えば人相のわるい歪められた顔付であった。雇人の話で辱しめられたお君の姿が頭にこびりつき、安二郎を動物と思う捨鉢な憤怒が燃えているためであったか。今はどんな風に思ってる？　習慣だわ、皆んな金のため。一種の労働か？　そう。そうか、金に換算されるのか、大したこっちゃないと何か救われて、一筋に思いつめていた事大観念めと重荷がとれる想いがした。女の体と楽天地のミイラを比較してみて、いろはにほへど散りぬるをと何もかもしゃらくさい気持になった。性的なものへの嫌悪に余りに憑かれていた自分が阿呆らしく見えた。男も女も同じだ、何故なら男だけではと思い付き、真理は平凡なりと呵々大笑した。しかし、そんな風に割り切れるところに豹一の浅墓さがあった。妓の要求に笑いながら応じたが、しかし妓は何故か豹一に激しく燃えて、豹一の感覚は折角割り切れた観念を苦もなく蹴飛してしまった。窓の下を走る車のヘッドライトが暗闇の天井を一瞬明るく染めたのを、慟哭の想いにかられて見ていた。あっさりと物ごとを考えられないのが彼の欠点であった。たった今見たことがもう彼には一生涯忘れ得ぬ記憶になってしまったのである。左様な事柄には破戒僧の敬虔さを以て臨むのが賢明であるのに。

如何なる心の矛盾からか豹一はその後、巴里楼にしげ〳〵と通った。随分苦面もして通うのであるから、勿論酔興ではなかったが、しかし何故通うのか自分の心を覗いて見ても分らなかった。惚れているという単純な言葉が仲々思いつかなかった。思いついても、何故惚れてるのかと突きつめて考えてみなくては気に済まぬ性質であった。嫌悪しているものに逆に心を動かされるという自虐のからくりには気がつかなかった。ある朝、妓が彼の為に林檎をむいている姿を見て、胸が温った。無器用な彼は林檎一つむけず、そんな妓の姿を見て簡単に夫婦約束をなし、年期明けたら夫婦になろうと誓言をとりかわした。妓は彼女が最初客をとった時の事を何度もくどく繰り返してきく時の彼の恐しいほど蒼ざめた表情に本能的な憎悪を覚えていたが、しば〳〵はにかんでぽうっと赧くなる時の彼に子供をみて、好ましく思っていた。彼女は、彼を、彼女の表現に従えば、どんな情の薄い女でも一度知ったら決っして想い切れないという男に仕上げてしまった。

しかし、妓は二月ばかり経つと疳つりの半という博奕打ちに落籍《ひか》されてしまった。豹一は、妓の白い胸にあるホクロ一つにまで愛惜を感じる想いで、初めて嫉妬を覚えた。そして彼の自尊心の強さは、嫉妬する状態を恥じいりながら、しかも逆に嫉妬する情を益々募らせた。博奕打ちに負けたと思うのである。疳つりの半は名前の如く、絶えず疳がおこって体を痙攣させている男だときかされ、妓の体とその男と並べて考えてみると豹一の血は狂暴に燃えた。不良少年たちと喧嘩をする日が多くなった。そして博奕打に特有の商人コートに草履ばきという服装《みなり》の男を見ると、いきなりドンと突き当り、相手が彼の痩せた体をなめて掛かって来ると、鼻血が出るまで闘った。

ある日、そんな喧嘩の時、胸を突かれて、ゲッと血を吐いた。汽船の火夫をしていた頃から時々弱い咳をしていたが、あれからもう三月、右肺尖カタル肺浸潤、ラッセルありと医者が簡単に決めてしまったほど、体を悪くしてしまっていた。ガレッジの二階で臥床していたが、肺と知って雇主も困り、家に知らせたら如何《ど》や。待っていましたとばかり雇主の言葉を口実にお君に手紙を書いた。不甲斐ない人間と笑って下さい。どうせ今まで何一つ立派な事もして来なかった体、死んでお詫びしたくとも、矢張り死ぬまで一どお眼に掛りたく。弱気な文句と自嘲しながら書いた。早速お君が飛んで来ると思ったのに、手紙が速達で来た。裏書が毛利君《きみ》となって居り野瀬君《きみ》でないのに、はっと胸がつかれた。行きたいけれど行けぬ。お前に会わす顔のない母です。恨んでくれるな。腑に落ち兼ねる手紙であった。何かあると心配だったが、それよりも先ず母は変ったとどきんと胸に来た。手紙と一足違いに、意外にも安二郎が迎えに来た。

お君は変った。まるで生れ変ってしまった三十六歳の一人の女に、安二郎はいきなり出喰わした感じであった。彼が今迄何一つ自分の自由にならないものはないと思っていた女が、今は如何にしても自由にすることの出来ない一つのものをもってしまった。お君は自分の心をもったのである。

豹一が家出した時お君は初めて自己というものに眼覚めた。そしてその自己は豹一に連る《つらな》自己であった。豹ぼんが可哀そうだと思いませんか御寮《ごりょう》さんが余りお人善しやからですと森田にいわれて、はっと眼が覚める想いだった。豹一の身の上を案ずることで自分の身の上を考えた。最近安二郎は貰い子をすることになっていた。馬鹿らしいやおまへんか、野瀬の身代は大将一人で作ったんやおまへん、御寮さんの働きで半分は作られたんです、女房が一人で寝て亭主が外で泊って来るなんて、一体夫婦といえますかと言われて一々思い当る気がした。豹ぼんのためにもう少し自分を主張せんといけませんよといわれると、ぐっと胸にこたえた。豹一と一緒に何故《なんで》飛出さなかったんやろというと森田は何か狼狽して、いや飛出さんでもえゝのです、それよか豹ぼんの為に。だが森田は結局は自分の為にお君を慰めていたのである。森田はお君を犯した。巧く立ち廻ったと思ったが、しかし、もはやお君にとってはそれは生理よりもむしろ心理的なものであった。安二郎に知れて、罵倒され打たれて傷だらけになりながら、安二郎の顔に冷やかな眼を据えるのだった。安二郎の顔に懊悩の色が濃く刻まれて行くのを、しげ〳〵と見つめるのである。勿論森田は追い出された。しかし森田のねっとりと油の浮いた様な顔は安二郎の頭を絶えず襲って来るのだった。安二郎は初めてお君を女と見た。自分の背後姿をじっと穴のあく程見つめている安二郎を感ずるとお君は、自分にも背後姿があったのだと何か充実感を覚えるのだった。恥をさらす様なものだったが、安二郎は兄の守蔵とお兼に事の次第を話して、如何《どな》いしましょう。追い出す気はないのであった。守蔵はお兼に万事一任した。お兼は、先ず、お君を追い出す様な処置は残酷だと主張することによって守蔵に対する自分の位置を権威づけ、そして娘の縁談を想って、安二郎の家風に傷がつかぬ様に、事穏便に秘密にしてしまわねばならぬと意見を述べた。安二郎はお兼の意見に従うことを良しとした。何よりも先ず、四十過ぎて妻に裏切られた男の醜態を人眼にさらしてはならないのだった。彼の嫉妬は陰に籠った。悋気《りんき》といういまわしい言葉に絶えずおびやかされながら、ひそ〳〵声でお君をのゝしるのだった。しかも何たる事か、それとなくお君の機嫌をとり、着物など見立て、買って来たりするのだった。お君が鏡台の前で着付けするのを傍で見ながら、安二郎は思いつく限りの嫌味な言葉を苦々しくだら〴〵と吐きかける。お君は鏡の中でちらりと笑う。心が軽いのだった。安二郎は打ちのめされた気持がした。だから、今度のことは豹一の出世の妨げになるやろという一言がお君の虚をつくという意外な効果をもたらしたことにふと気付くと、専ら豹一を持ち出した。初めてお君の顔に皺が刻みこまれた。彼女は見る〳〵顔の艶を失って行った。森田から手紙が来たのを横取りした安二郎は消印が大阪市内だと知って、恐しく狼狽した。黙って居れば良いのに、手紙が来たぞと嫌味をいい、そして、お君が返事を出さないかと心配するのだった。自分の留守中に返事書くだろうと思うと外出もせず、勿論お君の外出も禁止した。いくら何でも風呂だけはと銭湯に出掛けて行くのにもこっそり後を尾行け、自宅に風呂場を作らねばならぬと思った。

意外な安二郎の迎えを豹一は不審《あやし》んだが、実はお前の母親のことやがとわざとお君とも女房ともいわずに喋り出した安二郎の話をきくと、事情が分った。十八の豹一をつかまえて、洗いざらい恥さらししなければならぬ自分を安二郎はさすがに情なく思い、つとめて平静を装うのだったが、既に豹一は安二郎の苦悩が隅々まで読みとれる男になっていた。実はお前の居所を知り度うてな、新聞広告出してたん見《め》えへんかったかといい、家に戻ってお君を監視してくれと頼む安二郎を、ざまあ見ろと思ったが、しかし、そんな安二郎を見るにつけ、巴里楼の妓に嫉妬した自分の姿を想い知らされる豹一は、初めて安二郎に親しみを覚えた。思わぬ豹一に同情されて安二郎は豹一が病気で無ければ一緒に酒をのみたい位の気持を芸もなく味わされ、意外な父子の対面であった。

しかし母子の四ケ月振りの対面はもっと微妙を極めていた。火夫になり円タク助手をやったときかされたお君は紙の様に蒼白い豹一の顔を見ると、身を切られる様な自責を感じ、皆んな自分が悪かった、どうぞ私の軽《あて》はずみを嗤ってくれと泣いた。肩身のせまい想いをしたらいけませんよ、母さんが悪いんじゃない、父さんが悪かったのだと豹一は慰めたが、どうして母親を責められようかという気持から、女の生理の脆さへの同情が湧いて来た。そして、それが、妓への嫉妬から脱れる唯一の血路だと思うのだった。しかし、安二郎に同情を感ずる時の彼は妓の肉体に対するいまわしい想い出と嫉妬を狂暴に強いられ、そんな矛盾に日夜懊悩した。血路は要するに血路であった。それを切りひらくためには自ら傷つかなければならないのだ。嫉妬は彼に女の問題を絶えず考えさしたが、しかし生理という狭い小径のみを逍遥うていた彼には、何の救いもあり得なかった。

ガレッジの二階で寝ていた頃とはすっかり養生の状態が変った。お君は自分の総てを賭けるかの様に豹一の看病に熱中した。自分をつまらぬ者に決めていた彼は、放浪の四ケ月を振りかえって見てそんな母の愛情が身に余りすぎると思い、涙脆く、済まないく〵とひそかに合掌した。しかし、何も済まんことあれへん、この家でお前が遠慮気兼せんならんことはない、当り前やという母の言葉に、余りにも謙譲であった以前の母とまるで違ったものを感じ、眼を閉じて、そんな言葉を痛くきいていた。お君はもう笑い声を立てることもなくなっていた。お君の関心が豹一にすっかり移ってしまったので、豹一の病気を本能的に恐怖していた安二郎も公然とはいやな顔をしなかった。

しかし豹一は二月も寝ていなかった。絶えず自分の存在を何ものかで支えて居らねば気の済まない彼には、無為徒食の臥床生活がたまらなく情無かった。母親の愛情にのみ支えられて生きているのは、何か生の義務に反くと思うのだった。妓に裏切られた時に徹底的に傷ついた自尊心の悩みが彼を駆り立てた。いきなり床を出て働くといい出し、止められると、そのまゝ外に出た。生国魂神社の裏を抜け、坂道を降りて千日前に出た。珍しく霧の深い夜で、盛り場の灯が空に赤く染まっていた。千日前から法善寺境内にはいると、そこはまるで地面がずり落ちた様に薄暗く境内にある祠の献納提灯や灯明の明りが寝とぼけた様に揺れていた。そこを出ると、妓楼が軒をならべている芝居裏の横丁であったが、何か胸に痛い様な薄暗さと思われた。前方に光が眩しく横に流れていて、心斎橋筋である。その光りの流れは、こちらへも又、向うの横丁へも流れて行かず、筧をながれる水がそのまゝ氷結してしまった様である。その為のこの横丁の暗さであったか、何か暗澹とした気持で、光りを避けて引きかえしたが、しかし、又、明るい通りに出てしまった。道頓堀筋、そこのキャバレエ赤玉の前を通ると、アジャーアジャーと訳の分らぬ唄声、そして途端に流れる打楽器とマラカスのチャイナルンバ。女性の肢態の動きを想わせる軽薄なテンポに咄嗟に、巴里楼の広間で白いイヴニングをきて客と踊っていた妓の顔を想い出し、カッと唇をかみしめながらキャバレエの中にはいった。テーブルへ来たホワイトローズの甘い匂いをさせているおっとりとした女が十九ときいてあきれかえって眼をしばたいているのには眼もくれず、隣のテーブルで、どう考えても一調子高すぎると思われる下手な東京弁で大学生が口説くのを、腕組みしながらフン〳〵ときいている額のひろい冷い感じの女にじっと眼を注いでいた。気付いて、銀糸のはいった黒地の御召を著しく抜衣紋しているその女がすらりとした長身を起して、傍に来たが、ぱっと赧くなった切りで、物を言おうとすると、体が震えた。呆れるほど自信のないおどくした表情と、若い年齢で女を知りつくしている凄みとをたゝえた睫毛の長い眼で、じっと見据えていた。その夜、赤玉がカンバンになると、女と一緒に千日前の寿司捨で寿司をたべ、そして、五十銭《ギザイチ》で行けと交渉した車で萩之茶屋の女のアパートへ行った。女が赤玉のナンバーワンということで自尊心の満足があったが、しかし養ってやるから一緒に暮そうといわれ、本当か、俺の様なものが好きだとは何かの間違いじゃないか。好きやから仕方ないわ。巴里楼の妓に仕込まれた技巧が女を惚れさしたのだと豹一は思った。そう思うことによって豹一は自らをさげすみ、又、女をさげすんだ。

三日経つと再び喀血した。重態ときかされ、自分の過去を振りかえって見た。絶えず自分の存在をたしかめて来た筈だったのに、何かそこにぽかんと穴のあいてる様な気がした。ひどく自分に自信がなくなり忘れていた筈のいろんな女の顔を想った。弱気を嗤いながら、円山公園で最後に接吻した女専の生徒に手紙を出した。妹でございます、姉伊都子ことは昨年の暮ふとした病気にかゝり、十二月二十日夜永遠にかえらぬ旅に立ってしまいました。姉の日記によりあなた様のことを知りました。生前何くれと姉がお世話さまでした。今後とも宜しくいたらぬ私を御指導下さいませ、妹冴子より。そんな手紙が来た。死んだのか、十二月二十日に俺は何をしていたのかなと思い、その手紙を握りしめて死んで行こうと、ふと感傷的になった。豹一にも感傷の秋があったのだ。木犀の花が匂う頃死ぬと決めていたのに危く助かった。

散歩が出来る様になり、ある雪の日、浮かぬ顔で心斎橋を歩いていると、意外な男に会った。三高時代寄宿舎の同じ部屋にいた小田という男であった。どうだ、この頃も盛にやってる？　大丸横のヴィナスという喫茶店に落つくと小田は煙草のヤニで黄色くなった指を突き出して、そう言った。なに、メッチェンの事さ、当時病身故慎しんでるのか、胸が悪い？　石油のめ。死のうと思っていたんだがというと、失恋？　あわれむ様な小田の顔にはきかける様に女なんて自分の思う様になるよ。自分でも信じていない言葉を言ってしまった。小田に挑まれて、大阪劇場地下室で将棋をさし、花田八段的攻撃と称する小田に翻弄されて、ぺしゃんこになった。女と将棋とは違うからねという小田の毒舌に、よし、じゃあ賭をしよう、一週間以内に女をものにしてみせると思わず言ってしまった。喫茶店ロスアンゼルスの友子という少女と決めて、そして、ぽかんと穴のあいてしまった様な自分が賭けに勝つことによって充実されるだろうという愚かしい希望を抱いて、ロスアンゼルスに通った。二日目の白昼、活動へ連れて行った友子にいきなり、ホテルへ行こう。承諾させ、ホテルへ行く前に不二屋でランチをたべた。そして、運ばれた皿に手をつけず、ナフキンをこなごなに千切っては捨て千切っては捨てしている女の震え勝ちな手を残酷な気持でじっと見つめ、そして自らを虐めつけていた。

半年経ち、ひょっくり友子に会った。妊娠しているときかされ、はっとした。恨んでもいない事に胸をつかれた。約一は友子と結婚した。そして、家の近くに二階借りをした。安二郎の仕事を手伝い、月給をもらうことになった。小田にいわれた石油のことを思い、本当にきくのかと医者にきいた。その年の秋、友子は男の子を産んだ。名前は豹吉とつけようと友子がいったが、彼は平凡に太郎とつけ、皆んなに笑われた。分娩の一瞬、豹一は今まで嫌悪していたものがこのことに連がるのかと何か救われるように思った。

その日、産声が空に響くようなからりと晴れた小春日和だったが、翌日からしと〳〵と雨が降り続いた。六畳の部屋一杯お襁褓《むつ》が万国旗の様に乾された。お君はしげ〳〵と豹一の所にやって来た。火鉢の上でお襁褓を乾かしながら、二十歳で父となった豹一と、三十八歳で孫をもったお君は朗らかに笑い合った。安二郎から帰って来いと迎えが来ると、お君は、また来まっさ、さよならと友子に言って、雨の中を帰って行く。一雨一雨冬に近づく秋の雨がお君の傘の上を軽く敲いた。

俗臭

同人誌『海風』第五年六号（一九三九年九月）所収。第十回芥川龍之介賞候補作となる（受賞作は寒川光太郎「密猟者」）。著者の第一単行本『夫婦善哉』（創元社、一九四〇年八月）に収録するに際して、全面的に改稿されている。改稿後のテクストは、講談社文芸文庫版『世相　競馬』（二〇〇四年三月）などで読むことができる。

本書への収録にあたっては、初出誌を底本とし、単行本『夫婦善哉』収録版を参照した。この『海風』版が単行本に収録されるのは、本書が初めてである。

一

最近児子《にご》政江はパアマネントウェーヴをかけた。目下流行の前髪をピンカールしたあれである。明治三十年生れの、従ってことし四十三歳の政江はそのため一層醜くなった。つまりは、なか〳〵に暴挙であった。

かつて彼女は隆鼻手術をうけたことがある。日本人ばなれする程鼻は高くなったが、眼が釣り上って、容色を増した感が少しも起らなかった許りか、鏡にうつしてみて、まるで自分でもとっつき難い顔になった。三月経って漸くその顔に馴染んで来た頃、鼻の上の蠟がとけ出した。その夏大変憂鬱な想いで暮さねばならなかった。手術料は五百円だったということだ。

僅に、卵巣切開手術や隆鼻手術のような高級な医術に自発的に参加するのには、余程の医学的知識と勇気、英断を要するものだという持論が彼女を慰めた。政江の周囲には予防注射をすら怖れるような見《みっ》ともない人間ばかりが集っている。この事実がいつも政江を必要以上に勇気づけるのだった。無智無学の徒を尻眼に、いわばこの女《ひと》は尖端を切るのである。総て斯様なことは、政江が若い頃、詳しくいえば十八歳から二十一歳までの足掛け四年間、京都医大附属病院で助産婦見習兼看護婦をしていたこと、関係がある。

看護婦時代、醜聞があった。恋愛という程のものではない。相手は学校出たての若い副手達である。教養ある大学出の青年だから、尊敬の心もあった。いい寄られて抵抗しなかった。いつものことだった。好奇心に富んでいたからである。青年達は、宮川町などの遊廓で遊ぶ金がかなり節約出来た筈だ。それどころか、それよりも得るところがあった位である。一人二人に止まらなかったから、もし美貌だったら、病院内で多少の刃傷沙汰が起ったかも知れぬ。騒がれたという点で、その頃のことは甘い想出となって未だに彼女の胸に残っている。このことが、政江の医学的なものへの憧れの一つの原因といってもよい。

先年、四人の娘を産んで、五人目に跡取りの男子を出産したのを機会に、避妊のため、卵巣切開手術をうけるべく、政江はわざ〱京都医大に入院した。が、知り合いの医員は一人も居らず、たった一人、頭の禿に見覚えのある守衛がいた。彼は五円紙幣を無雑作に恵まれて驚き、「あんたはん。えらい出世おしやしたどすな」といった。それで、辛うじて期待が報いられた。あれから二十年経っているのだという感傷よりも、その歳月がもとの助産婦見習を百万長者の奥さんにしてしまったという想いの方が、政江には強かったのだ。知り合いがいなければ、誰がこの事実に驚いてくれるだろうか。

卵巣切開によりほのかに残っている色気を殆んど無くしてしまったが、もと〲彼女は百万長者の御寮さんという肩書の為に幾分損をしているところもある。が、このたびのパアマネントウェーブは彼女の醜貌を決定的にしてしまったと周囲の人々は口喧しく騒いだ。

「娘ももう年頃になったことやさかい、私《わたし》も今までとは交際《つきあ》いが違《ちが》て来まっしゃろ。今まで通り旧弊な髪結うてたら娘の嫁入り先に阿呆にされまんがな。今日日《きょうび》はパアマネントオーの一つ位掛けんことには、良家《ええとこ》の人と交際も出来《でけ》まへんさかいナ。それに、何でんがナ。一ぺん掛けといたら半年は持つゆうことやし、私《わたし》も髪さんで髪結うより安うつく、こない思いましてナ」

と政江はいいふらした。今まで「私《わて》」「私《わて》」と云っていた彼女が、この時打って変った様に「私《わたし》」と上品な云い方を用い出したことは、人々、就中、政江の義妹たちの注目をひいた。この変化は何に原因するのかと考えた揚句、かすかに思い当る節があった。

東京の崎山某という紳士がちかごろ頻繁に東京大阪間を往復して児子《にご》家に出入している。最初崎山は代議士であると誤解されていた。が、違うらしいのだ。どうやら、立候補すらしたこともないというのが本当らしいのである。が兎に角、彼はまるで口笛を吹くような調子で議会政治を論じ、序でに国策の機微にも触れ、いってみれば一角《ひとかど》の政客の風格を身辺に漂わしていた。不思議に、ついぞ名刺というものを出したことがない。このことを一番不満に思ったのは政江の義弟の伝三郎だ。何かにつけて有名無名の士の名刺を頂戴することを商売の秘訣と心得ているのである。かつて崎山と一座した時、伝三郎は例によって、名刺をねだった。

「名刺一つおくなはれな」

「あは、、、、」とその時崎山は大声で笑って、「名刺は持ち合わさんので……」とタバコの空箱の裏に住所氏名を書いて与えた。赤坂区青山町とあるのを見て、伝三郎は、

「あんさん、えらい粋な所《とこ》に住んだはりまんナ。こゝ、これを囲うたアる家と違いまんのか」と小指を出したということだ。赤坂という地名から専ら色町を想像したのであろう。崎山は、その小指を悠然と見下ろし、葉巻をスパ〳〵吸うていた。崎山が煙にむせて少し眉をひそめたのを見て、政江は眉をひそめた。内心義弟の口軽さをとがめたのだ。が、政江もかつて崎山に、

「あんさんらは、何でんナ、青切符が無料《たゞ》でおますよって、旅する云うても結構でおますナ」と言ったことがある。代議士でないとすれば崎山といえど汽車の切符が無料である筈はない故、政江の云い方は随分早まったことになる。その時崎山某は、

「いやあ、之は恐縮ですなあ」と苦笑したということだ。確なことを面と向って訊くのも妙な工合だという遠慮から、崎山の身分に就は総て曖昧のま、だった。どうでも良かったからである。「東京の人は金も無い癖にえらい威張ったはる」という印象で簡単に片がつくのだ。重要なのは崎山の持って来た話だけだ。――政江の長女千満子《ちまこ》の縁談であろうと人々はにらんだ。その通りだった。政江は極秘にしていたが、人々には、今度の縁談の相手が、某伯爵家の次男で、東京帝大出、高文もパスし、現在内務省計画課の官吏であると、すっかり調べあがっていた。この縁談が成立すれば政江は伯爵家の何かに当る訳だ。「私《あて》」

が「私《わたし》」に変り、耳隠しがパアマネントウェーブに成るのも満更不思議ではない――と人々は思い当ったのである。

それにしても不思議なのは、政江が誰にもこの話を云い触らさず、伯爵のハの字もいわなかったことだ。一年前今程良い話といえなかったが、それでも政江の虚栄心を満足さすに足る縁談があった。大阪商工会議員の長男といえば、少くとも大阪で一流だ、とその時政江はすっかり逆上してしまったのだ。それだけに、このたびの彼女の慎重さは注目に価するものがある。あるいは、余りの話の良さに、あらかじめ破談を怖れてのことかと想像された。この前の縁談が破談になった時、誰彼にもいい触らしていたゞけに、随分面目ない想いをした筈なのだ。苦い経験が彼女を慎重にしたのだろう。――それに違いは無かった。が、さすがの彼女も一人位は聴き役が必要であった。女中のお春がさしずめこの役にあずかった。よって、総てはお春の口からもれたのだ。お春の話を聞いた時、人々は即座に、某伯爵家はいわゆる貧乏華族で、千満子の持参金は五万円乃至十万円だと、決めてしまった。また、この縁談は成立しないだろうと、簡単に予言した。前のはなしの破談になった原因が原因だからというのである。その当座、いろ〳〵と臆測されたが、就中政江の義弟たちは、政江がもと助産婦をしていたことが忌避されたのだと取沙汰した。その妻たち、即ち、政江の義妹たちは之をきいて非常に喜んだ。夫婦相和した訳だ。義妹たちには、しかし、もう一つの言い分があった。商工会議員の長男なら、千満子の容貌では不足だったろうというのだ。しかし千満子は鼻と背が幾分低いという点を除けば、むしろ美人の方だから、彼女等の言い分は不当であろう。彼女等の夫はそれ〴〵、姪の容貌に就ては大いに弁護するところがあった。

政江は、義弟の一人である千恵造の行状を破談の原因だと思い、自ら信じて疑わなかった。

児子権右衛門を頭に、順に市治郎、まつ枝、伝三郎、千恵造、三亀雄、たみ子の七人きょうだいの中で、千恵造は児子一家の面汚しとされている。穀つぶしの意久地なしというのが定評だ。大変気が弱いということは記憶に止めて置く必要がある。元来彼等きょうだいの出生地、和歌山県有田郡湯浅村（現在湯浅町）は気性の荒いので近村に知られた漁村である。大袈裟にいって、喧嘩と博奕の行われない日はないといった風で、千恵造の様な気の弱い「ぐうたら者」は全く異色なのだ。代々魚問屋で相当な物持ちだったが、父親の代に没落した。原因は博奕と女であった。父親が死んで後に残ったのは、若干の借金と、各々腹ちがいの、二十八が頭、十七歳が末の七人のきょうだいである。一家分散し、彼等は大阪に出て思い〳〵の自活の道を求めた。権右衛門は沖仲士、市治郎は馬力挽き、伝三郎は寿司屋の出前持、千恵造は代用教員、三亀雄は高利貸の手代、まつ枝、たみ子は女中奉公、いってみればそれ〲に苦難の道だった。大正元年のことだ。翌年まつ枝は好いた男と結婚したが、きょうだいは散り〳〵ばら〲で、誰一人婚礼の席に呼べなかった。五年後のたみ子の場合も同様であった。が、大正十年、初めて彼等は天王寺区上本町八丁目の権右衛門の家で顔を合わせた。偶然ではない。権右衛門は既に一かどの銅鉄取引商人に出世していたのである。やがて市治郎、伝三郎、三亀雄たちも、兄のお蔭で立派な銅鉄商人となった。が、千恵造はいつまでも権右衛門の家にごろ〳〵し、帳場に使われていた。他の兄弟の様な、生馬の眼をぬく商魂がなかったのだ。その代り、代用教員をやれるだけあって筆が立った。伝三郎にいわせると、「字のよう書くもんに碌な奴はない」

娶《めと》ったが故あって離婚した。妻の実家が権右衛門と取引して七千円の損害をかけ、権右衛門との間に訴訟が起ったのが原因である。色白の、眼の図抜けて大きな可憐な女だった。しかも東京生れの、言葉使いの歯切れよい、分に過ぎた女房であったが、千恵造は兄の命ずるまゝに従った。破産した実家へ妻を帰らすに就て、彼は全く意久地なく振舞った。暫く経ち、商用で名古屋へ行った時、中村遊廓で、妻の妹に出会った。下ッ端だったが、彼女は蒲田の女優だったのだ。二三度、女中の役で出ているのを見に妻と一緒に常設館に行ったのも、ついこの間の事だ。女郎になっている義妹と床を同じくして一夜を明かした時千恵造が発揮した人間味に就ては記述をさける。大阪に帰ると、彼は道頓堀や千日前のカフェーを飲み歩いた。肺が悪く、一度三合許りの血を吐いたが、翌日もカフェー遊びはかゝさなかった。酔えば女給を相手に何ごとかをぼそ〳〵と愚痴るのだ。毎夜必ずビールを五六本、酒を五六合、チャンポンにのんだ。それ位のんでも大きな声で物もいえぬ程気が優しく、働く女への想いやりもあるようで、あまり好男子《いゝおとこ》ではなかったがあちこちでもてた。千日前楽天地（現在歌舞伎座）横町のカフェー喜楽の年増女給とねんごろになり、宝塚旧温泉で関係を結んだ。春美といって二十六歳、かつて某浪花節寄席の持主の妾をしていたことがあり、旦那は南五花街の遊廓で誰知らぬ者のない稀にみる漁色家で、常に春画春本淫具の類を懐中にしている男であると、女は何を思い出したのか何もかも千恵造に打ちあけた。千恵造は唸った。場所が場所だったのだ。たった今先、女は彼に三十六歳で始めて女の身体を知ったかの様な感銘を与えたのである。それに彼女はどちらかといえば、無邪気なところがあるだけにこの打ち明話は単なる閨房の話術を通りこして、千恵造の心に痛くこたえた。彼は便所に立ち、平気や〳〵と呟いた。窓から武庫川の河原が見えた。五月の午後の太陽が輝いていた。この時の千恵造の心理状態は描写に価するものがあるが、こゝではその煩を避ける。直視しがたい様な自分の奇妙な表情を洗面所の鏡にちらりと見て、千恵造は部屋に戻った。彼の顔は苦痛と情慾のために歪んでいた。その後たび〳〵逢引を重ねた揚句、元来心根の優しい春美は、千恵造の情にほだされて、打ちあけるべき最後のものを打ちあけた。彼女は、詳述をはゞかるが、世人の忌み嫌うある種族の一人であったのだ。「私が嫌いにならはったやろ」といって顔すり寄せる女の魅力に抵抗する力は千恵造にはない。何となく悲しい彼はその時自身の不幸を誇張して述べた。虫の鳴き声、青電灯の生駒山の連込宿で、二人はお互いに慰め合ったのである。いってみれば恋愛の条件は揃った。概ね打明け話は恋愛の陰影《いろあい》を濃くするという例に二人の場合ももれなかったのだ。二人は結婚した。

　政江とその夫権右衛門の許可を得ることは仲々むつかしかった。危く結婚し損うところであった。伝三郎が「好いた同志やないか」と助け船を出した揚句、結局このまま無理に離婚させたことの償いとして許された。割に盛大な婚礼が行われたが、その夜、千恵造は何故かむしろ浮かぬ顔をしていた。宝塚旧温泉できいた女の打ち明話に今更悩んでいたのであろうか。

がともあれ、婚礼の夜の春美こと児子賀来子《かくこ》の著しく化粧栄えのした容貌は、人々を瞠目させ、千恵造は羨望された。伝三郎の言を借りると、千恵造は、「後々《あと》へ別嬪な女子《おなご》をもらって、勝負した（うまくやったという意）」のだ。が、「勝負した」実感が起って来るためには、彼は少くとも俺は勝負したのだと自分にいいきかす必要があった。婚礼の費用はざっと千五百円掛った。

児子家の権式を見せるために少くとも八百円余分の金が費されたのだ。が、そんなに金を掛ける必要は更々になかったと、あとになって人々就中政江は思った。

婚礼の夜から一月《ひとつき》ほど経ったある日、政江は新家庭を訪問した。玄関に出た賀来子の顔を見るなり、

「実は賀来子さん、あんたに正直に答えてほしいことがおますねん。女の一生のことですよって、嘘いわんといとくれやすや。あんたの血統のことで一寸人からきいたことがおますねん。あんたのお父さんは——」

終いまでいわさず、賀来子は、

「そうです。そうです」と叫んだ。捨鉢な調子であったから、政江は何かぎょっとした。稍震えた。

「矢っ張りそうでっか。それに違いおまへんな。ほんまにそうでんな。そうでっか。考えさしてもらいまっせ。主人と相談さしてもらいまっせ」

政江は興奮の余り、便通を催した。彼女は急いで帰宅した。その夜権右衛門は政江の口を通し千恵造に賀来子を離縁せよと申しつけた。千恵造ははなはだ煮え切らぬ態度を示した。それでも男かと極言されたが、翌日千恵造は男である所以を示した。千恵造と賀来子は駆落した。伝三郎がそれと知って梅田の駅へかけつけ、餞別に三十円の金を与えた。そのことが知れて、彼は権右衛門から出入を禁止された。

これは伝三郎には相当な打撃だった。もとの寿司屋の出前持ちから今では相当な銅鉄取引商人にはなっているもの、、彼は酉年生れの派手な性質で金で面を張るのが面白いまゝに浪費が多く、纏った正金がなかったので、一万二万という大きな買ものにはどうしても兄の資本に頼る必要があったからだ。だから、

出入禁止をされた彼は屢々末弟の三亀雄に資本の融通をたのんだ。三亀雄はがっちり屋で、自分では貧乏やく〳〵といいふらしていたが、もの、十万円は貯めているだろうといわれていた。もと高利貸の手代をしていた時の根性が未だに残っていて、彼は兄の伝三郎に日歩三銭の利子をとった。伝三郎は三亀雄のたんげいすべからざる蓄財振りを畏敬していたので、諾々として利子を払ったが、その利子のことで伝三郎の家庭で一寸したいざこざが起ったことがある。伝三郎はその時ひどく妻を折檻した。

「おん者《しゃ》ら（和歌山の方言でお前という意）俺《わし》の兄弟のこと悪う抜かすことないわい」

伝三郎は兄弟想いであった。ともあれ、しかし、出入禁止は痛かった。心配して仲にはいってくれる者もあったが、何分伝三郎が千恵造の駆落をそゝのかしたばかりか、いろ〳〵千恵造の肩をもち、彼の弁護をしたということになっているので、勘気はとけなかった。

が、ある日の夕方、伝三郎に出てくれと、呼び捨ての電話が掛り、彼が出てみると、六ケ月振りに聞く権右衛門の声が聞えた。話がある、宅へ来てくれんかとのことで、伝三郎は夕飯もたべず、車を飛ばした。

「兄さんの好物や」と伝三郎が手土産に差出した鮑の雲丹漬を見て、権右衛門は、

「贅沢なことするな」といい、そして、「詳しい話は政江がする」と席を立った。政江は敷島三本吸ってから、話の要点に触れた。

「実は千恵さんのことやが、あんた千恵さんの居所知ってるのやろ」

「…………」

伝三郎はあわて、坐り直した。座蒲団が半分以上尻からはみ出した。最近、千恵造から彼の所へはじめ

ての便りがあったのだ。千恵造夫婦は京城にいる賀来子の伯父を頼って朝鮮に渡り、今は京城の色町で、「赤玉」という小さな撞球場兼射的場をひらいてさゝやかな暮しをしている、内地とちがい気候が不順で困る、などとあり、この手紙のことは権右衛門の耳にいれぬ様にと念を押してあった。それでなくとも、政江の前で、知恵造の話は鬼門である筈だ。伝三郎はウンともスンともいわず、たゞ曖昧な音を発音した。――が、何のために政江は千恵造の居所をきくのだろう。「あんた、隠さんと正直にいっとくれなはれや」政江の小さな三角型の眼が陰険に光った。正直にいっとくれなはれや、というのは政江の十八番だった。かね〴〵伝三郎は嫂に頭が上らず、之に抵抗するのは容易でないのだ。

「へえ。――」

ありのまゝに言った。もう一度、一生出入り差止めでも何でもしやがれと尻をまくった気持だった。この所謂度胸は伝三郎の大いに得意とするところである。酔った時に概ねあらわれるのだが、この時は、この頃頓に増して来た政江の威厳に圧されたのであろう。この度胸に就て一言するならば、例えば好んでやるオイチョ博奕《カブ》に於て、彼の度胸は非常に高いものにつくのだ。これは彼のしば〳〵誇張するところのものだ。博奕での損を大袈裟にいうのを、伝三郎は非常に好むという癖がある。彼は近頃肥満して来て、大旦那の風格があると己惚れているのだった。

さて、その時、政江の顔に微笑が浮ぶに及んで、伝三郎の度胸はやっと報いられた。――伝三郎がわざ〳〵呼ばれて千恵造のことを訊ねられたのには無論訳があった。その頃、前述の商工会議員の長男との縁談が持ち上っていた。

「千恵さんがあんな女と夫婦やということが知れると聴合せの工合が悪いから」どうしても別れさゝねばならぬと政江は意気ごみ、伝三郎なら、手紙の一本位は来てるし居所は知ってるだろうと推測したのである。

「御尤も」と伝三郎は相鎚打った。内地にいるのなら兎も角、朝鮮にいる男のことが何で縁談のさまたげになるようなどとはこの際いうまじきことである。

「姪の婚礼の邪魔しよる。あいつは社会主義者や」

と伝三郎はいった。この言は仲々政江の気にいった。伝三郎が千恵造の弁護をしているという誤解は之で解けた。出入は完全に許された。この時以後、政江は千恵造のことを話す時、社会主義者という形容詞をつけるのを忘れなかった。

一体に、伝三郎は仲々比喩の才に富んでいて、彼の用語には興味あるものが少くない。例えば、淡白なお菜のことを、「金魚の餌みたいなもん喰わしやがって」、商人の談合のことを、「いちゃ〳〵と〇〇〇してけつかる」などは、彼でなくてはの感がある。「社会主義者」というのもこの金魚の餌の類である。

さて、政江の依頼によって、伝三郎が千恵造に離縁勧告の手紙を出すことに話がきまって、この意義ある半年振りの訪問は終った。伝三郎は字が書けぬので、番頭に手紙を代筆させた。社会主義者やと言うたってくれと、伝三郎が念押すと、番頭はその言葉は不穏当だといった。番頭はこの頃男女間の道に分別ついて、千恵造の駆落ちにひそかに同情しているのだ。伝三郎は番頭の言葉をきかなかった。社会主義者という字をいれるのは政江の希望であるからだ。番頭は、社会主義者という字にカッコをつけて、自分の意のあるところを千恵造に伝えようとした。が、結局それは思い過しだった。手紙を見た千恵造は、そのカッコを強調の符号だと思った。だから、あるいは平気で読み流してしまったかも知れないその言葉にひどく拘泥《こだわ》ってしまい、そのため、姪の縁談の邪魔という肝腎の事柄に気をとめなかった。賀来子の方がこの事を気にした。彼女は、自分のために貴方が大事な姪の幸福をさまたげるのなれば、自分は犠牲になるといった。

「どうせ、私は不幸の性来《うまれつき》ですよって、覚悟はしてます」

その心根がいじらしいと思った千恵造は益々賀来子と別れがたく思った。賀来子にはその出生以外に何の欠点もない、その様な女を犠牲にしてまで小生は姪の世間的幸福を願わぬ積りだ、というような意味のことを例の煮え切らぬ調子で返事に書いた。愈々彼は社会主義的色彩を帯びて来た訳である。

「あいつの為に千満子の縁談は目茶苦茶になるやろ」

と政江は叫んだ。果して彼女の予言の通り、破談になったのは前述の通りだ。その原因に就て、いろ〳〵取沙汰があったのも前に書いた。千恵造のことが原因だという政江の言い分は、何かこじつけめいているが、周囲の人々は承認せざるを得なかった。が、真相をいうと、見合の時に、新郎たるべき人が、千満子に就てはなはだ滑稽な印象を感じたのが原因だ。

見合は、千満子のお琴の会という名目で行われた。会場の北陽演舞場で振袖姿の千満子が師匠と連奏するのを、新郎たるべき人が鑑賞したのである。彼は、師匠の悠然たる態度に比べて、千満子が終始醜いまでに緊張し赧面しているのを見て、自分が赧面している様な錯覚を感じた。総てこのことが原因である。

彼はその後、ルンバ踊りの名手といわれたあるレヴューガールと結婚したということである。

余談であるが、このお琴の会で政江が費った金は少く見積って三千円と噂された。政江母娘の衣裳だけでも千五百円出入りの呉服屋に支払ったと、義妹たちは口喧しかった。この呉服屋は児子家へ出入するだけで、娘を女学校へ通わせている。政江には四人の娘があり、最近彼女たちの正月の晴着を収めてたんまりもうけた呉服屋は、この正月には一家総出で白浜温泉へ出掛けようと思っている。児子家では、この正月から年始の客に酒肴を出しても良いということになった。S銀行上本町支店から児子権右衛門預金元利決算報告書が来て、権右衛門の預金が百万円に達したことが分ったからである。

二

振袖が襖の隙間から覗いたかと思うと、千満子、春子、信子、寿子《ひさ》の順に部屋にはいって来た。正月の晴着だった。

「いよう！　皆揃うたな。女《めん》ばっかり並びくさって、こら、カフェーやな。おん者《しゃ》らカフェーの女給《ボーイ》や。お父さんに酌せエよ。」

権右衛門は泪を流さんばかりに上機嫌だ。今年から元旦には訪問客に酒を出すことになり、「まあ、一つやっとくなはれ」と朝から客の相手をして来たので、大分廻っているのである。

「まあ、いやなお父さん」

振袖の中に顔を埋めたのを見て政江は権右衛門の下品な言葉使いをたしなめねばならぬと思った。娘たちの縁談の手前もある。一座している者が内輪の者ばかりでよかったものがこれが若し……が、今は黙っていることにした。一度だけだが、酔うている権右衛門に抗ってひどい目に会うた経験がある。

「おん者《しゃ》ら、一ちょう浪花節掛けエ！　虎造の森の石松やぜ。虎造はよう読みよる。何《な》んしょ、彼《てき》は声が良えさかいな」

大阪弁に紀州弁がまじっている。言葉も内容も娘たちの気にいる筈がない。浪花節なんか下品やわと内心皆思う。代弁者はいつも信子だ。十七歳、眼鏡を掛けている。かね〴〵「眼鏡は高慢たれや」と定評があるのだ。高慢たれの所以を今も発揮しないでおかれようか。

「私《うち》はリストのハンガリアンラプソディ掛けようと思ってんのよ。浪花節なんか下品やわ」

大阪弁と東京弁。

「さあ、掛けて来ようっと」信子が立上ったのを機会《しお》に、姉妹はぞろ〳〵と部屋を出て行った。政江は千満子の帯を直してやった。

「何んや、高慢たれやがって！　あんなピアノなんか何《な》良えんなら！　ピン〳〵、ポロン〳〵大体政江！　おん者《しゃ》があんなもん習わせるのがいかへんのや！」

政江を除き、人々は総て同感であった。政江は一寸ふくれた。人々は酒の味がよくなったと思うのだった。市治郎夫婦、伝三郎夫婦、三亀雄、もと雇人であった春松が一座していたが、就中春松は一番酒がうまいと思った。彼は政江に押しつけられて、児子家の女中を嫁にしたが、その嫁が何かにつけて政江の指図をうけて威張り散らすので、亭主の威光が少しもないという理由で、政江を恨んでいるのだった。外にも恨む理由はある。が目下は専らそれだ。その嫁が今臨月で今日は来ていないということも酒の味に関係がある。三亀雄の妻は先刻一寸顔を出したゞけで、乳飲児があるというのを口実にさっさと引き上げていた。この事は一寸政江の機嫌を損じた。かね〴〵三亀雄の妻が良家《えゝとこ》の出であるという理由からか頭が高いということに政江は不満を感じているのだった。が、三亀雄の妻は良家の娘ではあるが、実は養女であって、本当は誰の、どこの馬の骨の子か分らぬ私生児なのだ、という噂を耳にした時、だから政江は喜びの余りひどくそわ〳〵したものである。

「そうは兄やんの云う通りにも行かんがな、この節は矢っ張り何んやナ、ピアノの一つ位は習わさんことにゃ……」

と言ったものがある。三亀雄だ。政江の機嫌をとる事に敏感なのだ。三亀雄の声は普段もそうだが、殊にこういう場合、いわゆる含み声で、黄色いという形容詞が適わしい。蓄膿をわずらったことがある。夢々感じの良い声とはいえなかったが、このときの政江の耳には大変快かった。三亀雄の妻の早引けは帳消しになった。

「謹聴々々」

伝三郎の妻だ。権右衛門の浪花節が始ったので——。

伝三郎の妻は瘦形でどこか影の薄い感じのする顔立ちだが、どちらかといえば陽気好きである。昔流行った小唄を口ずさむ外は、余りパッとしないがのっぺりとした美男子の活動俳優の写真《ブロマイド》を集めるのが唯一の趣味である。その癖活動には行ったこともない。伝三郎がやらさないのだ。先頃伝三郎の家で女中を雇ったが、直ぐ暇をとった。彼女の様な働き者の主婦の下ではかえって居辛いのだ。女中は暇をとる時、こゝの奥さんは何が楽しみで生きているのかと泣いた。伝三郎が極道者で彼女は十五年間泣かされて来た。そんなこと権右衛門は知らない訳でなかったが、未だ一度も面と向って慰めもしなかった。かね〴〵気にしているのだ。権右衛門は伝三郎に金を貸す時、お前に貸すのでない、お初つぁんに貸すのだといつもいう。初乃という名である。権右衛門はいわば初乃に眼を掛けてやっているのだ。初乃が居なければ伝三郎の家は目茶苦茶だと権右衛門は常にいってるのだが、之は大体当っている。

今も、権右衛門は、初乃の、右肩をぐいと下げて謹聴している姿を見ると、伝三郎奴とふと思うのだ。

「宜ろしおまんなあ。嫂さん」

伝三郎の妻は傍の市治郎の妻にそういった。ぽかんとしていた市治郎の妻は、あわてゝお国訛りで、

「はあ、ほんまにそうのし。良えのし」といい、まるで伝三郎の妻に謝っているかの様にぺこりと頭を下げた。この女《ひと》は大変いんぎんな態度の女である。この女《ひと》が挨拶をする時の時間の永さと馬鹿丁寧さにはいつも伝三郎の妻は困るのである。が、伝三郎の妻もその都度、相手に負けぬ程丁寧に挨拶するのだった。今も、伝三郎の妻は何ということもなしにぺこりと頭を下げねばならなかった。市治郎の妻が両手を膝の上に重ね直すのを見ると、伝三郎の妻は襟元を直し、裾をひっぱって威儀を正す。この女達《ひと》はいわばお互いのエチケットに夢中で、権右衛門の浪花節は碌にきかなかった。が、終って、一番先きに拍手したのはこの二人だった。

拍手されて権右衛門は照れた。

「いやあ。こらえらい恥さらしやな」

そう言って頭のてっぺんをかく権右衛門の姿は仲々愛嬌がある。三十六歳で始めて一万円貯めた時に生やした口髭は彼の威厳に非常に関係あるものだが、この時はむしろ好色的にすら見えた。

「三味線《しゃみ》が無いでな。さっぱりどうも」ふと思いついた様に、「どや、皆《みな》で一丁散財に行こら。お初つぁん。お前も一緒に来ィな」

「へえ〱。お伴さしてもらいまっせ」

いうだけは云ったが、初乃は、権右衛門は大変酔っていると思った。人々は顔見合せた。

「おやっさん。本当《ほんま》だっかいな」

今晩女郎買いに行く事に決めていた春松はその事を一寸念頭においていった。女郎買いに就て権右衛門に一つの逸話があるのを春松は想い出した。——大分以前のことだが、権右衛門、伝三郎、三亀雄、春松の四人が商用で東京へ出掛けたことがある。東京の商人を軽蔑している彼等は従って銀座へも行かなかった。東京の商人とは、権右衛門一流の意見によると、——東京の工場で作った例えば機械なら機械を彼等は東京で買う事が出来ない。機械は全部大阪の商人の手を経なければ彼等の手にはいらぬのだ。東京の工場から大阪の商人へ、大阪の商人から東京の商人へ、その間には沢山の運賃と口銭が機械に掛かる。何故こうなるかといえば、東京の商人は目下三つの需要があれば三つだけ工場に注文するが、大阪の商人は三つの需要しかないのに十の注文をする。工場が製作品を全部大阪の商人に売りつける所以だ。東京の商人は向う先が見えない。——というのである。又銀座の商売人は殆んど資本を大阪の商人に借りているではないか。で、彼等は銀座へも行かなかった。が夜になると、伝三郎、三亀雄、春松の三人が、「さあ、之から東京の芸者を抱きに行《い》こら」と権右衛門を誘った。「わしは宿で寝てる」三人は出掛けた。翌朝彼等が千束町から帰ってみると、権右衛門は居なかった。女中に聞くと、昨夜三人が出掛けた後でこっそり外出されましたとのことで、てっきり吉原か玉の井辺りへ出掛けたのだろうと推測された。果して、権右衛門は眠そうな照れ臭そうな顔で帰って来た。皆んなと一緒に行けば権右衛門が勘定を払わねばならぬ、それを嫌ってこそ〳〵と一人で安女郎を買いに行ったのであろうと、三人の意見だった。

　就中伝三郎はこの意見を強調した。というのはその頃こんなことがあった。伝三郎が権右衛門から借りた九百円の金をいつまでも返済せず、うやむやにしていた。権右衛門は伝三郎が近頃七百円もする土佐犬を飼い、おまけに闘犬に勝ったといっては犬の鎖や土俵入りの横綱に大枚の金を使ってるときいて業を煮やし、内容証明書を伝三郎に送った。伝三郎は蒼くなって、電話の名義を他人名義にしたりして権右衛門の差押えにそなえた。

　ある日、権右衛門は高利貸の如き折鞄をもって伝三郎の家へやって来た。丁度伝三郎は人眼に立つ所、即ち家の前で土佐犬の身体を洗ってやっていた。「馬鹿奴が！」権右衛門はバケツを蹴り倒した。愛犬は権右衛門にかみつこうとした。権右衛門は犬の吠声を後に逃げて帰った。あとで、伝三郎は無理矢理に九百円なにがしの金を払わされた。そんなことがあったのだ。が、伝三郎は今はその意見を撤回している。あれは権右衛門が身を以て贅沢するなと教えてくれたのであると思う様にしているのだ。近頃彼は何かにつけて権右衛門の処世術を見習わねばならぬと思っている。漸く二万円の貯金が出来たので、急に浪費癖が収り銀行利子の勘定が何より面白くなって来ているのだ。

――さて、春松は、

「おやっさん、本当《ほんま》でっか」

といって、まさかとは思いながら、ひょっと権右衛門が破目を外して芸者遊びをするところを見たらどんなに痛快だろうと期待した。鼻たれ小僧の時から使われて、権右衛門《おやっさん》のためには随分危い橋も渡って来た春松なのだ。権右衛門のことを想う念は一番強いともいえる。それだけに権右衛門の裸を見たがるのだった。が、彼の期待は次の権右衛門の一言で簡単に裏切られた。

「正月は芸妓《げいこ》の花代が倍や。祝儀もいる」以下云々。

伝三郎が呑み過ぎて胸が苦しいといったので、初乃は塩水を取りに行った。この家の台所の勝手は詳しい。時々手伝わされたことがあるのだ。台所にナマコの置いてあるのが眼についた。初乃は、皆んなが先刻から数の子ばかりを酒の肴にしていたのをちらと想い出したので、ナマコの三杯酢をこしらえたら喜ぶだろうと思った。伝三郎にのますべき塩水のことが一寸忘れられた。――

「良え物がおました」

ナマコの皿を持って部屋に戻ると、伝三郎が、

「何をさらしてた、今迄。廻しの女郎《おやま》みたいに出て行ったら一寸やそこらで帰って来ん」

「…………」

弁解しようと思ったが初乃は止した。伝三郎は少し耳が遠いので、納得させるには大声を出さねばなら

ぬ。叱られて大声でもない訳だ。

「後家の婆みたいにこせ〳〵出しゃばんな。大体、おん者《しゃ》は――」

胸が苦しくなったので、伝三郎は小言《こごと》は後廻しにして反吐を吐きに便所に立った。初乃がペタ〳〵後に随いて行った。

ピアノの音がしている。政江は、音で千満子だと分った。眼を細めた。伯爵家との縁談もそろ〳〵本調子に成りかけている。正月というものは何となく良いものだと思った。ふと、千恵造の事が頭に浮んだ。

伝三郎夫婦が部屋に戻って来たのを機会《しお》に政江は切り出した。

「ほんまに、何でんな、こないして、兄弟が集ってお正月するいうのは良いもんでんな」

「そうやのし。何が良えちゅうたかてのし。兄弟が仲良うお酒のんでお正月出来《でけ》るちゅうのが一番《いっち》良えのし」

市治郎の妻が一つ〳〵のしに力をいれていった。初乃もほゞ同様の事をいった。男たちもそれ〴〵短い言葉でそれに賛意を表し、酒をのんだ。政江の順番だ。

「之で、朝鮮にいる千恵さんさえ居てくれたら皆揃うた言うことになりまんのにナ」

権右衛門の盃に酒をつぎ、こぼれたのを拭布《ふきん》でふきながら、さり気なく言った。

「それを言いなはんな」

反響の無い筈はないのだ。政江は花道より本舞台にさし掛ったという可きだ。

「い、え。言わしてもらいまっせ。私は何《なん》にも義理の弟さんの悪口いいたいことはソラおまへん。おまへんけどでんな。現在血を分けた姪の……」あとは聞く迄もないことである。現在血を分けた姪の結婚の邪魔を千恵造がしている。尤もだ。が、聞いていて権右衛門は何かぐいと疳にさわって来た。――正月早々持ち出す可き話ではない。一体に、この前の縁談はとも角、今度の伯爵家との縁談は気にそぐわぬ。釣り合わぬというのでない。伯爵が何であろう。千恵造のこと位で破談にする様な権式など、ありがたくも怖くもないし、性にも合わぬ。商売人の娘は商売人に貰ってもらえばい丶のだ。いっそ厚子《あつし》を着た商売人に娘をやれとそう政江に言ってやろうか。あんたは娘の身になって考えないと来るだろうな。が、商売人ほど良いものがあろうか。現に商売人なればこそ此のわしは百万円の金をこの腕で作ったのだ。――以上が、政江の話をきいている時権右衛門が考えたことの概要である。考えることにより、権右衛門は怒りを押えていたのだ。政江にいってやるべきいろ〳〵な言葉を思い付くことによって、辛うじて疳癪を押えていた訳である。殊に最後の「百万円」を考え付くことはこの際、大変効果的だった。

政江はくど〳〵と千恵造達の離婚の必要を説いた。が誰も返答らしいものを言わなかった。この人達は薄情だと政江は思った。彼女だけが娘のことを心配しているのである。娘程可愛い丶ものがあろうか。政江は再び同じことを飽きもせずに繰り返えすのだ。熱心の余りいいすぎたと思った彼女は、

「何も私は義弟さんのこと悪《わる》いう積りやおまへん」

と最後に附け加えた。前後二回いわれたので、この言葉は権右衛門の注意を引いた。なるほど、千恵造は血を分けた弟であったのだ。この想いは、他の弟たちの前であるだけに一層権右衛門の心を動かした。酒の勢いも手伝って、権右衛門の声は乱暴に高くなった。

「おん者らわしの兄弟のこと悪う抜かす権利がないわい。千恵造がいかん言うようなとこイ何も娘《おなご》をやらんでもえゝ。厚子を着た商売人なら千恵造とも珍宝とも、ギャア〳〵いわんやろ。商売人にやったらいゝ。商売人ほど——」

以下、先刻考えた文句である。政江は後の方がもう耳にはいらなかった。政江は娘のために泣いた。何という親であろう。夫のために泣いた。この人はこんな無茶をいう人ではなかった。が、彼女は自分の為に一層多く泣いた。権利という言葉がこたえたのだ。

「私に何で権利がおまへんのです?」

泣き叫んだ姿を見て、人々は今後政江がヒステリーだといえる事を一寸喜んだ。

「まあ〳〵嫂さん」

「兄さん、あんたも」

仲裁する人はいずれも幸福な顔付きであった。この母がこんなに憎まれていると知ったら娘たちは何と思うだろうか。娘たちにはその理由は分らぬだろう。が、理由は簡単だ。夫権右衛門を百万長者にした内助の功績の上に余りにどっかりと腰を据え過ぎたからだ。権右衛門は金をつくるのが目的だったが、政江はその後のことが目的だった。男と女の野心の相違である。わけても上品たる可き女がどっかりと座るなどとは、何れ人の眼によくは見えないのだ。

権右衛門は政江を撲った。ざっと十何年か振りである。春松などは微笑を禁じ得なかった。

「おん者らに何《な》権利があるんなら、千恵造のことが気に喰わんなら、わしの弟のことが気に喰わんなら、さっさと出て行ってもらおう」

「あっ」という様《ざま》、政江は身震いを始めた。彼女の様子は正視するに忍びないものがあった。大袈裟にいうと、ウェーヴした髪の毛が更に大きく波打った。こういう言葉に経験の多い伝三郎の妻は、こういう時政江がどんな態度を示すか見物《みもの》であると固唾をのんだ。市治郎の妻は、政江を慰めるために今日一日を費す腹をきめた。男たちは、権右衛門の顔を頼もしげに見上げた。就中、市治郎、伝三郎、三亀雄にとっては、問題は自分らの弟の事である。兄弟愛の発露を控目にしてよいということはないのだ。春松は、権右衛門《おやっさん》なるかなと思った。之まで権右衛門が政江の尻に敷かれていることを大変不満に思っていたのだ。尻に敷かれていればこそ金も出来るのだ、との処世術など彼の与り知らぬ所である。

政江は何ごとかを叫びながら部屋を出て行った。やがて彼女が娘達に言ってるらしい声が聞えて来た。

「皆んな、良う聞いとくれや。お母さんが今お父さんに如何《どな》いいわれたか、聞いとくれ。お前達は皆女子《おなご》や。女子は嫁に行ったら弱いもんやぜ。お母さんが良え手本や。私は出て行け言われたよって出て行きます。皆んなはお母さんと一緒に行くか、それとも、此処に居るか。え、？　如何《どな》いする？」

伝三郎の妻はさすがに政江を賢明だと思った。彼女は自分に子供の出来ぬのを今更ながら悲しく思った。娘達は、返答の仕様がなかったから、母親を連れてぞろ〳〵部屋に戻って来た。

その時、もう権右衛門の姿は部屋に見えない。さすがに娘の手前恥しかったのか、家を飛び出して、憂鬱な散歩を始めていた。

残された人々はこの場を収拾しなければならぬ。さしずめ年長者の市治郎に先ず発言権が与えられた。

が、彼は恐しく無口な人である。市治郎の妻はしきりに夫の脇腹の辺りを小突くのだが、彼は冥想に耽っていた。言うべき言葉を探しているのだ。歯がゆい程である。が、かつて彼の無口な性質が非常に珍重されたことがある。――五年許《ばかり》以前のことだが、某官省の不用銅鉄品払下げの見積の時、市治郎が贈賄の嫌疑で拘引されたことがある。このことには権右衛門も三亀雄も関係無しとはいえなかった。否、この取引で最も儲けたのはこの二人であったから、彼等は蒼くなった。伝三郎の家に集り毎晩徹宵で協議をこらした。噂によれば、市治郎はひどい〇〇に掛けられているとのことだ。しかも彼にはいい逃れる術が無いでもなかった。二人の名を出せばよいのだ。彼等は市治郎の無口な性質と、もと荷車挽きをしていた彼の頑強な身体を唯一の頼みにした。市治郎は、自分には娘が一人しか無い、権右衛門には四人の娘があり、三亀雄には良家の出の嫁があると毎夜留置場で呟いていた。指が千切れてもと歯を喰いしばった。期待にそむかなかった訳である。刑を終え帰って来た時、市治郎は権右衛門、三亀雄の顔を見るなり言った。

「悪いことするなら、一人やぞ」無口者の雄弁とでもいう可きか。以後、二人は市治郎に頭が上がらぬのだ。――市治郎が哀れな政江の身の上に就て漸く意見が纏り掛けた時、しびれを切らした伝三郎が口をひらいた。……伝三郎の饒舌をこゝに写す必要があろうか。彼の家庭では月に二三度出て行け騒ぎがある。一々気にしていてはやり切れぬのか、嫁さんはその都度いたって平気な顔で、出て行けという彼の言葉を受け流す。「出て行け」と、いうのは、いわば男の口癖だ。現に彼の家では結婚して一月も経たぬ内に、最初の「出て行け」があった。が、もうかれこれ十三年何とかかんとか言いながら連れ添うている。結婚したのは、たしか伝三郎が二十七歳、初乃が十八歳。昔は女は早く結婚したものだ。十九が年廻り悪いので、十八で結婚したのだ、が、その頃は十七位で結婚したのがいくらもある。そう言えば、彼には十六で既に女があった。……果てしがなかった。昔話が始って、一座の空気が少し和いだ。が、政江の心は収らなかった。伝三郎と権右衛門は違う。彼の「出て行け」は彼女の記憶する限り、最初のものだ。権右衛門は伝三郎の様に出駄羅目をいう人ではない。……権右衛門の比類なき堅固な意志に就て政江は大いに喋った。人々は謹んできいた。が、喋りながら彼女は不安であった。何れは戻って来るにしても、権右衛門はどんな顔をして、どんな事を言うであろうか。再び出て行けというだろうか。何としたものであろう……。

日が暮れて、彼は帰って来た。政江は出来るだけ、いわゆる「背を向ける態度」を示したが、しかし、権右衛門の眼尻に皺が寄っているのを見ては、さすがに、ほっとした気持を隠し得なかった。権右衛門は上機嫌と思われる声で、「新世界の十銭屋へ行って来ちゃんよ。十銭屋が一番《いっち》良えわ」

十銭屋とは、入場料十銭の漫才小屋のことである。正月の物日《もんび》で満員の客に押されて漫才をきゝながら時間を費していたとは、如何にもうなずける事だが、彼の機嫌の良さは些か意外だった。所詮、人々には計り知れぬ権右衛門の心中だ。彼は、幕合いにラムネをのもうと思い、人ごみの中で背のびをして売子を呼んだ。が、売子は仲々やって来なかった。「御免やっしゃ」と人ごみをかきわけて、売子の方に行こうとした途端に誰かの足を踏みつけた。「こら！　気ィつけ！　不注意者《よんぼり》！」「えらい済んまへん」「済まんで済む思てけつかんのか！」「へえ」権右衛門は五度も六度も頭を下げねばならなかった。相手は、職人風の男で、その暮し振りを察するに、その日暮し以上を出ないと見えた。頭を下げながら、権右衛門の頭に、百万円が想い浮ぶ様では、彼は只の人間だといわれても仕方がない。大袈裟にいって、彼はその時、百万円を捨てる覚悟をした。以下はその時の決心を披瀝した言葉である。

――「皆聞いてくれ。わしは百万円を無いもんと思うた。例の一件をやることにした」

年の暮に、彼のところへ、長崎県五島沖合にある沈没汽船売り込みがあった。引揚げ操作は難業で、悪く行けば投資金丸損とされているのだ。それをやろうというのである。人々は膝を寄せた。

「ラムネのみながら考えたこっちゃが――」と権右衛門は、万一の場合を顧みてこの際児子兄弟合資会社を設立しようといった。後顧の憂いがあっては一か八かの勝負は出来ぬ。それに、毛利元就の教訓。

「千恵造も仲間にしてやれ」

この一言は、政江の口元をほころばせた。千恵造を内地に呼び戻すには、無論賀来子離縁のことが交換条件になる筈との言外の意味を読んだからである。序に、政江の方の離縁は沙汰止みになった。彼女はこゝを先途と喋り立て、「万が一のこともおまっさかい……」権右衛門名儀の預金中、十五万円を政江、十万円を千満子名儀にして置くことの有利さを権右衛門に納得させた。先程の「出て行け」騒ぎが想いつかせた、之はいわば彼女の身分保証令である。その雄弁の間に、然る可き人が千恵造を迎えに渡鮮する必要ありと附け加えることも忘れなかった。

その夜、政江は権右衛門に寝酒を出し、その中へ久振りに媚薬を混入した。市治郎は妻と別れて、「芝居裏」で泊った。春松は「芝居裏」は好かぬといって、飛田の遊廓へ行った。伝三郎は自宅で博奕をした。連中に出す酒肴の世話で、伝三郎の妻は徹宵し、時々居眠りをして負けた伝三郎に叱られた。三亀雄もその博奕に加っていたが、途中で勝逃げし、道頓堀のグランドカフェーに出掛けた。そこのナンバーワンのメリーという女を彼は月六十円で世話しているのだった。メリーは仲々いゝ体を持ってるが、狡い。屢々病気の口実を以て、彼を避ける、のは未だ我慢出来るとして、（何故なら彼女も全然男嫌いではないのだから——）時々約束の手渡し以外にせびるのだ。この暮にも、姫路にいる母親が病気で見舞いに行くから、旅費にと四十円無心された。値切って二十五円持たしてやったが、その後会っていない。正月だから帰っている筈だと、カフェーに出掛けたのだ。が、居ない。朋輩のいうところでは、

「見合いに姫路に帰らはったいうことやわ」

見舞いと見合いと何んぼう違いくさるかと三亀雄は腹立った。博奕で二百円もうけたことを想い出して一寸心が慰《なぐさま》った。児子家の娘達は、安らかに寝た。寝る前に、皆、オリーブ油を顔につけた。ニキビの出ている寿子だけは、アストリンゼントをつけた。

三

その元旦の夜、権右衛門夫婦はいつ迄も眼覚めていた。

権右衛門が便所に立つと、政江はその後に随き従い、権右衛門の手に手洗水を掛けた。月が凍っている様に白かった。

「こら、どうも。大きに、御苦労はん」

権右衛門は内心照れて言ったが、彼の言葉は照れてる様には聞えぬ。政江にとって頼もしい所以である。

手洗水を掛けるために便所の外で待っているなぞ、ついぞした事がなかった。婦人雑誌で学んだことである。その応用が、この様に自然に運ぶことは、彼女の趣味に適っているのだ。意識的に示す媚態で赧くなったりするのは自他ともに嫌いである。助産婦見習時代から今日まで左様なことはなかった。権右衛門が又、彼女の媚態にはにかむ様な人でない。いわば堂々とそれを受ける、その態度も政江の心に適っている。例えば新婚初夜に於ける権右衛門の態度だ。床入りの盃が済んだ後、権右衛門は厳然として、言った。

「わしの様な者の所へ縁あってとはいいながら、よく来て呉れた。いま、わしは六百円しか財産がない。わしは、どうしても十万円の金を作ってみせる。その為には、どんな苦労もいとわぬし、また贅沢もせぬ積りだ。わしには四人の弟と二人の妹がある。一家の兄としてわしはこの目的を抱いた。お前もこのわしの目的をよくのみこんで、どうか、わしが目的を遂げられる様気張《きば》ってくれ」

その時彼女は両手をついて、

「よく言ってくれました。どうか、あなたはその目的を遂げて、立派に男として成功して下さい。私も児子家に来たからは、及ばずながら児子家の家長としてのあなたの目的をお助けいたします」

といったと、その後、屢々義妹たちに話した。無論、これはその時の二人の言葉通りではない。が、人々に話すにはこの様にいわば文章化さす方が少くとも政江には好ましい。

だから、今も、政江が、部屋に戻り権右衛門と並んで寝ながら、ふとその時のことを回想した時、頭に浮ぶのは、この文章化した言葉であって、決してごた〳〵した紀州訛のある方ではなかった。「十万円貯めてから後百万円出来るまでより、六百円の金から十万円こしらえる迄が苦労やった」とその後、屢々政江が人に語るその十万円貯める迄の苦心を彼女は回想した。ふと、権右衛門を見ると、彼も何か回想に耽っている様だった。想いは同じだと政江は何か愉しい気持で、炬燵《こたつ》の上に足を伸ばした。その為には、権右衛門の足に触れる必要があった。

権右衛門はしかし、往時を回想しているとはいえ、政江と同じ六百円から十万円貯めるまでの径路ではなく、無一文から六百円作るまでの、いってみれば、政江と結婚する迄のことを回想していたのだ。政江の足が触れた時、彼は、こともあろうに、若い日の恋人の事を考えていたのである。花子のことだ。

道頓堀、太佐衛門橋の橋上であった。その日は、父の歿後、和歌山県湯浅村の故郷を後に、きょうだい散り〳〵に自活の道を求めて上阪してから丁度十日目だった。職を探すべく千日前の安宿に泊っている内に、所持金を費い果して、その日は朝から何もたべていない。道頓堀川の泥水に川添いの青楼の灯が漸く映る黄昏時のわびしさを頼りなく腹に感じて、ぼんやり橋に凭《もた》れか、っていると、柔く肩をた、いた者がある。振りかえって、アッ！　咄嗟に逃げようとした。逃げるんかのし、あんたは。紀州訛だが、いや、そのために一層妙になまめいて、忘れもせぬ、それは十日前故郷を出る時お互い別れを告げるのに随分手間の掛った居酒屋の花子だ。（現在その女の本当の名を忘れているのだが、想い出す都度簡単に花子だとしている）あの時、一緒に連れてくれいうたのに、のし、どない思て連れてくれなかっちゃんならと、彼女は並んで歩き出すと、言った。後を追うて大阪に来た、探すのに苦労した、今はこの辺りの料亭にいる。誘惑が多いが、あんたに実をつくして、身固くしている。収入《みい》りがかなりあるから、二人で暮せぬことはない。あんたが働かんでもよい、私が養ってあげる。――ふん〳〵と聞いていたが、急にパッと駆け出した。道頓堀の雑閙《ざっとう》をおしのけ、戎橋を渡り、心斎橋筋の方を走った。今の自分に女は助け舟だが土左衛門みたいに助けてもらって男が立とうか。土左衛門なら浮びもするが、俺は一生浮び上れなくなるのだ。権さん〳〵とよぶ花子の声に未練を感じたが、俺は十万円作るのだと、スリの様に未練を切って、雑閙の中を逃げた。（これらの表現は、権右衛門が屢々人に話す時の表現による）その夜、無料宿泊所のない時代（大正元年）のこと故、天王寺公園のベンチで、太左衛門橋で会った花子のことを悲しく想い出しながら一夜を明し、夜が明けると、川口の沖仲仕に雇われた。紀州沖はどこかと海の彼方をじっと見つめては歯をくいしばり、黙々として骨身惜しまず働いている姿を変ってると思ったか、主人が訊ねて、もとは魚問屋の坊《ぼん》ぼんであると分ると、可哀想だと、帳場に使ってくれた。お前《ま》はんは帳面付けする様な人ではないという定評が与えられた。如何にも、自分はこんな事をする気はない。月々定まった安月給に甘んでいて出世の見込みがあろうか、商売《あきない》をするんだと、暇をとった。

一月分の給料十円を資本に冷やしあめの露店商人となった。下寺町の坂の真中に台車を出し、エー冷やこうて甘い一杯五厘！　と不気味な声でどなった。最初の一日は寄って来た客が百十三人、中で二杯三杯のんだ客もあって、正味一円二十銭の売上げで日が暮れ、一升ばかり品物が残って夏のこととて腐敗した。氷三貫目代の損であった。翌日から夜店にも出て、三十銭の儲《もうけ》がある様になった。十日程経った頃だったろうか、千日前のお午《うま》の夜店で、夜店外れの薄暗い場所に、しかもカーバイト代を節約した一層薄暗い店を張っていると、おっさん一杯くれと若い男が前に立った。聞き覚えのある疳高いかすれ声に、おやっと、暗がりにすかして見ると、果して、弟の伝三郎であった。赤ん坊の時鼻が高くなる様にと父親が暇さえあれば鼻梁をつまみあげていたので、目立って節が高くなっている伝三郎の鼻の辺りをなつかしげに見た。伝三郎も兄と知って、兄《にい》やんと二十二の年に似合わぬ心細い声をあげて、眼に泪を浮べた。聞いてみると大阪へ来ると直ぐ板屋橋の寿司屋の出前持ちになったが、耳が遠くて注文先からの電話がよく聞きとれぬから商売の邪魔だと、今朝暇を出され、一日中千日前、新世界界隈の口入屋を覗きまわって板場の口を探していたが見つからず、途方に暮れていたところだという。話している内に道頓堀の芝居小屋のハネになり、丁度そこは朝日座の楽屋裏の前だったもの故、七八人一時に客が寄って来たのを機会《しお》に、暫く客の絶間がなかった。伝三郎もぽかんともしていられず、おっさん一杯といわれると、低声《こごえ》でヘイと返事し、兄の手つきを見習って、コップにあめを盛った。

翌日から、二人で店を張る様になった。儲けが少いし、二人掛りでする程でもないと、冷やしあめの車、道具を売り払った金で、夏向きの扇子を松屋町筋の問屋から仕入れ、それを並べて店を張ることにした。品物がら、若い女の客が少からず、殊に溝ノ川、お午《うま》など色町近くの夜店では、十六歳から女を追いかけた見栄坊のこと故伝三郎は顔がさすとて、恥しがり、明らかに夜店出しを嫌う風であった、のをたしなめて、板場なんかに雇われて人に頭の上らぬことするより、よしんば夜店出しにせよ自分の腕一本で独立商《ひとりあきない》をする方が何んぼうましか、人間人に使われる様な根性で出世出来るかと、いいきかせた。持論である。

半月も経った頃だったろうか、確か上塩町の一六の夜店の時だった。人の出盛る頃に運悪い夕立が来て、売物の扇子を濡らしてはと慌て丶しまいこみ、大風呂敷を背負ったま丶あるしもたやの軒先に雨宿りした、が、何の因果かそこは妹のまつ枝が女中奉公している家だった。どうしてそうと知ったのか今は忘れた。がとにかく、何ケ月振りかのまつ枝の顔をみた記憶はある。立ち話、という程でもないが、二言三言口もきいたであろうか。まつ枝の弟にあたる伝三郎が、「姉やん、えらい良えとこに居ちゃるんやのう」と言った言葉に記憶がある。かなり立派な構えのしもたやであったに違いない。そのとき、まつ枝の顔に困惑に似た表情が浮んだのを見逃さなかった。が、それよりも、こちらの方が困惑していた。夜店出しの兄弟をもってると知れば、まつ枝も我が主人に肩身も狭まかろう、夜店出しなどするものではない。――俄か雨に祟られたみじめな想いも手伝って、しんみりと考えた。

　間もなく夜店出しを止めることにした。その時の想いが直接の原因だった。もう一つには、同業の者を観察して、つく〴〵嫌気がさしていた。鯛焼饅頭屋は二十年、鯛焼を焼いている。一銭天婦羅屋は十五年、牛蒡、蓮根、コンニャクの天婦羅を揚げている。鯛焼が自分か、自分が鯛焼か、天婦羅が自分か自分が天婦羅か、火種や油の加減をみるのに魂が乗り移ってしまう程の根気のよさよりも、左様に一生うだつの上りそうにもない彼等の不甲斐無さが先ず眼につくのだった。八月の下旬だった。夏もの、扇子がもう売れる筈もなかった。売れ残りの扇子を問屋にかえしに行くと、季節も変ったし、日めくり《カレンダー》をやってはとすゝめられたが、断った。「では、新案コンロは如何《どない》だす。弁さえ立てば良え儲けになる」断った。「人間、見切りがかんじんです。あかんと思うたらすっぱり足を洗うのがわしの……」持論にもとづいたのだ。

　伝三郎と二人で借りていた玉造のうどん屋の二階をひき払って、一泊二十銭の千日前の安宿に移った。うどん屋の二階に居れば、階下の商売が商売故、たまには親子丼、ならいゝが酒もとる。借りの利くのを良いことにして量を過すのがいけないと思ったのだ。現にそこを引き払う時、払った金が所持金の大半で、残ったのは回漕店を止める時貰った十円にも足らぬ金だった。二人の口を糊して来たとはいえ、結局、冷やしあめ屋と扇子屋をやっただけ無駄となった訳だ。伝三郎はこれを機会に、生国魂前町の寿司屋へ住込みで雇われたので、料理衣と高下駄を買えと三円ばかり持たしてやった。それで所持金は五円なにがしとなった。

伝三郎を寿司屋へ送って行った帰り、寺町の無量寺の前を通ると、門の入口に二列に人が並んでいた。ひょいと中を覗くとその列がずっと本堂まで続いている。葬式らしい飾物もなし、説教だろうか、何にしても沢山の「仁を寄せた」ものだと、きいてみると、今日は灸の日だという。二《フ》、三《ミ》、四《ヨ》、六《ム》、七《ナ》、の日が灸の日で、その日は無量寺の書き入れ日だっせとのことだった。途端に想い出したものがある。同じ宿にごろ〱している婆さんのことだ。どこで嗅ぎつけて来るのか、今日はどこそこで何んな博奕があるかちゃんと知っているらしく、毎日出掛ける。一度誘われて断ったが、その時何かの拍子に、婆さんはもと灸《やいと》婆であったときいた。それを想い出したのだ。宿に帰ると早速婆さんを摑まえて、物は相談だが、実は、おまはんを見込んで頼みがある。――

翌朝、二人で河内の狭山に出掛けた。お寺に掛け合って断わられたので、商人宿の一番広い部屋を二つ借りうけ、襖を外しぶっ通して会場に使うことにした。それから「仁寄せ」に掛った。村の到るところに、「日本一の名霊灸！　人助け、どんな病もなおして見せる。○○旅館にて奉仕する！」と張り出しをし、散髪屋、雑貨屋など人の集るところの家族にはあらかじめ無料で灸をすえてやり、仁の集まるのを待った。

宣伝が利いたのか、面白いほど流行った。婆さんは便所に立つ暇もないとこぼしたので、儲けの分配が四分六の約束だったのを五分々々の山分けにしてやった。狭山で四日過し、こんな目のまわる様な仕事はかなわん、元手が出来たから博奕をしに大阪に帰りたいという婆さんを拝み倒して、紀州湯崎温泉に行った。温泉場のこと故病人も多く、流行りそうな気はいが見えたので、一回二十銭を三十銭に値上げしたが、それでも結構人が来た。前後一週間の間に、五円の資本《もとで》が山分けして八倍になり、もうこの婆さんさえしっかり摑えて居れば一儲け出来ると、腰が抜けそうにだるいという婆さんの足腰を温泉で揉んでやったり、晩には酒の一本も振舞ってやったりして丁重に扱っていたが、湯崎へ来てから丁度五日目、ほんまに腰が抜けたと寝こんでしまった。按摩をやとったが、按摩の手では負えず、医者に見せると、神経痛だ。ゆっくり温泉に浸って養生するがよかろうとのことだった。まる三日婆さんの看病で日を費したが、実は到頭中風になった婆さんの腰が立ち直りそうにもなかった。宿や医者の支払いも嵩んで来て、下手すると無一文になるおそれがあると、遂に婆さんを置き逃げすることに決めた。人間見切りが肝腎。――

――が、今も、いやな事ながらその婆さんの顔が彷彿として浮んで来る。小柄で常に首をかしげている、それだけなら往々にして可憐に見える恰好なのだが、この女の場合、顎がしゃくって突き出ているから、いっそ小憎い。それだけに同情の念が薄らぐのだが、その代り、祟りというものがあるなら、こういう婆さんこそ一層恐ろしいのだ。何れにしても寝覚めの良いものではない。というのは、いってみれば、この婆さんを踏台にして、以後トン〳〵拍子に浮び上って行ったからだ。――

湯崎から田辺に渡り、そこから汽船で大阪へ舞い戻った。船の中で芸者三人連れて大尽振っている中年の男を見つけ、失礼ですが、あんさんは何御商売したはりますのですか、ときくと、男は哄笑一番、やがて、連れの芸者にはゞかるのか低声《こごえ》で、もと紙屑屋しとったが、今はこないに出世しましてん。大阪に戻ると、早速紙屑屋をはじめた。

所持金三十円の内、六円家賃、敷金三ツの平屋を日本橋五丁目に借りた。請印《うけはん》は、伝三郎が働いている寿司屋の主人に頼んだ。日本橋五丁目の附近には、五会《ごかい》という古物露天商人の集団があり、何かにつけて便利だった。新米の間は、古新聞、ボロ布の類を専門にしていたので、ぼろい儲けもなかったが、その代り、損もなかった。馴れて来るとつい掘出物をとの慾も出て、そんな時は五会の連中に嗤われた。はじめてから三月程経ち、切れた電球千個を一個一銭の十円で電灯会社から買取り、五会の古電球屋に持って行くと、児子はん、あんたは商い下手や。廃球は一個二厘が相場やというのである。古川という電球屋はしかし、暫く廃球を調べてから、おまはんの事やから、まあ一銭で買うたげる、といってくれた。二厘の相場のものを一銭とはと不審に思い、その後、用事のある無しにつけて、古川の店に出入りしている内に、分った。廃球の中に、「ヒッキ」というのがある。線が全然切れてしまわず、片一方外れているだけで、加減すると、巧く、外れた場所にヒックのである。灯をいれると熱で密着し、少くとも四五日は保《も》つ。それを新品として安く売るのだ。「白金つき」というのがある。電球の中には少量だが白金を使用しているのがある。つぶして、ガラスと口金の真鍮をとったあと、白金を分離するのだ。白金は一匁〔もんめ〕二十六円で、一万個から多くて二匁八分見当とれる。「市電もの」というのがある。市電のマークのある廃球のことで、需要家は多く市電から電球を借りているのだが、切れゝば無料で引き換えてくれるけれど、割れゝば一個五十銭弁償しなければならぬ。その時に、たとえば古川の店で「市電もの」の切れたのを一個十銭で買って、それを電灯会社で新品と引換えてもらうとすれば、差引き四十銭得をすることになる。買うたといわんといとくれやすやという言を守ればいゝ訳である。「ヒッツキ」「白金もの」「市電もの」の多くまじっている廃球ならば、だから一個一銭の割でも結構儲る訳だ。——

と、知って、翌日から、廃球専門の屑屋となった。大八車を挽いて、「廃球たまってまへんか」と電灯会社や工場を廻った。一個三厘で買い「ヒッツキ」と「市電もの」は古川に一個五銭で売り、「白金もの」は自宅で分解することにした。分解の方法を古川が容易に教えぬので、一夜芝居裏の遊廓で転《ころ》び芸者を抱かせてやる必要があった。その時、附合いに放蕩したが、想えば女の肌に触れるのは一年半振りのことだ。どんな芸者だったか、たしかに印象浅からぬものがあったが忘れてしまった。それより、古川の抱いた芸者の顔に記憶がある。花子に似ていたからだ。酔っぱらった古川が、尻をまくりふんどしを外して、乱舞しながらその妓に悪戯するのを、見るに忍びぬと辛い気持だった。商談が大切だと、辛抱して調子を合わせていたものの。

その後、古川が故買の嫌疑で拘引されたときいて、その時の溜飲が下がった。が、旬日を出でずして、自分にも呼び出しがあった。古川の「市電もの」売買に関係してゞはなかろうかと蒼くなった。溜飲が下るどころではない、こっちも危いのだと、女のことに拘泥っていゝ気になっていた自分の甘さを固くいましめた。警察の呼び出しは、しかし、自転車の鑑札並《〔ならび〕》に税金のことだった。ほっとし、以後、税金は収めることにした。自転車はその頃雇った春松の使うものであった。屑屋をはじめてから一年足らずで、もう雇人を使う身分になった。現金と、品物を合わせて五百円近くの金があった。煙草一本吸わなかったのだ。十六の春松がませて、こっそり女郎買いに行くのを見ると、心そゝられぬこともなかったが、女の肌ざわりよりも紙幣の肌ざわりの方がよかった。一枚々々皺をのばして、胴巻きにしまっているものを、見す〳〵あっという間の快楽のために失ってなるものか。春松は遊びが好きで困り者だったが、その代り、白金分離の仕事はまことに鮮かだった。先ずガラス棒を火で焼き、それを挽臼で挽き砕いて、粉にする。それを木製のゴマいりにいれ、たらいの水の中で静かに揺り動かすと、白金まじりの金属が残って砂粉だけが水の中に逃げる。その手加減がむずかしいのだ。少し手元が狂えば大切な白金が逃げる。春松のゴマいりを揺り動かす手付きは、見ていて惚々するほどで、しかも逃げた砂粉を再び何度も〳〵ゴマいりにいれて、いってみれば、女が蚤《のみ》を探す時の熱心さがあった。尚、春松は炊事も上手であった。鰯の煮物を作るにも、しそと土しょうがをいれ、酢と醤油以外に水を使わず、些も生臭味の出ない様に煮るこつを心得ているといった風で、やもめ暮しに重宝であった。が、ある日、春松は雨の土砂降りの中を廃球買いに出歩いたのが原因《もと》で、感冒を引き、肺炎になった。三十九度五分の熱が三日も下らず、派出看護婦を雇った。二十二三の色黒い器量のよくない女であった。が、何となく頼もしく、同じ家に寝泊りしているので自然情も移るのだ。何かの拍子に、裾が乱れて浅黒い脛がちらと見えた、それが切っ掛けで、口説いて、というより殆んど行動に訴えたら、脆かった。政江であった。間もなく結婚した。大正三年《〔ママ〕》の二月、たしか節分の夜で、雪だった。――

権右衛門のその夜の回想は、以上に止まらぬ。が、前述の通り既にこの結婚の時は六百円の金を貯めていたのであるから、一先ず、こゝで打ち切ってもよいだろう。以後は、政江の回想に待つ可きが順序だ。結婚式の夜の権右衛門夫妻の意義ある会話に就ては前に述べた。この夜の前後のことで、述ぶ可きことは多い。が、それは二人の果てしなき回想に任して置く方が賢明だ。こゝでは、結婚の費用に、権右衛門が七百円の金を費ったことを一言して置く。つまりその時彼は千三百円もっていたが、七百円結婚に費って六百円（これは在庫品も勘定にいれて）残ったことになる訳で、これは、一般の常識からいってもなかなか思い切ったことである。彼にとっては暴挙にひとしいと一応考えられる。が、この七百円は前から所持していた金ではない。彼が、結婚に際し、いわば結婚記念にばたばたと一儲けした金である。その必要があったのだ。伝三郎の言を借りると、「結婚まえに、もうお祭りが済んでいた」訳だが、児子家の家長が多少の金を節約したさに然るべき式典を経ずして結婚するなど、権右衛門の潔よしとせぬところだったのだ。冠婚葬祭を軽んずる様で人間出世は出来ぬという信念をもっている。と、同時に、虎の子の貯金全部投げ出して立派な結婚式をあげたが、その時は無一文だったという様なことも、彼のとらざるところだ。だから、その際、結婚費用を一儲けせずんば止まなかったのだ。

それには、危い橋を渡る覚悟があった。その頃、小っぽけな電球の町工場をもっている松田という男に、口金代百円許り貸していて、抵当に電球三千個とっていた。百円の金が払えぬ丈あって、松田は如何にも意久地ない男だった。彼は、自分の姓が松田というところから、自分の製品にマツダ電球というマークをつけていたが、本物のマツダランプは一流品で、町工場の製品が一個十銭とすれば、少くとも一個三十銭の価値がある。だから、当然、マツダランプから松田に抗議があった。それを、松田は突っ放せぬ、どころか、商標偽造で訴えられる心配までしているのだ。マツダとマークするからは最初から腹を繰《くく》っていた筈だのに、所詮は、金儲け出来ぬ男だと、権右衛門は松田をおどしたり、そゝのかしたりした揚句、有金全部はたいて、松田の製品を殆んど買い占めてしまった。名目は抵当物品ということにした。松田が訴訟を起されて負け、マツダランプから製品を押えに来たが、権右衛門の抵当物品故手を触れる訳に行かなかった。困り抜いたマツダ側と交渉した時の権右衛門の押しの強さには、松田もあきれてしまった。結局、マツダ側は、マツダランプ並の値で買取らされてしまった。放って置けば「マツダ電球」なる粗悪品が流布し、マツダの信用にかゝわるという弱味だ。その時の儲けの幾何かを口銭として松田に与えたその残り、即ち権右衛門の純利益が七百円だったのだ。——

この話をきかされた時、政江が如何に権右衛門を頼もしく思ったかは、想像に難くないであろう。彼女は権右衛門に希望をかけた。婚礼の翌日、彼等が食べた昼食は、麦飯に塩鰯一匹であった。大阪では節分の日に麦飯に塩鰯を食べるのが行事の一つと成っている。婚礼の日は節分だったから、つまり一日延ばして売れ残りの安鰯で行事をすませた訳だ。が、この行事はその日のみに止らず、その後日課となった。六百円から十万円貯めるまでの苦心中、彼女が誇って良いのはこの一事である。最近伝三郎がこの行事を見習っている。が、彼は鰯が好きだから、むしろ贅沢になる。季節外《しゅん》れや走りの鰯をたべたがるからだ。政江の苦心とは少々違うのである。もう一つ彼女が誇って良いのは、その後、権右衛門の弟たちが兄のお蔭で商売が出来る様になった時、彼等に資本を貸すと、必ず目立たぬ程度に利子をとる様に権右衛門を強制したことである。目立たぬというのは、その利子の取り方が貸金の何分というのでなく、その貸金を資本に儲けた額の何分というのである。儲かる見込の無い時は無論貸さない。確実で、普通の利子より多くとれるのだ。三亀雄はいざ知らず、伝三郎など、見栄をはって儲けを誇張する癖があるから、随分損な勘定だと、時々伝三郎の妻はこぼしたものだ。誰でも人に好かれたいものだから、こういう政江のやり方は、容易に実行出来るものではない。夫の義弟達の上前をはねて憎まれるのも皆夫の為を想うからだ、と堅く腹をくゝっていたなればこそではないか。

こういう政江を権右衛門は多としていた。権右衛門の偉さの一つは、「差出がましゅうございますが——」という政江の意見に抗わなかったことである。政江としても、やり易かった訳だ。が、政江の回想では、この事がいちばん辛かった事として泛んで来る。夫と義弟達の間に立って随分泣く想いをしたというのである。所詮男は我儘故、女の苦心が分らぬ、蔭で泣いたことがどれ位あるかというのだ。少くとも、彼女はそう思っていた。だから、六百円から十万円作るまでの苦心の中、彼女が強調するのは常にこの一事だ。が、それだけで、如何にしても十万円は無理である。故に、彼女も無論、権右衛門の腕は認めている。「見切りが肝腎」の鮮かさはこゝでも問題になる。

何時の間にか、彼は廃球屋を止めていた。「ヒッツキ」や「市電もの」は危険だし、「白金もの」もそろ

〱白金使用分量が少くなるだろうと逸早くにらんだからだ。案の条、間もなく、電球には白金に代るべき金属が使用されることになった。先見の明ともいう可きだ。もう一つの先見の明は、欧洲大戦が起って、銅、鉄、真鍮などの金属類の相場が鰻上りするのを予想して、廃球買いのため出入していた電灯会社に頼んで古銅鉄線、不用レールや不用発電所機械類などを払下げてもらったことだ。最初会社側では相場が分らぬまゝに、二束三文で売り渡した。相場が分り出して来ると、用度課長に賄賂を使った。同業見積者が増えて来れば「談合」の手を使った。市治郎、伝三郎、三亀雄などは、はじめ、この「談合とり」で金を作っていたのだ。権右衛門の様に銅鉄売買をする甲斐性はなし、たゞ兄のおかげで入札名儀だけを貰って体裁だけの空入札をし、談合の口銭を貰っていたのだ。彼等がそれでたとえ一万円の金を作るにしても、権右衛門や政江が苦心してこしらえた百円の金の値打もないと、政江は思うのだった。

　が、政江は、春松の苦心を忘れている。例えば春松の醜く押しつぶされている右の手の親指のことは、彼女の回想には泛んで来ない。――春松は、権右衛門が落札した銅鉄品の引取に出張する時には、常に同行した。落札品の看貫《かん〱》の際、会社側の人の眼をかすめて、看貫台の鉄盤の下に鉄製の小さな玉を押しこむのが彼の役目である。その装置をすれば、百貫目のものが六十貫にしか掛からぬのだ。ある時、監視人があやしんで、看貫台の上に乗ってみようとした。自分の体重なら、ごまかしは利かぬ筈だ。春松は慌てゝ、玉を抜こうとした。その途端に監視人が台の上にのったので、彼の手は挟まれてしまった。おまけに、続いて、三、四十貫の銅線が看貫台に積み上げられた。春松の顔はみる〱真蒼になった。権右衛門はさり気ない顔で煙草を吸うていた。――このことを、春松は、いつか千恵造の前でいい出して、それが酒をのんでいる時だったので、泣上戸の彼は泣き出したことがある。泣いたのは、嫁のことを想い出したからだ。嫁は児子家の女中をしていたのを、無理に押しつけられたのだ。その嫁が政江の威光を笠にきることが、春松にとっては癪で仕方がないのだ。だから、ついぞ云い出したことの無い看貫のことを持ち出して、千恵造に訴えるのだ。「わいはこないに権右衛門《おやっさん》の為に泥棒の真似までして来たのや、それやなのに、あの主婦《おかあ》は（政江のこと）……」「それをいいな、それを」と千恵造はなだめたが、女のためにお人善しの春松がいうべからざる事迄いいたくなる、その心事には同感出来るものがあった。

大正五年〔ママ〕、権右衛門は一万円出来た。口髭を生やしたのはこの年である。大正十年に十万円になった。以後、百万円に達するまでは容易であった、と政江はいう。十万円貯めてからは、たとえば、昼食にはもう鰯だけというようなことはなかったのだ。その頃漸く雇った女中の手前もあった。政江の兄はそれまで豆腐屋をしていたが、廃業して、気楽な煙草屋を始めることになった。妹は産婆をしていたが、これも廃業して、歯医者と結婚した。その時の祝いに、彼女は千円もするダイヤの指輪を贈った。その他、以後楽しい事ばかりである。……

……その夜、権右衛門夫婦は明け方まで眠らなかった。話すべきことも多かったし回想が次から次へと果てしなかったからである。

四

千恵造夫妻に子供の無かったことが、何より好都合だった。彼等は別れた。

児子兄弟合資会社の一員に加えるという兄の志を多としたのだ。弟は感激の余り、賀来子を離縁した訳だ。政江の期待通りだった。が、慾に目が眩んで離縁したというのは少し酷だ。少くとも、その決意を固めた瞬間の千恵造には、慾得の観念に拘泥する余地はなかった。このことは、児子家の使としてはるぐ〵朝鮮まで出掛けた船司船造がよく知っている。

千恵造は泪を流して船司にいったのだ。こんなにまで、兄が自分のことを思っていてくれたとは知らなかった。もはや、姪の結婚の邪魔をする気はない――と。船司はもと権右衛門等の出生地、湯浅村の村長をしていた男だが、今は落ちぶれて、生命保険の勧誘員をしている。人に欺されて、田地家屋までとられてしまったというだけあって、善良な性質の男に違いない。だから、その時の千恵造の泪を邪推する気づかいはない。泪を流している人間が慾得のことを考えている、などとはこの男の想像もつかぬことだ。普通、人は屢々慾得のことで泪を流すものだなどとは――。

衣食足らなければ、しかし、千恵造といえども、礼節を知る訳はない。が、そのことは、むしろ次の彼の言にあらわれたと見る可きだ。「賀来子は何の欠点もないのに一生棒に振るのや。如何《どな》いする？」暗に手切れ金のことをほのめかしたのだ。それ位は権右衛門も出してもよいだろう。千円の金が用意されていると、船司は答えた。

賀来子はかねてこのことあるを予期していた。千満子の縁談の相手が伯爵家だときくと、彼女も心安らかに身が引けると思った。最近、男の子を貰い子して二人暮しが三人になり、賑やかになる筈だったと泣いたことは泣いた。何れは船司は困らぬ訳には行かぬ。承知の上だが話が纏っても船司は良い気はしなかった。

船司は、ハナシツイタ、ソウキンタノムと大阪の児子家へ電報打った。実は、万一のことを慮って、船司には手切金を持参させていなかったのだ。金が電送され、千恵造に渡そうとすると、受とらなかった。自分が離婚するのではないから、自分の手から賀来子に渡す訳には行かぬ、というのだ。離婚するのは権右衛門だ、権右衛門の代理の船司から渡すべきだという理窟は尤もだと、船司は思い、その様にした。こういう千恵造の態度はあるいは皮肉とも生意気とも見えるものだが、船司は、かえって、立派だと思い、何が社会主義者なもんかと感心した。むしろ、成功すれば五万円の保険に加入するという好餌につられて、このいわば生木を割く様な別れ話の立役者になった自分を恥じた。千恵造夫妻のみるからに仲睦じい容子を見るにつけ、この想いは一層強くなった。単に慾で動く人間だと見られたくない為に、船司は、出来得る限りの人情味を見せねばならぬと思うのだった。

こんな船司を児子家では使として期待したのではない。船司は、ちかごろ、同郷の縁を頼りに、児子家に勧誘に来た男だが、居留守を使われると、「では、一寸新聞を拝借」と一枚の新聞紙を何時間もかゝって読み、「お帰り」を待つ、その根の良さと、押しの強さと、物に動じない態度を買われたのだ。もう一つは、船司は五十八歳で、もはや老人といってもよく、だから情にからまされないという点でこういう話に好適だと、その年齢も買われていたのだ。それ故、この様に人情味を発揮してくれるのは困るのだ。落ちぶれた者同志ではお互いに同情もある。そんな同情をむやみに出してくれては、一層困るのだ。が、とにかく、話は纏ったのだ。一月下旬のある夜、千恵造は内地へ帰って来た。伝三郎夫妻が大阪駅まで出迎えに行った。

プラットホームに汽車がはいると、伝三郎は妻を叱りとばしながら、右往左往し、やっと車窓に、船司の顔を見つけた。船司は伝三郎の顔を見ると、如何にもつまらなさそうな表情をし、傍を指さした。千恵造の外に、賀来子の姿も見えたので、伝三郎は、あっと思い、久し振りに会う弟にいう可く準備して来た「よう帰って来た」という言葉が出なかった。賀来子が伝三郎の妻に挨拶している間、兄弟は、ぽかんと突っ立ったまゝ、それぐ〵お互いの妙な顔を見守るばかりだった。いわば、伝三郎は狐につまゝれた形だ。伝三郎の言を借りると、「うちの女房《かかあ》が双子《ふたご》産みくさった様な気持がした」のだ。

が、事情を訊いてみて一応釈然とした。賀来子は、千恵造と別れるとなればもう朝鮮にいる必要も気持もない、どうせ内地へ帰るのだから、それならば同じく内地へ帰る千恵造と一緒に……と思ったというのだ。せめて別れるなら、汽車の中だけででもゆっくり名残りを惜しみたいという賀来子の希望をどうして空しく出来たろうかと、船司は弁解し、児子家の人が出迎えなかったのがもっけの倖いだ、無論このことは児子家に内密にと、伝三郎に念を押した。頼まれては、いやといえぬ性質だったから、伝三郎は承諾した。それはよかったが、彼には、今こゝで思い掛けなく別れの愁歎場を見なければならぬのが辛かった。別れを告げるのに一時間も掛り、千恵造は一先ず伝三郎の家へ行った。賀来子の行先きに就ては、訊ねるべき筋合のものではなかった。船司は堅い表情のまゝ、児子家へ行った。

千恵造ほどの幸福者があろうかと、兄弟等は思う。再び新しい妻を迎えることに成ったからだ。内地へ帰ってから一月も経たぬ内に話が起った。早く嫁を貰ってやらぬと、又何を仕出かすか分らぬという訳である。千恵造は貰うともいわず、貰わぬともいわず、例の煮え切らぬ調子だったが、見合用の写真を見るに及んで、些か食指が動いた様である。小唄歌いの市丸にそっくりの年増美人だと、三亀雄などは気が気でなかった。見合の結果、女の方が断った。人々は、その様な美人が何で千恵造の様なはきはきせぬ男を好こうかといった。三亀雄はほっとし、その女が三十の今日まで独身だという以上は何か訳もあるに違いない、何とかその女を金で動かして自分の妾にする方法はないものかと思うのだった。第二の候補者は美人とはいえなかった。が、処女であるという噂だった。年は二十六で、千恵造には若すぎる、が、とにかく見合をと、いうことになった。流石に千恵造は、今度はかなりめかしこんで見合いに出掛けた。纏った。

意外なことだが、千恵造はその結婚のことで、賀来子に相談したということである。まことに、怪しからぬ事である。千恵造は内地へ戻ってからも、実に頻繁に別れた筈の賀来子に会うているのである。賀来子は南海沿線の天下茶屋に小ぢんまりとした家を借りていて、そこへ千恵造が出掛けていたのだ。賀来子が千恵造と一緒に内地に戻ったのも、このことをしめし合わせてのことだった。すべてこれらの手引きをしたのは船司である。千恵造にまるめられてというより、むしろ左様な智慧を自発的に貸したのだ。これらの事は、伝三郎の店員の口から、あとで洩らされた。その店員は、千恵造の使いで、二三度天下茶屋の賀来子の家へ行ったことがあったのだ。賀来子は日蔭者の身分に甘んじてまでも千恵造と別れたくなかったのであろうか、それとも彼の方で別れたくなかったのであろうか、どちらにしても、こんな男の何処が良いのかと、人々はこの話をきいた時種々取沙汰した。が、それ程までに別れ難《にく》いものなら、何故、別の女と結婚するのだろうか、千恵造の真意は補捉しがたいものがあった。結局、両手に花のつもりだろうか。賀来子が承知せぬ筈だ。

——その通りだった。結婚したものかどうかと千恵造に相談された時、賀来子はいった。表面上別れているとはいえ、二人がいつまでもこんな風に会うていては、貴方の御兄弟にも義理が悪い。この際、潔よく別れてしまおう。そして貴方はその女の方と結婚して下さい。それが、貴方が御兄弟や姪御さんに尽すべき義務です。その女の方は綺麗な人でしょうか、云々。——

千恵造の三度目の結婚式は、三月桃の節句の吉日に挙行された。義理に迫られてという顔付きを千恵造はしていた。が、元来そういう顔の方が千恵造にはむしろ適《ふさ》わしいのだ。殊にこの場合、彼がいそ〳〵としていたら、所詮人々の蔭口をまぬがれぬところだ。この婚礼には、実に多くの人々が新郎側として出席した。千恵造の四人の兄弟とその妻たちは無論だが、まつ枝、たみ子の姉妹とその夫たちも列席した。彼女等については今まで余り触れる機会はなかったが、彼女等はどちらかといえば、児子一家とは余り交際しない。夫がそれぐ〳〵技術家であって、商人とはうまが合わぬのだ。その外、春松夫妻が列席した。春松の嫁は、正月産れの赤ん坊を抱いていた。その赤ん坊の耳に綿がつめてあるのを、中耳炎だろうと、政江は観察した。千満子も列席した。これは人々の眼を引いた。千恵造への義理立とも見えた。伝三郎は「婚礼の見学やろ」とひやかした。伝三郎の妻は、せがまれて小唄を一つ唄い、拍手された。伝三郎は苦い顔した。伝三郎の妻は、千恵造の結婚のために、随分金を使った。タンス、本箱、机、椅子、座蒲団、水屋、雨傘、洗面器の類まで買い与えたので、へそ繰りを全部投げ出した上に、借金が出来る始末だった。夫の弟のために尽すのは当然だという彼女の主義は、この頃政江を尊敬している伝三郎には甚だ面白くなかったのだ。が、千恵造の今度の妻は、伝三郎の妻を、夫の兄弟達の妻の中で、一番良い人だと直感した。その婚礼で一番嬉しそうな表情を自然に、隠さずに、泛べているのは伝三郎の妻だったから。本当いえば、喜ぶべきは第一に政江だが、彼女は、一座の観察にかまけて、嬉しい表情を忘れていたのだ。一言いえば、政江は今度は余り金を出さなかった。

千恵造の妻に就ては述ぶべきことは余り無い。彼女は要するに、不幸な女だ。千恵造は彼女の容貌よりも、肉体に飽き足らなかった。賀来子と比較するからだった。当然賀来子を想い出し、別れてしまった筈の賀来子に逢瀬を求めた。賀来子は避けた。千恵造はその理由が納得出来ぬまゝに、やがて、いわれも無い嫉妬に苦しみ出した。煮え切らぬ男として定評のあった千恵造はこゝで、たんげいすべからざる情熱の男となった。

ある夜、千恵造は再び賀来子と駆落ちした。婚礼の夜から三月程後のことである。人々の驚きと怒りは、説明するまでも無い事だ。児子兄弟合資会社の一員という肩書だったが、千恵造は結局は月給七十円の会社の一会計係というに過ぎなかった、その待遇にあきたらなかったのか、あるいは、新しい妻が気に喰わなかったのかと人々は論議した。後者の方がむしろ真相に近いが、結局、総てを決したのは、賀来子の魅力だ。この魅力を、「弱き者の味方」という意地に置きかえることによって、千恵造は些かヒロイズムを味った。児戯に価することだ。が、そういう哀れな千恵造なればこそ、賀来子との腐れ縁が続けられたのかも知れぬ。

千恵造の出奔を切っ掛けとして、児子家は以後多事多端であった。

その一つ。権右衛門が統制違反で拘引された。沈没汽船引揚、及解体作業が完成して、愈々銅鉄品を売捌くに当って、闇取引をしたのである。鉄線一貫目三十銭以上に売るべからざるを一円四十銭に売ったその他いろ〳〵。「闇」をやらねば、幾らも儲からぬ事業だった。平野署に二十日間留置されて、権右衛門は帰宅した。留置中、彼は種々人生問題に就て、思案した。が、余り得るところもなかった。たゞ、一つ、之まで商売人は高く売るのが自慢だったが、今はそうでなくなったということに就て、深く納得するところがあった。一万円の罰金刑に処せられた。

その二つ。権右衛門の留置を機会に、政江は、「心霊研究」即ち、「神さん」に凝り出した。権右衛門の帰宅の日を「神さん」の先生がいい当てたのが動機である。「神さん」の先生は色魔ということだから、早晩、児子家では、家庭争議があるだろうと専ら噂されている。この間の事情に就ては述ぶべきことが多いが、何れはありきたりのものだ。

その三。児子千満子と某伯爵家次男との縁談は成立した。持参金は案外少くて、二万円だったということだ。

（十四、六、八）

放浪

雑誌『文學界』第七年五号（一九四〇年五月）所収。著者の第一単行本『夫婦善哉』（創元社、一九四〇年八月）に収録するに際して、冒頭部分など本文全体にわたって修正がほどこされた。作者はエッセイ「誤植について」（『大阪學士會倶樂部會報』第八〇号、一九四二年）で、「口から口から」（本書一一九頁）という表現を「誤植」としているが、単行本『夫婦善哉』収録のさいにも訂されず、その前後にも同様の表現が用いられていることから、原文ママとした。

また、戦後『天衣無縫』（刊行は著者没後の一九四七年三月）に収録される際には、『夫婦善哉』収録版とは異なる訂正がなされている。改稿後のテクストは、講談社文芸文庫版『夫婦善哉』（一九九九年五月）などで読むことができる。

本書への収録にあたっては、初出誌を底本とし、単行本『夫婦善哉』収録版を参照した。この『文學界』版が単行本に収録されるのは、本書が初めてである。

一

身に覚えないとは言わさぬ、言うならば言うてみよ、大阪は二ツ井戸「まからんや」呉服店の番頭は現糞《げんくそ》のわるい男、言うちゃわるいが人殺しであると、在所のお婆は順平にいいきかせた。

――「まからんや」は月に二度、疵ものやしみつきや、それから何じゃかや一杯呉服物を一反風呂敷にいれ、南海電車に乗り、岸和田で降りて二里の道あるいて六貫村へ着物売りに来ると、きまって現糞わるく雨が降って、雨男である。三年前にも来て雨を降らせた。よりによって順平のお母が産気づいて、例《いつ》もは自転車に乗って来るべき産婆が雨降っているからとて傘さして高下駄はいてとぼ〳〵と辛気臭かった。それで手違うて順平は産れたけれど、母親はとられた。兄の文吉は月たらずゆえきつい難産であったけれど、その時ばかりは天気運が良くて……。
聴いて順平は何とも感じなかった。そんな年でもなく、寝床にはいって癖で足の親指と隣の指をこ擦り合わせていると、きまってこむら返りして痛く、またうっとりとした。度重なる内、下腹が引きつるような痛みに驚いたが、お婆は脱腸の気だとは感付かなかった。寝いると小便をした。お婆は粗相を押えるために夜もおち〳〵寝ず、濡れていると敲き起し、のう順平よ、良う聴きなはれや。そして意地わるい快感で声も震え、わりゃ継子やぞ。

泉北郡六貫村よろづや雑貨店の当主高峰康太郎はお婆の娘おむらと五年連れ添い、文吉、順平と二人の子までなしたる仲であったが、おむらが産で死ぬと、之倖いと後妻をいれた。之倖いとはひょっとすると後妻のおそでの方で、康太郎は評判の音無《おとな》しい男で財産も少しはあった。兄の文吉は康太郎の姉聟の金造に養子に貰われたから良いが、弟の順平は乳飲子で可哀相だとお婆が引き取り、ミルクで育てゝいる。お婆が死ねば順平は行きどころが無いゆえ継母のいる家へ帰らねばならず、今にして寝小便を癒して置かねば所詮いじめられる。後妻には連子があり、おまけに康太郎の子供も産んで、男の子だ。

……お婆はひそかに康太郎を恨んでいたのであろうか。順平さえ娘の腹に宿らなんだら、まからんやが雨さえ降らせなんだらと思い、一途に年のせいではなかった言うまじきことを言い聴かせるという残酷めいた喜びに打負けるのが度重って、次第に効果はあった。継子だとはどんな味か知らぬが、順平は七つの頃から何となく情けない気持が身にしみた。お婆の素振りが変になり、みる〳〵しなびて、死んで、順平は父の所に戻された。

ひがんでいるという言葉がやがて順平の身辺をとりまいた。一つ違いの義弟と二つ違いの義姉がいて、その義姉が器量よしだと子供心にも判った。義姉は母の躾がよかったのか、村の小学校で、文吉や順平の成績が芳しくないのは可哀相だと面と向って同情顔した。兄の文吉はもう十一であるから何とか言いかえしてくれるべきだのに、いつもげら〳〵笑っていた。眼尻というより眼全体が斜めに下っていて、笑えば愛敬よく、また泣き笑いにも見られた。背が順平よりも低く、顔色も悪かった。頼りない兄であったが、順平には頼るべきたった一人の人だったから、学校がひけると、文吉の後に随いて金造の家へ行くことにした。

金造は蜜柑山をもち、慾張りと言われた。男の子が無く、義理で養子にいれたが、岸和田の工場で働かせている娘が子供をもうけ、それが男の子であったから、いきなり気が変り、文吉はこき使われた。牛小屋の掃除をした。蜜柑をむしった。肥料を汲んだ。薪を割った。子守をした。その他いろ〳〵働いた。順平は文吉の手だすけをした。兄よ！　わりゃ教場で糞したとな。弟よ、わりゃ寝小便止めとけよ。そんなことを言いかわして喜んでいた。

康太郎の眼は未だ黒かったが、しかしこの父はもう普通の人ではなかった。悪性の病をわずらって悪臭を放ち、それを消すために安香水の匂いをプン〳〵させていたが、そんな頭の働かせ方がむしろ不思議だとされていた。寝ていると、壁に活動写真がうつるそうであった。ある日、浪花節語りが店の前に来て語っているから見て来いといい、順平が行こうとすると、継母は呶鳴りつけて、われも狂人か。そう言って継母はにが〳〵し気であった。その日から衰弱はげしく、大阪生玉前町の料理仕出し屋丸亀に嫁いでいる妹のおみよがかけつけると一瞬正気になり、間もなく康太郎は息をひきとった。

焼香順のことでおみよ叔母は継母のおそでと口喧嘩した。それでは何ぼ何でも文吉や順平が可哀相やおまへんかと叔母は言い、気晴しに紅葉を見るのだとて二人を連れて近くの牛滝山へ行った。滝の前の茶店で大福餅をたべさせながらおみよ叔母は、叔母はんの香奠はどこの誰よりも一番ぎょうさんやよってお前達は肩身が広いと言い聴かせ、そしてぽんと胸をたゝいて襟を突きあげた。

十歳の順平はおみよ叔母に連れられて大阪へ行った。村から岸和田の駅まで二里の途は途中に池があった。大きな池なので吃驚した。順平は国定教科書の「作太郎は父に連れられて峠を……」という文句を何となく想出したが、後の文句がどうしても頭に泛んで来なかった。見送るといって随いて来た文吉は、順平よ、わりゃ叔母さんの荷物もたんかいやとたしなめた。順平は信玄袋を担いでいたが、左の肩が空いていたのだ。文吉の両肩には荷物があった。叔母はしかし、蜜柑の小さな籠をもっているだけで、それは金造が土産にくれたもの、何倍にもなってかえる見込がついていた。

岸和田の駅から引返す文吉が、直きに日が暮れて一人歩きは怖いこっちゃろと叔母は同情して五十銭呉れると、文吉は、金はいらぬ、金造伯父がわしの貯金帳こしらえてくれていると言って受取らず、帰って行った。そんなことがあるものか、文吉は金造に欺されている、今に思い知る時があるやろと、電車が動き出して叔母は順平に言った。はじめて乗る電車にまごついて、きょろ〳〵している順平は、碌々耳にはいらなかった。電車が難波に着くと、心に一寸した張りがついた。大阪へ行ったらしっかりせんと田舎者やと笑われるぞと兄らしくいましめてくれた文吉の言葉を想出したのだ。

叔母の家についた。眩い電灯の光でさま〴〵な人に引き合わされたが、耳の奥がじーんと鳴り、人の顔がすッーと遠ざかって小さくなったり、いきなりでっかく見えたり、想いに反して呆然としていた。しッかりしよと下腹に力をいれると差し込んで来て、我慢するのが大変だった。香奠返えしや土産物を整理していた叔母が、順ちゃんよ、お前の学校行きの道具はときくと、すかさず、こゝにあら。信玄袋から取出してみせ、はじめて些か得意であった。然るに「こゝにあら」がおかしいと嗤われて、それは叔母の娘で、尋常一年生だから自分より一つ年下の美津子さんだとあとで知った。美津子は虱《しらみ》を湧かしていてポリ〳〵頭をかいていたが、その手が吃驚するほど白かった。

遅い夕飯が出された。刺身などが出されたから間誤付いて下をむいたまゝ、黙々とたべ終り、漬物の醤油の余りを嘗めていると、叔母は、お前は今日から丸亀のぼんちやよってそんなけちんぼな真似せいでも良えといい、そして女中の方を向いてわざとらしい泪を泛べた。酒をのんでいた叔父が二こと三こと喋ると叔母は、猫の子よりましだんがナと言った。ふんと叔父はうなずいて、えらい痩せとおるが、こいでもこの年になりよるまで二石位米は喰ろとるやろと言った。

さっぱりした着物を着せられたが、養子とは兄の文吉のようなものだと思っていた身に、何かしっくりしない気持がした。買喰いの銭を与えられると、不思議に思った。田舎の家は雑貨屋で、棒ねじ、犬の糞、どんぐりなどの駄菓子を商っているのに、手も出せなかったのだ。一と六の日は駒ヶ池の夜店があり、丸亀の前にも艶歌師が立ったり、アイスクリン屋が店を張ったりした。二銭五厘ずつ貰って美津子と夜店に行く時は、帯の中に銅貨をまきこんで、都会の子供らしい見栄を張った。しかし、筍をさかさにした形のアイスクリンの器をせんべいとは知らず、中身を嘗めているうちに器が破けてハッとし、弁償しなければならぬと蒼くなって嗤われるなど、いくら眼をキョロ〳〵させていても、やはり以後かたくいましめるべき事が随分多かった。

ある日、銭湯へ行くとて家を出た。道分ってんのかとの叔母の声をき〻流して、分ってまんがナ。流暢に出た大阪弁に弾みづけられてどん〳〵駆け出し、勢よく飛び込んでみると、おやッ！　明るいところから急に変った暗さの中にも、大分容子が違うとやがて気が付いて、わいは……、わいは……、あと声が出ず、いきなり引きかえしたが、そこは銭湯の隣の菓物屋《あかもん》の奥座敷で、中風で寝ているお爺がきょとんとした顔であと見送っていた。表へ出ると、丁度使いから帰って来た滅法背の高いそこの小僧に、何んぞ用だっかと問われ、いきなり風呂銭にもっていた一銭銅貨を投げ出し、ものも言わずに蜜柑を一つ摑んで逃げ出した。こともあろうにそれは一個三銭の蜜柑で、その時のせわしない容子がおかしいと、ちょく〳〵丸亀の料理場へ菓物を届けに来るその小僧があとで板場（料理人のこと）や女中に笑いながら話し、それが叔父叔母の耳にはいった。お前、えらいぼろい事したゆうやないか。叔母にその事をいわれると、順平はぺたりと畳に手をついて、もう二度と致しまへん。うなだれ、眼に涙さえ泛べた。滑稽《おちょけ》話の積りであった叔母はあっ気にとられ、そんな順平が血のつながるだけにいっそいじらしく、また不気味でもあったので、何してんねんや、えらいかしこまって。そう言って、大袈裟に笑い声を立てた。叱られているのではなかったのかと、ほっとすると、順平は媚びた笑いを黄い［きいろ］顔に一杯浮べて、菓物屋《あかもん》のお爺がぼんぼんは何処さんの子供衆や、学校何年やときいたなどとにわかに饒舌になった。が、菓物屋のお爺というの、啞であり、間もなく息をひきとった。

尋常五年になった。誰に教えられるともなく始めた寝る前の「お休み」がすっかり身についていた。色が黒いとて茶断ちしている叔母に面と向って色が白いとお世辞を言うことも覚えた。また、しょっちゅう料理場でうろ〳〵していて、叔父からあれ取れこれ取ってくれと一寸した用事を吩咐《いいつけ》られるのを待つという風であった。気をくばって家の容子を見ている内に、板場の腕を仕込んで行末は美津子の聟にし身代も譲っても良いという叔父叔母の肚の中が読みとれていたからである。

叔父は生れ故郷の四日市から大阪へ流れて来た時の所持金が僅か十六銭、下寺町の坂で立ちん坊をして荷車の後押しをしたのを振出しに、土方、沖仲士、飯屋の下廻り、板場、夜泣きうどん屋、関東煮の屋台などさま〴〵な職業を経て、今日、生国魂神社前に料理仕出し屋の一戸を構え、自分でも苦労人やと言いふらしているだけに、順平を仕込むのにも、一人前の板場になるには先ず水を使うことから始めねばならぬと、寒中に氷の張ったバケツで皿洗いをさせ、また二度や三度指を切るのも承知の上で、大根をむかせてけん（刺身のつま）の切り方を教えた。庖丁が狂って手を切ると、先ず、けんが赤うなってるぜといわれた。手の痛みはどないやとも訊いてくれないのを、十三の年では可哀相だと女子衆の囁きが耳にはいるまゝに、やはり養子は実の子と違うのかと改めて情けない気持になった。

叔父叔母はしかし、順平をわざ〳〵継子《ままこ》扱いにはしなかった。そんな暇もないといった顔だった。奇体《けったい》な子供だと思っても、深く心に止めなかった。商売柄、婚礼料理、町内の運動会の弁当、念仏講の精進料理などの註文が命だったから、近所の評判が大事だった。生国魂神社の夏祭には、良家のぼん〳〵並みに御輿かつぎの揃いの法被もこしらえて呉れた。そんな時には、美津子の聟になれるという希望に燃えて、美津子を見る眼が貪慾な光を放ち、ぼん〳〵みたいに甘えてやろ、大根を切る時庖丁振り舞《まわ》して立ち廻りの真似もしてみたろ、お菜の苦情言うてみたろ、叔父叔母はどんな顔するやろと思うのだったが、順平は実行しかねた。その頃、もう人に感付れた筈だが、矢張り誰にも知られたくない一つの秘密、脱腸がそれと分る位醜くたれ下っていることに片輪者のような負け目を感じ、これあるがために自分の一生は駄目だと何か諦めていた。想い出すたびに、ぎゃあーと腹の底から唸り声が出た。ぽか〳〵ぺん〳〵うら〳〵と変なひとり言も呟いた。

ある日、美津子が行水をした。白い身体がすくっと立ち上った。あっちィ行きィ。順平は身の置き場の無いような恥しい気持になった。夜想出すと、急に、ぽか〳〵ぺん〳〵うら〳〵〳〵。念仏のように唱えた。美津子にはっきり嫌われたと蒼い顔で唱えた。近所のカフェーから流行歌が聞えて来た。何がなし郷愁をそゝられ、文吉のことなども想出し泣いたろ、そう思うとする〳〵と涙がこぼれて来て存分に泣いた。二度と見ない決心だったが、翌くる日、美津子が行水しているとそわ〳〵とした。そんな順平を仕込んだのは板場の木下である。

板場の木下は、東京で牛乳配達、新聞配達、料理屋の帳場などしながら苦学していたが、大震災に逢い、大阪へ逃げて来たと言った。汚い身装りで雇われて来た日、一緒に風呂へ行ったが、木下が小さい巾着を覗いて一枚々々小銭を探し出すのを見て同情し、震災の時火の手を逃れて隅田川に飛び込んで泳いだ、袴をはいた女学生も並んで泳いでいたが、身につけているものが邪魔になって到頭溺死しちゃったという木下の話をきくと、順平は訳もなく惹き付けられ、好きになった。大阪も随分揺れたことだろうなと、長い髪の毛にシャボンをつけながら木下が問うと、えらい揺れたぜと順平はいい、細ごま説明したが、その日揺れ出した途端未だ学校から退《ひ》けて来ない美津子のことに気がつくと、悲壮な表情を装いながら学校へ駆けつけ、地震怖かったやろ、そういって美津子の手を握ったら、何んや、阿呆らしい、地震みたいなもん、ちょっとも怖いことあーらへんわ、そして握られた手はそのまゝだったが、奇体な順ちゃん、甚平さん（助平のこと）と言われて随分情けなかったなどとは、さすがに言わなかった。

女学生の袴が水の上にぽっかりひらいて……という木下の話は順平の大人を眼覚ました。弁護士の試験をうけるために早稲田の講義録をとっているという木下は、道で年頃の女に会うときまって尻振りダンスをやった。順平も尻を振って見せ、げら〳〵笑い、そしてあたりを見廻した。

ある時、気がついてみると、ことあろうに女中部屋にたゝずんでいた。あくる日、千日前で「海女の実演」という見世物小屋にはいり、海女の白い足や晒《さらし》を巻いた胸のふくらみをじっと見つめていた。そして又、ちがった日には、「ろくろ首」の疲れたような女の顔にうっとりとなっていた。十六になっていた。二度目だから今に女泣かせの良い男になると木下に無責任な賞め方をされて、もう女学生になっていた美津子の鏡台からレートクリームを盗み出し顔や手につけた。匂いを感づかれぬように、人の傍によらぬことにした。が、知れて、美津子の嘲笑を買ったと思った。二度目だと己惚れて鏡を覗くと、兄の文吉に似ていた。眼が斜めに下がっているところ、おでこで鼻の低いところ、顔幅が広くて顎のすぼんだところ、そっくりであった。ひとの顔を注意してみると、皆自分よりましな顔をしていた。硫黄の匂いする美顔水をつけて化粧してみても追っ付かないと思い諦めて、やがて十九になった。数多くある負目《ひけめ》の上に容貌のことで、いよいよ美津子に嫌われるという想いが強くなった。

たゞ一途にこれのみと頼りにしている板場の腕が、この調子で行けば結構丸亀の料理場を支えて行けるほどになったのを、叔父叔母は喜び、当人もその気でひたすらへり下って身をいれて板場をやっている忠実めいた態度が然し美津子にはエスプリがないと思われて嫌に思っていたのだった。容貌は第二でその頃学校の往きかえりに何となく物をいうようになった関西大学専門部の某生徒など、随分妙な顔をしていた。しかし、此の生徒はエスプリというような言葉を心得ていて、美津子は得るところ少くなかった。$\sqrt[3]{}$と封をした手紙をやりとりし、美津子の胸のふくらみが急に目立って来たと順平にも判った。うか〳〵と夜歩きを美津子はして、某生徒に胸を押えられ、ガタ〳〵醜悪に震えた。生国魂神社境内の夜の空気にカチ〳〵と歯の音が冴えるのであった。やがて、思いが余って、捨てられたらいや、しと美津子は乾燥した声でいい、捨てられた。

日が経ち、妊娠していると親にも判った。女学校の卒業式をもう済ませていることで、両親は赤新聞の種にならないで良かったと安堵した。ある夜更け美津子の寝室の前に佇んでいたといわれて、嫌疑は順平にかゝった。順平は何故か否定する気にもならなかったが、しかし、美津子を見る目が恨みを呑んだ。雨の夜、ふら〳〵と美津子の寝顔に近づいたが、やはり無謀だった。美津子の眼は白く冴えて、怖ろしく、狂暴な血が一度にひいた。

丸亀夫婦は美津子から相手は順平でないと告げられると、あわてゝ、頗る改って順平を長火鉢の前へ呼び寄せ、不束な娘やけど、貰ってくれといった。順平はハッと両手をついて、ありがとうございますと、かねてこの事あるを予期していた如き挨拶であった。見れば、畳の上にハラ〳〵と涙をこぼし眼をこすりもしないで、芝居がかった容子であるから、丸亀夫婦も舞台に立ったような思いいれを暫時した。一杯行こうと叔父の差し出す盃を順平はかしこまって戴き、呑み乾して返えす。それだけの動作の間にも、しーんとした空気が張っていた。その空気が破れたかと思うと、順平は、阿呆の自分にもこれだけは言わしてほしい言葉、けれど美津子さんは御承諾のことでっかと、律気めいた問い方をした。尼になる気持で……などと言うたら口を縫いこむぞといゝきかされていた美津子は、いけしゃあ〳〵と、わてとあんたは元から許嫁やないのといった。二親はさすがに顔をしかめたが、順平はだらしなくニコ〳〵して胸を張り、想いの適った嬉しさがあり〳〵と態度に出た。いやらしい程機嫌を誰彼にもとった。阿呆程強いもんはないと叔母はさすがに炯眼だった。

婚礼の日が急がれた。美津子の腹が目立たぬ内にと急がれたのだ。暦を調べると、良い日は皆目なかったので、迷った揚句、仏滅の十五日を月の中の日で仲が良いとてそれに決められた。婚礼の日六貫村の文吉は朝早くから金造の家を出て、柿の枝を肩にかついで二里の道歩いて、岸和田から南海電車に乗った。難波の終点についたのは正午頃だったが、大阪の町ははじめてのこと故、小一里もない生国魂神社前の丸亀の料理場に姿を現わしたのはもう黄昏どきであった。

その日の婚礼料理に使うにらみ鯛を焼いていた順平が振り向くと、文吉がエヘラ〳〵笑って突っ立っていた。十年振りの兄だが少しも変っていないので直ぐ分って、兄よ、わりゃ来てくれたんかと順平は団扇をもったまゝ傍へ寄った。白い料理衣をきている順平の姿が文吉には大変立派に見え、背ものびたと思えたので、そのことを言った。順平は料理場用の高下駄をはいているので高く見えたのだった。二十二歳の文吉は四尺七寸しかなかった。順平は九寸位あった。順平は柿をむいて見せた。皮がくる〳〵と離れ、漆喰に届いたので文吉は感心し、賞めた。

その夜、婚礼の席がおひらきになるころ、文吉は腹が痛み出した。膳のものを残らず食い、酒ものんだからだった。かねぐ〳〵蛔虫を湧かしていたのである。便所に立とうとすると、借着の紋附の裾が長すぎて、足にからまった。倒れて、そのまゝ、痛い〳〵とのた打ちまわった。別室に運ばれ、医者を迎えた。腸から絞り出して、夜着を汚した。臭気の中で順平は看護した。やっと落ち付いて文吉が寝いると、順平は寝室へ行った。夜も更けていて、もう美津子は寝こんでいた。だらしなく手を投げ出していた。ふと気が付いてみると、阿呆んだら。突き飛ばされていた。

翌くる朝、文吉の腹痛はけろりと癒った。早う帰らんと金造に叱られるといったので、順平は難波まで送って行った。源聖寺坂を降りて黒門市場を抜け、千日前へ行き出雲屋へはいった。また腹痛になるとことだと思ったが、やはり田舎で大根や葉っぱばかり食べている文吉にうまいものをたべさせてやりたいと順平は思ったのだ。二円ほど小遣いをもっていたので、まむしや鮒の刺身を注文した。一つには、出雲屋の料理はまむしと鮒の刺身ときも汁のほかは拙いが、さすが名代だけあって、このまむしのタレや鮒の刺身のすみそだけは他処《よそ》の店では真似が出来ぬなど板場らしい物の言い振りをしたかったのだ。文吉はぺちゃくちゃと音をさせて食べながら、おそで（継母）の連子の浜子さんは高等科を卒業して今は大阪の大学病院で看護婦をしているそうでえらい出世であるが、順平さんのお嫁さんは浜子さんより別嬪さんである、俺は夜着の中へ糞して情けない兄であるが、かんにんしてくれと言った。聴けば、金造は強慾で文吉を下男のように扱い、それで貯金帳を作ってやっているというのも嘘らしく、その証拠に、この間も村雨羊羹を買うとて十銭盗んだら、折檻されて顔がはれたということだ。そんな兄と別れて帰る途々、順平は、たとえ美津子に素気なくされ続けても、我慢して丸亀の跡をつぎ、文吉を迎えに行かねばならぬと思った。癖で興奮して、出世しよう〳〵と反り身になって歩き、下腹に力をいれると、いつもより差し込み方がひどかった。

名ばかりの亭主で、むなしく、日々が過ぎた。一寸の虫にも五分の魂やないか、いっそ冷淡に構えて焦らしてやる方が良いやろと、ことを察した板場の木下が忠告してくれたが、そこまでの意気も思案も泛ばなかった。わざと順平の子だといいならして、某生徒の子供が美津子の腹から出た。好奇心で近寄ったが、順平は産室にいれてもらえなかった。しかし、産婆は心得て順平に産れたての子を渡した。抱かされて覗いてみると、鼻の低いところなど自分に似ているのだ。本当の父親も低かったのだが。

近所の手前もあり、吩咐られて風呂へ抱いて行ったりしている内に、何故か赤ん坊への愛情が湧いて来た。しかし、赤ん坊は間もなく死んだ。風呂の湯が耳にはいった為だと医者が言った。それで、わざと順平がいれたのであろうという忌わしい言葉が囁かれた。ある日、便所に隠れてこっそり泣いていると、木下がはいって来て、今まで言おう〳〵と思っていたのだが……とはじめてしんみり慰めてくれた。そうして木下は、僕はもうこんな欺瞞的な家には居らぬ決心したといった。木下は、四十には未だ大分間があるというもの丶、髪の毛も薄く、弁護士には前途遼遠だった。性根を入れていないから、板場の腕もたいしたものにはならず、実は何かといや気がさしていたのだ。馴染の女給がちかごろ東京へ行った由きいたので、後を追うて行きたいと思っていた。その女給に通う為に丸亀に月給の前借が四月分あるが、踏み倒す魂胆であった。

その夜、二人でカフェへ行った。傍へ来た女の安香水の匂いに思いがけなく死んだ父のことを思い出し、しんみりしている順平の容子を何と思ったか、木下は耳に口を寄せて来て、この女子は金で自由になる、世話したげよか。順平は吃驚して、金は出しまっさかい、木下はん、あんた口説きなはれ、あんたに譲りまっさ。いつの間にか、そんな男になっていた。脱腸をはじめ、数えれば切りのない多くの負け目が、皮膚のようにへばりついていたのだ。

二

文吉は夜なかに起されると、大八車に筍を積んだ。真っ暗がりの田舎道を、提灯つけて岸和田までひいて行った。轍の音が心細く腹に響いた。次第に空の色が薄れて、岸和田の青物市場についた時は、もう朝であった。筍を渡すと、三十円呉れた。腹巻の底へしっかりいれて、ちょい〳〵押えてみんことにゃと金造にいわれたことを思い出し、そのようにした。ふと、之だけの金があれば大阪へ行ってまむしや鮒の刺身がくえると思うと、足が震えた。空の車をガラ〳〵ひいて岸和田の駅まで来ると、電車の音がした。車を駅前の電柱にしばりつけて、大阪までの切符を買い、プラットフォームに出た。電車が来るまで少し間があった。そわ〳〵して決心が鈍って来るようで、何度も便所へいきたくなった。便所から出て来ると電車が来たので周章《あわ》て、乗った。動き出してうと〳〵眠った。車掌に揺り動かされて目を覚すと、難波ァ、難波終点でございまァーす。早う着いたなァと嬉しい気持で構内をちょこ〳〵走りし、日射しの明るい南海通を真っ直ぐ出雲屋の表へかけつけると、まだ店が開いていなかった。千日前は朝で、活動小屋の石だたみが未だ濡れていた。きょろ〳〵しながら活動写真の絵看板を見上げて歩いた。首筋が痛くなった。道頓堀の方へ渡るゴーストップで駐在さんにきびしい注意をうけた。道頓堀から戎橋を渡り心斎橋筋を歩いた。一軒々々飾窓を覗きまわったので疲れ、ひきかえして戎橋の上で佇んでいると、橋の下を水上警察のモータボートが走って行った。後から下肥を積んだ船が通った。ふと六貫村のことが聯想され、金造の声がきこえた。わりゃ、伊勢乞食やぞ、杭（食い）にかゝったらなんぼでも離れくさらん。にわかに空腹を感じて、出雲屋へ行こうと歩き出したが方角が分らなかった。人に訊くにも誰に訊いて良いか見当つかず、何となく心細い気持になった。中座の前で浮かぬ顔をして絵看板を見上げていると、活動の半額券を買わんかと男が寄って来た。半額券を買うとは何の事か訳が知れなかったから、答えるすべもなかったが、之倖いと、ちょっくら物を訊ねますが、出雲屋は。この向いやと男は怒った様な調子でいった。振り向くと、なるほど看板が掛っている。が、そこは順平に連れてもらった店と違うようだ。出雲屋が何軒もあるとは思えなかったから、狐につまゝれたと思った。しかし、鰻を焼く匂いにはげしく誘われて、まゝよとはいり、餓鬼のように食べた勘定を払って出ると、未だ二十七円と少しあった。中座の隣に蓄音機屋があった。

蓄音機屋の隣に食物屋があった。蓄音機屋と食物屋の間に、狭くるしい路地があった。そこを抜けるとお寺の境内のようであった。左へ出ると、楽天地が見えた。あそこが千日前だと分った嬉しさで早足に歩いた。楽天地の向いの活動小屋で喧しくベルが鳴っていたので、何か周章て丶切符を買った。未だ出し物が始まっていなかったから、拍子抜けがし、緞帳を穴の明くほど見つめていた。客の数も増え、いよ〳〵始まった。ラムネをのみ、フライビンズをかじり、写真が佳境にはいって来ると、よう！ よう！ え丶ぞとわめいて四辺の人に叱られた。美しい女が猿ぐつわをはめられる場面が出ると、だしぬけに、女への慾望が起った。小屋を出しなに勘定してみたら、まだ二十六円八十銭あった。大阪には遊廓があるといつか聴いたことを想出した。そこでは女が親切にしてくれるということだ。えへら〳〵笑いながら、姫買いをする所はどこかと道通る人に訊ねると、早熟《ませ》た小せがれやナ、年なんぼやねンと相手にされなかった。二十三だというと、相手は本当に出来ないといった顔だったが、それでも、自動車に乗れと親切にいってくれた。生れてはじめての自動車で飛田遊廓の大門前まで行った。二十六円十六銭。廓の中をうろ〳〵していると、摑えられ、する〳〵と引き上げられた。

ぼうっとしている内に十円とられて、十六円十六銭。

妓の部屋で、盆踊りの歌をうたうと、良え声やワ、もう一ペン歌いなはれナ。賞められて一層声張りあげると、あちこちの部屋で、客や妓が笑った。ねえ、ちょっと、わてお寿司食べたいワ、何ぞ食べへん？ 食べましょうよ。擦り寄られ、よっしゃ。二人前取寄せて、十一円十六銭。食べている内に、お時間でっせといいに来た。帰ったら嫌やし、もっと居てえナ。わざと鼻声で、いわれると、よう起きなかった。生れてはじめて親切にされるという喜びに骨までうずいた。又、線香つけて、最後の十円札の姿も消えた。妓はしかしいぎたなく眠るのだった。おいと声を掛けて起す元気もない。ふと金造の顔が浮び、おびえた。帰ることになり、階段を降りて来ると、大きな鏡に、妓と並んだ姿がうつった。ひねしなびて四尺七寸の小さな体が、一層縮る想いがした。送り出されて、もう外は夜であった。廓の中が真昼のように明るく、柳が風に揺れていた。大門通を、ひょこ〳〵歩いた。五十銭で書生下駄を買った。

鼻緒がきつくて足が痛んだがそれでもカラカラと音は良かった。一遍被ってみたいと思っていた鳥打帽子を買った。一円六十銭。おでこが隠れて、新しい布の匂がプン〳〵した。胸すかしを飲んだ。三杯まで飲んだが、あと、咽喉へ通らなかった。一円十銭。うどんやへはいり、狐うどんとあんかけうどんをとった。どちらも半分たべ残した。九十二銭。新世界を歩いていたが、絵看板を見たいともはいってみたいとも思わなかった。薬屋で猫〇〇を買い天王寺公園にはいり、ガス灯の下のベンチに腰かけていた。十銭白銅四枚と一銭銅貨二枚握った手が、びっしょり汗をかいていた。順平に一眼会いたいと思った。が、三十円使いこんだ顔が何で会わさりょうかと思った。岸和田の駅で置き捨てた車はどうなっているか、提灯に火をいれねばなるまい。金造は怖くないと思った。ガス灯の光が冴えて夜が更けた。動物園の虎の吼声が聞えた。叢の中にはいり、猫〇〇をのんだ。空が眼の前に覆いかぶさって来て、口から口から煙を吹き出し、そして永い間のた打ち廻っていた。

三

夜が明けて、文吉は天王寺市民病院へ担ぎ込まれた。雑魚場《ざこば》から帰ったまゝの恰好で順平がかけつけた時は、むろん遅かった。かすかに煙を吹き出していたようだったと看護婦からきいて、順平は声をあげて泣いた。遺書めいたものもなかったが、腹巻の中にいつぞや出した古手紙が皺くちゃになってはいってい たゝめ、順平に知らせがあり、せめて死に顔でもみることが出来たとは、やはり兄弟のえにしだといわれて順平は、どんな事情か判らぬが、よく〱思いつめる前に一度訪ねてくれるなり、手紙くれるなりしてくれゝば、何とか救う道もあったものをと何度も何度も繰り返して愚痴った。病院の食堂で玉子丼を顔を突っこむようにして食べていると、涙が落ちて、何がなし金造への怒りが胸をしめつけて来た。

が、村での葬式を済ませた時、ふと気が付いてみると、やはり、金造には恨みがましい言葉は一言もいわなかった様だった。くどく持ち出された三十円の金を、弁償いたしますと大人《おと》なしく出て、すご〱と大阪へ戻って来ると丁度その日は婚礼料理の註文があって目出度い〱と立ち騒いでいる家へ料理を運び、更くまで居残ってそこの台所で吸物の味加減をなおしたり酒のかんの手伝いをしたりした揚句、祝儀袋を貰って外へ出ると皎々たる月夜だった。下寺町から生国魂神社への坂道は人通りもなく、登って行く高下駄の音、犬の遠吠え……そんな夜更けの町の寂しさに、ふと郷愁を感じ、兄よ、わりゃ死んだナ。振舞酒の酔いも手伝って、いきなり引き返えし、坂道を降りて道頓堀へ出ると、足は芝居裏の遊廓へ向いた。殆んど表戸を閉めている中に一軒だけ、遣手婆が軒先で居眠りしている家を見つけ、登席《あが》った。客商売に似合わぬ汚い部屋でぽつねんと待っていると、おゝけにと妓がはいって来た。

むせるような臭気が鼻をつくと、順平には、この妓がと、嘘のように思われた。しかし、本能的に女に拒まれるという怖れから、肩にさわるのも躊躇され、まご〳〵している内に、妓は眠って了った。いびきを聴いていると、美津子の傍でむなしく情けない想いをした日々のことが聯想された。

朝、丸亀へ帰る途々、叔父叔母に叱られるという気持で心が暗かったが、ふと丸亀から逐電しようと心を決めると、ほッとした。家へ帰り、どないしてたんや、家あけてという声をきゝ流して、あちこちで貰う祝儀をひそかに貯めて二百円ほどになっている金を取出し着物を着変えた。飛び出すんやぞ、二度と帰らへんのやぞという顔で叔父叔母や美津子をにらみつけたが、察してはくれなかったようだ。それと気付いて引止めてくれるなり、優しい言葉を掛けてくれるなりしてくれたら思い止まりたかったが、肚の中を読んでくれないから随分張合がなく、暫くぐずついていたが、結局、着物を着変えたからには飛び出すより仕方ない、そんな気持でしょんぼり家を出た。


あとで、叔母は、悪い奴にそゝのかされて家出しよりましてんと言いふらした。家出という言葉が好きであった。叔父は、身代譲ったろうと思てたのに、阿呆んだら奴がと、之は本音らしかった。美津子は、当分外出もはゞかられるようで、何かいやな気がして、ふくれていた。また、順平に飛び出されてみると体裁もわるいが、しかし、ほんの少し心淋しい気も感じられた。しつこく迫っていた順平に、いつかは許してもよいという気があるいは心の底にあったのではないかと思われて、しかし之は余りに滑稽な空想だと直ぐ打ち消した。

　順平は千日前金刀比羅裏の安宿に泊った。どういう気持で丸亀を飛び出したのか自分でも納得出来ず、所詮は狂言めいたものかも知れなかった。紺絣の着物を買い、良家のぼん〴〵みたいにぶら〴〵何の当てもなく遊びまわった。昼は千日前や道頓堀の活動小屋へ行った。夜は宿の近くの喫茶バー「リ、アン」で遊んだ。リ、アンで五円、十円と見る〴〵金の消えて行くことに身を切られるような想いをしながら、それでも、高峰さん〴〵と姓をよばれるのが嬉しくて、女給たちのたかるまゝになっていた。

　ある夜、わざと澄まし雑煮を註文し、一口のんでみて、こんな下手な味つけで食えるかいや、吸物というもんはナ、出しこぶの揚げ加減で味いうもんが決まるんやぜと浅はかな知慧を振りまいていると、髪の毛の長い男がいきなり傍へ寄って来て、あんさんとは今日こんお初にござんす、野郎若輩ながら軒下三寸を借り受けましての仁義失礼さんにござんすと場違いの仁義でわざとらしいはったりを掛けて来た。順平が真蒼になってふるえていると女給が、いきなり、高峰さん煙草買いましょう、そう言って順平の雑魚場行きのでかい財布をとり出して、あけた。男は覗いてみて、にわかに打って変ってえらい大きな財布でんナと顔中皺だらけに笑い出し、まるで酔っぱらったようにぐにゃ〴〵した。男はオイチョカブの北田といい、千日前界隈で顔の売れたでん公であった。

　オイチョカブの北田にそゝのかされて、その夜新世界のある家で四五人のでん公と博打をした。インケツ、ニゾ、サンタ、シスン、ゴケ、ロッポー、ナキネ、オイチョ、カブ、ニゲなどと読み方も教わり、気の無い張り方をすると、「質屋の外に荷が降り」とカブが出来、金になった。生れてはじめてほの〴〵として勝利感を覚え、何かしら自信に胸の血が温った。が、続けて張っている内に結局はあり金全部とられて了い、むろんインチキだった。けれど、そうと知っても北田になじる気は起らなかった。翌くる日、北田は ⌉又《かねまた》でシチューと半しまを食わせてくれた。お、けに御馳走《ごっと》さんと頭を下げる順平を、北田はさすがに哀れに思ったか、どや、一丁女を世話したろか、といってくれた。リ、アンの小鈴に肩入れしてけつかんのやろと図星を指されてぽうっと赧くなり一途に北田が頼もしかったが、肩入れはしてるんやけどナ、わいは女にもてへんよって、兄貴、お前わいの代りに小鈴をものにしてくれよ。そういう態度はいつか木下にいった時と同じだったが、北田は既に小鈴をものにしているだけに、かえって気味が悪かった。

オイチョカブの北田は金が無くなると本職にかえった。夜更けの盛り場を選んで彼の売る絵は、こっそりひらいてみると下手な西洋の美人写真だったり、義士の討入りだったりする。絶対にインチキとは違うよ、一見胸がときめいてなどと中腰になってわざと何かを怖れるようなそわ〳〵した態度で早口に喋り立て、仁が寄って来ると、先ず金を出すのがサクラの順平だった。絵心のある北田は画をひきうつして売ることもある。そんな時はその代り、その筋の眼は一層きびしい。サクラの順平もしば〳〵危い橋を渡る想いに冷やっとしたが、それだけにまるで凶器の世界にはいった様な気持で歩き振りも違って来た。

気の変り易い北田は売屋《ばいや》をやることもあった。天満京阪裏の古着屋で一円二十銭出して大阪××新聞の法被を仕込み、売るものはサンデー毎日や週刊朝日の月おくれ、または大阪パックの表紙の発行日を紙ペーパーでこすり消したもの、三冊十五銭で如何にも安いと郊外の住宅を戸別訪問して泣きたんで売り歩く。かと思うと、キング、講談倶楽部、富士、主婦の友〔ママ〕、講談雑誌の月遅れ新本五冊とりまぜて五十銭《オテカン》、これは主に戎橋通の昼夜銀行の前で夜更けて女給の帰りを当てこむのだ。仕入先きは難波の元屋で、そこで屑値で買い集めた古本をはがして、連絡もなく乱雑に重ねて厚みをつけ、もっともらしい表紙をつけ、縁を切り揃えて、月遅れの新本が出来上る。中身は飛び飛びの頁で読まれたものでないから、その場で読めぬようあらかじめセロファンで包んで置くと、如何にも新本だ。順平はサクラになったり、時には真打になったり、夜更けの商売で、顔色も凄く蒼白んだ。儲の何割かをきちん〳〵と呉れるオイチョカブの北田を順平はき帳面な男だと思い、ふと女心めいたなつかしさを覚えていた。

ある日、北田は博打の元手もなし売屋も飽いたとて、高峰、どこぞ無心の当てはないやろか。といったその言葉の裏には、丸亀へ無心に行けだとは順平にも判ったが、そればっかりはと拝んでいる内に、ふと義姉の浜子のことを頭に泛べた。阪大病院で看護婦をしていると、死んだ文吉が言っていた。訪ねて行くと、背丈ものびて綺麗な一人前の女になっている浜子は、順平と知って瞬間あらとなつかしい声をあげたが、どうみてもまっとうな暮しをしているとは見えぬ順平の恰好を素早く見とってしまうと、にわかに何気ない顔をつくろい、どこぞお悪いんですの、患者にもの言うように寄って来て、そして目交で病院の外へ誘い出した。玉江橋の畔で、北田に教った通り、訳は憚るが実は今は丸亀を飛び出して無一文、朝から何も食べていないと無心すると、赤い財布からおず〳〵と五円札出してくれた。死んだ文吉のことなど一寸立ち話した後、浜子は、短気を出したら損やし、丸亀へ戻って出世して六貫村へ錦を飾って帰らんとあかんしと意見した。順平はそうや、そうやと思うと、急に泣いたろという気持がこみ上げて来てぼろ〳〵と涙をこぼし、義姉やん、出世しまっせ、今の暮しから足を洗うて真面目にやりまっさと言わなくても良いことまで言っていると、無性に興奮して来て拳をかため、体を震わせ、うつ向いていた顔をきっとあげると、汚い川水がかすんだ眼にうつった。浜子が小走りに病院の方へ去って了うと、どこからかオイチョカブの北田が現れて来て、高峰お前なか〱味をやるやないか、泣きたんがあない巧いこと行くて相当なわるやぞと賞めてくれたが、順平はそんなものかなアと思った。その金は直ぐ博打に負けて取られてしまった。

ある日、美津子が近々聟を迎えるという噂を聴いた。翌日、それとなく近所へ容子を探りに行くと本当らしかった。その足で阪大病院へ行った。泣きたんで行けという北田の忠告をまつまでもなく、意見されると、存分に涙が出た。五円貰った。その内一円八十銭で銘酒一本買って、お祝、高峰順平と書いて丸亀へ届けさせ、残りの金を張ると、阿呆に目が出ると愛相をつかされる程になった。

北田と山分けし、北田に見送られて梅田の駅から東京行の汽車に乗った。美津子が聟をとるときいては大阪の土地がまるで怖いものゝように思われたのと、一つには、出世しなければならぬという想にせき立てられたのだ。東京には木下がいる筈で、丸亀にいた頃、一度遊びに来いとハガキを貰ったことがあった。

東京駅に着き、半日掛って漸く荒川放水路近くの木下の住いを探し当てた。弁護士になっているだろうと思ったのに、其処は見るからに貧民街で、木下は夜になると玉ノ井へ出掛けて焼鳥の屋台店を出しているのだった。木下もやがて四十で、弁護士になることは内心諦めているらしく、彼の売る一本二銭の焼鳥は、ねぎが八分で、もつが二分、酒、ポートワイン、泡盛、ウイスキーなどどこの屋台よりも薄かった。木下は毎夜緻密に儲の勘定をし、儲の四割で暮しを賄い、他の四割は絶対に手をつけぬ積立貯金にし、残りの二割を箱に入れ、たまるとそれで女を買うのだった。

木下が女と遊んでいる間、順平は一人で屋台を切り廻さねばならなかった。どぶと消毒薬の臭気が異様に漂うていて、夜が更けると大阪ではきゝ馴れぬあんまの笛が物悲しく、月の冴えた晩人通りがまばらになると殺気が漲っているようだった。大阪のでん公と比べものにならぬほど歯切れの良い土地者が暖簾をくゞると、どぎまぎした。兄ちゃんは上方だねといわれると、え、そうでねんと揉手をし、串の勘定も間違い勝ちだった。それでも、臓物の買い出しから、牛丼の御飯の炊出し、鉢洗い、その他気のつく限りのことを、遊んでいろという木下の言葉も耳にはいらぬ振りして小まめに働いていたが、ふと気がついてみると、木下は自分の居候していることを嫌がっているようであった。遠廻しに、君はこんなことをしなくても良い立派な腕をもっているじゃないかと木下はいい、どこか良い働き口を探して出て行ってくれというう木下の肚の中は順平にも読みとれた。木下は順平が来てからの米の減り方に身を切られるような気持がしていたのだ。が、たとえどんな辛いことも辛抱するが、あの魚の腸の匂いがしみこんだ料理場の空気というものは、何としてもいやだった。丸亀の料理場を想出すからであった。そんな心の底に、美津子のことがあった。

しかし、結局は居辛くて、浅草の寿司屋へ住込みで雇われた。やらせて見ると一人前の腕をもっているが、二十三とは本当に出来ないほど頼りない男だと見られて、それだけに使い易いからと追い廻しという資格であった。あがりだよ。へえ。さびを擦りな。へえ。皿を洗いな。宜ろしおま。目の廻るほど追いまわされた。わさびを擦っていると、涙が出て来て、いつの間にかそれが本当の涙になりシク〳〵泣いた。

出世する気で東京へ来たというもの ゝ、末の見込みが立とう筈もなかった。

　ある夜、下腹部に急激な痛みが来て、我慢し切れなく、休ませて貰い天井の低い二階の雇人部屋で寝ころんでいる内に、体が飛び上るほどの痛さになり、痛アい！　痛アい！　と呶鳴った。声で吃驚して上って来た女中が土色になった顔を見ると、周章てゝ医者を呼びに行った。脱腸の悪化で、手術ということになった。十日余り寝た切りで静養して、やっと起き上れるようになった時、はじめて主人が、身寄りの者はないのかと訪ねた。大阪にありますと答えると、大阪までの汽車賃にしろと十円呉れた。押しいたゞき、出世したらきっと御恩がえしは致しますと、例によって涙を流し、きっとした顔に覚悟の色も見せて、そして、大阪行きの汽車に乗った。

　夕方、梅田の駅につきその足で「リ、アン」へ行った。女給の顔触れも変っていて、小鈴は居なかった。一人だけ顔馴染みの女が小鈴は別府へ駈落ちしたといった。相手は表具屋の息子で、それ、あんたも知ってるやろ、タンチー一杯でねばって、その代りチップは三円も呉れてた人や。気がつけば、自分も今はタンチー一杯注文しているだけだ。一本だけと酒をとり、菓物をおごってやって、オイチョカブの北田のことを訊くと、こともあろうに北田は小鈴の後を追うて別府へ行ったらしい。勘定払って外へ出ると、もう二十銭しかなかった。夜の町をうろ〳〵歩きまわり、戎橋の梅ヶ枝できつねうどんをたべ、バットを買うと、一銭余った。夜が更けると、もう冬近い風が身に沁みて、鼻が痛んだ。暖いところを求めて難波の駅から地下鉄の方へ降りて行き、南海高島屋地階の鉄扉の前にうずくまっていたが、やがてごろりと横になり、いつの間にか寝込んでしまった。

朝、生国魂神社の鳥居のかげで暫く突っ立っていたが、やがて足は田蓑橋の阪大病院へ向った。当てもなく生国魂まで行ったゝめに空腹は一層はげしく、一里の道は遠かった。途々、何故丸亀へ無心に行かなかったのかと思案したが、理由は納得出来なかった。病院へ訪ねて行くと、浜子は今度は眼に泪さえ泛べて、声も震えた。薄給から金をしぼりとられて行くことへの悲しさと怒りからであったが、しかし、そうと許り言い切れないほど、順平は見窄らしい恰好をしていた。言うも甲斐ない意見だったが、やはり、私に頼らんとやって行く甲斐性を出してくれへんのかとくど〳〵意見し、七円恵んでくれた。懐からバットの箱を出し、その中に金をいれて、しまいこみながら、涙を出し、また、にこ〳〵と笑った。浜子と別れると、あまい気持があとに残り、もっと〳〵意見してほしい気持だった。玉江橋の近くの飯屋へはいって、牛丼を注文した。さすが大阪の牛丼は真物の牛肉を使っていると思った。木下の屋台店で売っていた牛丼は、繊維《すじ》が多く、色もどす赤い馬肉だった。食べながら、別府へ行けば千に一つ小鈴かオイチョカブの北田に会えるかも知れぬとふと思った。

天保山の大阪商船待合所で別府までの切符を買うと、八十銭残ったので、二十銭で餡パンを買って船に乗った。船の中で十五銭毛布代をとられて情け無い気がしたが、食事が出た時は嬉しかった。餡パンで別府まで腹をもたす積りだった。小豆島沖合の霧で船足が遅れて、別府湾にはいったのはもう夜だった。山の麓の灯が次第に迫って来て、突堤でモリナガキャラメルのネオンサイン塔が点滅した

船が横づけになり、桟橋にぱっと灯がつくと、あっ！　順平の眼に思わず涙がにじんだ。旅館の法被を羽織り提灯をもったオイチョカブの北田が、例の凄みを帯びた眼でじっとこちらをにらんでいたのだ。兄

貴！　兄貴！　とわめきながら船を降りた。北田は暫くあっ気にとられて物も言えなかったが、順平が、兄貴わいが別府へ来るのんよう知ってたナというと、阿呆んだら奴、わいはお前らを出迎えに来たんやないぞ、客を引きに来たんやと四辺を憚かる小声で、それでも流石に鋭くいった。

聞けば、北田は今は温泉旅館の客引きをしており、小鈴も同じ旅館の女中、いわば二人は共稼ぎの本当の夫婦になっているのだという。だん〳〵聞くと、北田はかねてから小鈴と深い仲で、その内に小鈴は孕んで、無論相手は北田であったが、北田は一旦はいい逃れる積りで、どこの馬の骨の種か分るもんかと突っ放したところ、こともあろうに小鈴はリ、アンへ通っていた表具屋の息子と駈落ちしたので、さては矢っ張り男がいたのかと胸は煮えくり返り、行先は別府らしいと耳にはさんだその足で来てみると、いた。温泉宿でしんみりやっているところを押えて、因縁つけて別れさせたことは別れさせたが、小鈴はその時――どない言いやがったと思う？　と、北田はいきなり順平にきいたが、答えるすべもなくぽかんとしていると、北田は直ぐ話を続けて――わては子供が可哀相やから駈落ちしたんや。どこの馬の骨か分らんようなでん公の種を宿して、認知もしてもらえんで、子供に肩身の狭い想いをさせるより、表具屋の息子が一寸間ァが抜けてるのを倖い、しつこくもちかけて逐電し、表具屋の子やと否応はいわせず、晴れて夫婦になれば、お腹の子もなんぼう倖せや分らへん。そんな肚で逐電したのを因縁つけて、オイチョの北さん、あんたどない色つけてくれる気や。そんな不貞くされに負ける自分ではなかったが、父性愛というんやろか、それとも、一緒にいた女にたとえ何もしやへんという〔科〕白を阿呆になって真にうけたにしろ、今更惚れ直したんやろか、気が折れて、仕込んで来た売屋の元も切れ、宿賃も嵩んで来たまゝに小鈴はそこで女中に雇われ、自分は馴々しく人に物いえる腕を頼りにそこの客引きになることに話合いしたその日から法被着て桟橋に立つと、船から降りて来た若い二個連れの女の方へわざと凭れかゝるように寄りそうて、鞄をとり、ひっそりした離れで、はゞかりも近うございます、錠前つきの家族風呂もございますと連れこんで、チップもいれて三円の儲になった。金を貯めて、小鈴とやがて産れる子供と三人で地道に暮すつもりやと北田はいい、そして、高峰、お前も温泉場の料理屋へ板場にはいり、給金を貯めて、せめて海岸通りに焼鳥屋の屋台を張る位の甲斐性者になれと意見してくれた。

その夜は北田が身銭を切って、自分の宿へ泊めてくれることになった。食事の時小鈴が給仕してくれたが、かつて北田に小鈴に肩入れしているとて世話してやろかと冷やかされたことも忘れてしまい、オイチヨさんと夫婦にならはったそうでお目出度うとお世辞をいった。

翌日、北田は流川通の都亭という小料理屋へ世話してくれた。都亭の主人から、大阪の会席料理屋で修業し、浅草の寿司屋にも暫くいたそうだが、家《うち》は御覧の通り腰掛け店で会席など改った料理はやらず、今のところ季節柄河豚料理一点張りだが、河豚《てつ》は知ってるのかと訊かれると、順平は、知りまへんとはどうしても口に出なかった。北田の手前もあった。板場の腕だけがたった一つの誇りだったのだ。そうか、知ってるか、そりゃ有難いと主人はいったが、しかし結局は、当分の間だけだがと追い廻しに使われ、かえってほっとした。

一月《ひと》ほど経ったある日、朝っぱらから四人づれの客が来て、河豚刺身とちりを註文した。二人いる板場の内、一人は四五日前暇をとり、一人は前の晩カンバンになってからどこかへ遊びに行って未だ帰って来ず、追い廻しの順平がひとり料理場を掃除しているところだった。主人に相談すると、お前出来るだろうといわれ、へえ出来まっせとこんどは自信のある声でいった。一月の間に板場のやり口をちゃんと見覚えていたから、訳もなかった。腕をみとめて貰える機会だと、庖丁さばきも鮮かで、酢も吟味した。

夜、警察の者が来て、都亭の主人を拘引して行き、間もなく順平にも呼び出しが来た。ぶる〳〵震えて行くと、案の条朝の客が河豚料理に中毒して、四人の内三人までは命だけ喰止めたが、一人は死んだという。主人はひと先ず帰され、順平は留置された。だらんと着物をひろげて、首を突き出し、じゝむさい恰好で板の上に坐っている日が何日も続くともう泣く元気もなかった。寒かろうとて北田が毛布を差入れしてくれた。

十日許り経った昼頃、紋附を着た立派な服装の人が打っ倒れるように留置場へはいって来た。口髭を生やし、黙々として考えに耽っている姿が如何にも威厳のある感じだったから、こんな偉い人でも留置されるのかと些か心が慰まった。ふと、この人は選挙違反だろうと思った。鄭重に挨拶をして毛布を差出し、使って下さいというと、じろりと横目でにらみ、黙って受けとった。あとで調べの為に呼び出された時、係の刑事に訊くと、あれは山菓子盗りだといった。葬式があれば知人を装うて葬儀場や告別式場に行き、良い加減な名刺一枚で、会葬御礼のパスや商品切手を貰う常習犯で、被害は数千円に達しているということだった。何んや阿呆らしいと思ったが、しかし毛布を取り戻す勇気は出なかった。中毒で人一人殺したのだから、最悪の場合は死刑だとふと思いこむと、順平はもう一心不乱に南無阿弥陀仏、南無阿弥陀仏と呟いていた。そんな順平を山菓子盗りは哀れにも笑止千万にも思い、河豚料理で人を殺した位でそうなってたまるものか、悪く行って過失致死罪……という前例も余り聴かぬから、結局はお前の主人が営業停止をくらう位が関の山だろうと慰めてくれ、今はこの人が何よりの頼りだった。

都亭の主人はしかし営業停止にならなかった。そんな前例を作れば、ことは都亭一軒のみならず温泉場の料理屋全体が汚名を蒙ることになり、ひいてはここで河豚を食うなと喧伝され、市の繁栄にも影響するところが多いと都亭の主人は唱えて、料理店組合を動かした。そして、問題は都亭の主人の責任といえば無論いえるが、しかし真のそして直接の原因はルンペン崩れの追い廻しの順平にあることは余りにも明白だ、そんな怪しい渡り者に河豚を料理させたというのも、河豚料理が出来るという嘘を真に受けたゞけであって、真に受けたのは不注意というよりも寧ろ詐欺にかゝったという可きで実際都亭は詐欺漢のためにたとえ一時でも店の信用を汚されたとはいわば泥棒に追い銭、泣き面に蜂、むろん再びこの様な不祥事をくりかえさぬ様刑罰を以てすべきは当然ながら、それならば泣き面を罰すべきか、蜂を罰すべきか、問題は温泉場全体のことだと彼は必死になって策動した。オイチョカブの北田は何をっと一時は腹の虫があばれたが、しかし彼も今は土地での気受けもよく、それに小鈴のお産も遠いことではなかった。泣きたんの手で順平の無罪を頼み歩いたが、尻はまくらなかった。

間もなく順平は送局され、一年三ケ月の判決を下された。情状酌量すべき所無いでもないが、都亭主人を欺いて社会にとって危険極る人物となり、ために貴重な一つの生命を奪ったことは罪に値するという訳だった。一年三ケ月と聴いて、涙を流した。

徳島の刑務所へ送られた。こゝでは河豚料理をさせる訳ではないからと、賄場で働かされた。板場の腕がこんな所で役に立ったかと妙な気がした。賄の仕事は楽であったが、煮ているものを絶対口に入れてはいけぬといわれたことを守るのは辛かった。ある日、我慢が出来ずに、到頭禁を犯したところを見つけられ、懲罰のため、仙台の刑務所へ転送されることになった。

護送の途中、汽車で大阪駅を通った。編笠の中から車窓の外を覗くと、いつの間に建ったのか、駅前に大きな劇場が二つも並んでいた。護送の巡査が駅で餡パンを買ってくれた。何ケ月振りの餡気のものかとちぎる手が震えた。

懲罰のためというだけあって、仙台刑務所での作業は辛かった。土を運んだり木を組んだり、仕事の目的は分らなかったが、毎日同じような労働が続いた。顔色も変った。馴れぬことだから、始終泡をくっていた。朝仕事に出る時は浜子のことが頭に泛んだ。夕方仕事を終えて帰る時は美津子、食事の時は小鈴の笑い顔を想った。夜寝ると彼女達の夢をみた。セーラー服の美津子を背中に負うているかと思うと、いつの間にかそれは浜子に変って居り、看護婦服の浜子を感じたかと思うと、今度は小鈴の肩の柔さだった。

一年経ち、紀元節の大赦で二日早く刑を終えると読み上げられた時、泣いて喜んだ。刑務所を出る時、大阪で働くというと、大阪までの汽車賃と弁当代、ほかに労働の報酬だと二十一円戴いた。仙台の町で十四円出して、人絹の大島の古着帯、シャツ、足袋、下駄など身のまわりのものを買った。知らぬ間に物価の上がっているのに驚いた。物を買う時、紙袋の中から金を取り出して、みてはいれ、また取り出し、手渡す時、一枚々々たしかめて、何か考えこみ、やがて納得して渡し、釣銭を貰う時も、袋にいれては取り出してみて調べ、考えこみ、漸く納得していれるという癖がついた。また道を歩きながら、ふと方角が分らなくなり、今来た道と行く道との区別がつかず、暫く町角に突っ立っているのだった。

仙台の駅から汽車に乗った。汽車弁はうまかった。東京駅で乗換える時、途中下車して町の容子など見てみたいと思ったが、何かせきたてられる想いで直ぐ大阪行きの汽車に乗り、着くと夜だった。電力節約のためとは知らず、ネオンや外灯の消されている夜の大阪の暗さは勝手の違う感じがした。何はともあれ千日前へ行き、木村屋の五銭喫茶でコーヒとジャムトーストをたべると十一銭とられた。コーヒが一銭高くなったとは気付かず、勘定場で釣銭を貰う時、何度も思案して大変手間どった。大阪劇場の地下室で無料の乙女ジャズバンドをきゝ、それから生国魂神社前へ行った。夜が更けるまで佇んでいた辛抱のおかげで、やっと美津子の姿を見つけることが出来た。美津子は風呂へ行くらしく、風呂敷に包んだものは金盥だと夜目にも分ったが、遠ざかって行く美津子を追う目が急に涙をにじませると、もう何も見えなかった。泣いているこのわいを一ぺん見てくれと心に叫んだ甲斐あってか、美津子はふと振り向いたが、かねぐ〱彼女は近眼だった。

その夜、千日前金刀比羅裏の第一三笠館で一泊二十銭の割部屋に寝て、朝眼が覚めると、あっと飛び起きたが、刑務所でないと分り、未だあといくらでも眠れると思えばぞく〱するほど嬉しく、別府通いの汽船の窓でちらり見かわす顔と顔……と別府音頭を口ずさんだ。二十銭宿の定りで、朝九時になると蒲団をあげて泊り客を追い出す。九時に宿を出て十一銭の朝飯をたべ、電車で田蓑橋まで行った。橋を渡るのももどかしく、阪大病院へかけつけると、浜子はいなかった。結婚したときかされ、外来患者用のベンチに腰を下ろしたまゝ暫くは動けなかった。今日は無心ではない、たゞ顔を一目見たかっただけやと呟き呟きして玉江橋まで歩いて行った。橋の上から川の流れを見ていると、何の生き甲斐もない情けない気持がした。ふと懐ろの金を想い出し、そうや、未だ使える金があるんやったと、紙袋を取り出し、永い間掛って勘定してみると、六円五十二銭あった。何に使おうかと思案した。良い思案も泛ばぬので、もう一度勘定してみることにし、紙袋を懐ろから取り出した途端、あっ！　川へ落して了った。眼先が真っ暗になったような気持の中で、たゞ一筋、交番へ届けるという希望があった。歩き出して、紙袋をすべり落した右の手をながめた。醜い体の中でその手だけが血色もよく肉も盛り上って、板場の修業に冴えた美しさだった。そうや、この手がある内は、わいは食べて行けるんやったと気がついて、蒼い顔がかすかに紅みを帯びた。交番へ行く道に迷うて、立止った途端、ふと方角を失い、頭の中がじーんと熱っぽく鳴った。

順平は、かつて父親の康太郎がしていたように、首をかしげて、いつまでも突っ立っていた。

わが町

雑誌『文藝』第十巻年十一号（一九四二年十一月）所収。翌一九四三年四月に長篇『わが町』（錦城出版社）として刊行される際には、全編にわたって物語が増補され、短篇「夫婦善哉」や「婚期はずれ」のエピソードが盛り込まれた。

作者没後に川島雄三監督作品（八住利雄脚本）として日活系で映画化され、一九五六年八月二十八日より一般公開された（九十八分）。現在はＤＶＤで入手可能（日活、DVN-123）。また、戦時下には榎本健一一座、井上正夫演劇道場で劇化された。戦後は森繁久彌、北大路欣也、赤井英和主演で上演されているほか、テレビドラマ化もされている。

本書への収録にあたっては、初出誌を底本とし、単行本『わが町』を参照した。この『文藝』版が単行本に収録されるのは、本書が初めてである。

壱、明治

マニラをバギオに結ぶベンゲット道路のうち、タグパン・バギオ山頂間八十粁《キロメートル》の開鑿は、工事監督のケノン少佐が開通式と同時に将軍になったというくらいの難工事で、人夫たちはベンゲット山腹五千呎《フィート》の絶壁をジグザグに登りながら作業しなければならず、スコールが来ると忽ち山崩れや地滑りが起って、谷底の岩の上へ家守《やもり》のようにたたき潰された。風土病の危険はもちろんである。起工後足掛け三年目の明治三十五年の七月に、七十万ドルの予算をすっかり使い果してなお工事の見込みが立たぬいいわけめいて、

「山腹は頗る傾斜が急で、おまけに巨巌はわだかまり、大樹が茂って、時には数百米《メートル》も下って工事の基礎地点を発見しなければならない。しかも、そうした場所にひとたび鶴嘴を入れれば、必ず上部に地滑り

が起り、しだいに亀裂を生じて、ついにはこれが数千米にも及ぶ……。」

云々という技師長の報告が米本国の議会へ送られた時には、土民の比律賓人《フィリッピン》をはじめ、米人・支那人・露西亜人・西班牙人《スペイン》等人種を問わず狩りあつめられていた千二百名の人夫は、五米の工事に一人ずつの死人が出るありさまに驚いて、一人残らず逃げだしていた。

工事監督が更迭して、百万ドルの予算が追加された。新任のケノン少佐は、さすがにこれらの人種の恃むに足らぬのを悟ったのか、マニラの日本領事館へ邦人労働者の供給を請うた。邦人移民排斥の法律を枉げてまでそうしたのは、カリフォルニヤを開拓した日本人の忍耐と努力を知っていたからであろうか。日本は清国との戦いにも勝っていた……。

第一回の移民船香港丸が百二十五名の労働者を乗せてマニラに入港したのは、明治三十六年十月十六日であった。

股引、腹掛、脚絆に草鞋ばき、ねじ鉢巻の者もいて、焼けだされたような薄汚い不気味な恰好で上陸した姿を見て、白人や比律賓人は何かぎょっとし、比人労働組合は同志を糾合して排斥運動をはじめ、英字新聞も書きたてた。

それを知ってか知らずにか、百二十五名の移民はマニラで二日休養ののち、がたがたの軽便鉄道でタグパンまで行き、そこから徒歩でベンゲットの山道へ向った。牛車《カルトン》を雇って荷物を積みこみ、山を分けはじめるのだが、もとより旅館はなく、日が暮れるとごろりと野宿して避難民めいた。鍋釜が無いゆえ、飯は炊けず、持って来たパンは大方蟻に食い荒されて、おまけにひどい蚊だ。

そんな苦労を二晩つづけて、やっと工事の現場へたどり着いてみると、断崖が鼻すれすれに迫り、下はもちろん谷底で、雲がかかり、時には岩を足場に作業して貰わねばならぬと言う。こんなところで働くのかと、船の中ではあらくれで通っていた連中でさえ、あっと息をのんだが、けれど、今更日本へ引きかえせない。旅費もなかった。石に噛りついてとはこの事だと、やがて彼等は綱でからだを縛って、絶壁を下りて行った。そして、中腹の岩に穴をうがち、爆薬を仕掛けるのだ。点火と同時に、綱をたぐって急いで攀《よ》じ登る。とたんに爆音が耳に割れて、岩石が飛び散り、もう和歌山県の村上音造はじめ五人が死んでいた。間もなくの山崩れには、十三人が一度に生き埋めになった。十一月には、コレラで八人とられた。

死体の見つかったものは、穴を掘って埋めたが、時には手間をはぶいて四五人いっしょに一つの穴へ埋めるというありさまだった。坊主も宣教師も居らず、線香もなく、小石を立てて墓石代りの目じるしにし、黙禱するだけという簡単な葬式しか出来なかったのは、ひとつには毎日の葬式をいちいち念入りにやっていては、工事をするひまが無くなるからでもあった。

そんな風にだんだんに人数が減って行き、心細い日日が続いたが、やがて、第二回、第三回……と引続いて移民船が来て、三十六年中には六百四十八名が、三十七年中にはほぼ千二百名がマニラへ上陸し、マニラ鉄道会社やマランガス、バタアン等の炭坑へ雇われる少数を除き、日給一ペソ二十五セントという宣伝に惹かれて殆んど全部ベンゲットへ送られて来た。内地では食事自弁で、五六十銭が勢一杯だった。一ペソは一円に当る。なお、ベンゲットでは、食事、宿舎、医薬はすべて官費だというのだ。

けれど、来て見ると、宿舎というのは、竹の柱に草葺の屋根で、土間には一枚の敷物もなく、丸竹の棚を並べて、それが寝台だというのである。蒲団もなく、まるで豚小屋であった。

食物もひどかった。虫の喰滓のような比島米で、おまけに鍋も釜もない故、石油缶で炊くのだが、底がこげついても、上の方は生米のまま、一日一人当り一封度《ポンド》四分ノ三という約束の量も疑わしい。副食物は牛肉又は豚肉半斤、魚肉半斤、玉葱又は其の他の野菜若干量という約束のところを、二三尾の小鰯に、十日に一度、茄子が添えられるだけであった。

たちまち栄養不良に陥ったが、おまけに雨期になると、早朝から濡れ鼠のまま十時間働いてくたくたに疲れたからだで、着がえもせず死んだようになって丸竹の寝台に横わり、一晩中蚊に食われているという状態ゆえ、脚気で斃れる者が絶えなかった。三十七年の、七、八、九の三ケ月間に、脚気のために死んだ者が九十三人であった。マラリヤ、コレラ、赤痢は勿論である。

契約どおり病院はあった。が、医療設備など何ひとつなく、ただキナエンだけは豊富にあると見えて、赤痢にもキナエンを服まされた。なお、粥は米虫の死骸で小豆粥のように見えるというありさま故、入院患者は減り、病死者がふえる一方であった。

すべては約束とちがっていたのだ。こんな筈ではなかったと、鶴田組の三百名は到頭人夫頭といっしょに山を下ったが、雇われるところといってはマラバト・ナ〔・〕バトの兵営建築工事か、キャ《カ》ビテ軍港の石炭揚げよりほかになく、日給はわずかに八十セントで、うち三十五セントの食費を差引かれるようではお話にならず、比律賓の空家にはいりこんで自炊しながらの煎餅売りも乞食めく。良い思案はないものかと評定していると、関西移民組合から派遣されて来たという佐渡島他吉が、

「言うちゃなんやけど、今日まで生命があったのは、こら神さんのお蔭や。こないだの山崩れでころッと死《い》てしもたもんや思《おも》て、もういっぺんベンゲットへ帰ろやないか。ここで逃げ出してしもてやな、工事が失敗《すかたん》になって見イ、死んだ連中が浮かばれん。わいらは正真正銘の日本人やぜ。」

と、大阪弁で言った。すると、

「そうとものし。俺《うら》らはアメリカ人や、ヘリピン人や、ドシャ人の出来なかった工事《こうり》を、立派《じっぱ》にやって見せちゃるんじゃ。俺《うら》らがマジダへ着いた時、がやがや排斥さらしよった奴らへ、お主《んし》やら、この工事《こうり》が出来るかといっぺん言わな、日本人であらいでよ。」

と、言う者が出て、そして、あとサノサ節で、

「一つには、光りかがやく日本国、日本の光りを増さんぞと、万里荒浪ね、いといなく、マニラ国へとおもむいた。」

と、うたいだすと、もう誰もベンゲットへ帰ることに反対しなかった。

そうして、元通り工事は続けられたが、斃れた者を犬死にしないために働くという鶴田組の気持はたちまち他の組にも響いて、何か殺気だった空気がしんと張られた。屍を埋めて日が暮れ、とぼとぼ小屋に戻って行く道は暗く、しぜん気持も滅入ったが、まず今日いちにちは命を拾ったという想いに夜が明けると、もう仇討に出る気持めいてつよく黙黙と、鶴嘴を肩にした。鉛のように、誰も笑わず、意地だけで或る者は生き、そして或る者は死んだ。

三十七年の十月のある夜、暴風雨が来て、バギオとは西班牙語で暴風のことだと想いだした途端に、小

屋が吹き飛ばされ、道路は崩れて、橋も流された。それでも、腑抜けず、夜が明けると、死骸を埋めた足で直ぐ工事場へ濡れ鼠の姿を現わした。

全長二十一哩《マイル》三十五のベンゲット道路が開通したのは、香港丸がマニラへ入港してから一年四ケ月目の明治三十八年一月二十九日であった。千五百名の邦人労働者のうち六百名を超える犠牲者があったと、開通式の日に生き残った者は全部泣いたが、やがて、バギオにサンマー・キャピタル（夏の都）がつくられて、ベンゲット道路がダンスに通う米人たちのドライヴ・ウエーに利用されだしたのを見聴きすると、転げまわって口惜しがり、佐渡島他吉はマニラの入墨屋山本権四郎の所へ飛び込んだ。

そうして、背中いっぱいに龍をあばれさせた勢いで、金時氷や清涼飲料を売るモンゴ屋には似合わぬ凄みを、マニラじゅうに利かせ、米人を見ると、

「ベンゲット道路には六百人という人間の血が流れてるんやぞオ。うかうかダンスしに通りやがって見イ。自動車のタイヤがパンクするぞオ。帰りは、こんなお化けが出るさかい、眼ェまわすな。」

と、あやしい手つきをしてお化けの恰好をして見せた途端に、いきなり相手の横面を撲り、「文句があるなら、いつでも来い。わいはベンゲットの他あやんや。」

それで、いつか「ベンゲットの他《た》あやん」と綽名がつき、顔は売ったが、そのため敬遠されて商売のモンゴ屋ははやらなかった。国元への送金も思うようにならず、「お前がマニラにいてくれては……」困る旨の話も有力者の口から出たので、内地へ残して来た妻子が気になるとの口実で、足掛け六年ののち、大阪へ帰ると直ぐ俥夫となり、からだ一つを資本に年中白い背広の上着を羽織って俥をひき、「ベンゲット

の他あやん」の綽名はここでも似合った。

そうして、十年経ち、大正七年の春、娘の初枝はもう二十一歳、町内のマラソン競争で優勝した桶屋の職人を見込んで婿にしたが、玉造で桶屋を開業させたところ、隣家から火が出て、開業早々丸焼けになった。げっそりして、蒲団をかぶってごろごろしながら、

「冷やし飴でも売りに歩かな仕様《しゃ》ない。えらい騒動や。」

と、心細い声を出しているのを、他吉は叱りつけて、

「お前みたいな気では、飴がくさってしまう。それとも、よっ程冷やし飴が売りたけりゃ、マニラへ行ってモンゴ屋商売をせエ。マニラは年中夏やさかい、金時（氷）や冷やし飴売っても結構商売になる。人間はお前、若い時はどこいなと遠いとこい出なあかんぜ。お初はわいが預ってやるさかい。」

そんな時、泣いて止める筈の女房が五年前に死んでいたのを倖い、無理矢理説き伏せて、マニラへ発たせた。

他吉は娘の初枝とふたりで神戸まで見送りに行ったが、「わいもこの船でいっしょに……」行きたい気持を我慢するのに、余程苦労した。その代り、銅鑼《どら》が鳴るまで、ベンゲットの話をし、なお、

「アメリカ人の客には頭を下げんでもええぞ。毎度おおけにと頭が下りかけたら、いまのベンゲットの話を想い出すんやで。歯抜きの辰に二円返しといてや。」

と、言った。

初枝は新世界の寄席へ雇われて、お茶子をした。

弐、大正

そこは貧乏たらしくごみごみとして、しかも不思議にうつりかわりの尠い、古手拭のように無気力な町であった。

角の果物屋は何代も果物屋をしていて、看板の字は主人にも読めぬくらい古びていた。酒屋は何十年もそこを動かなかった。銭湯も代替りしなかった。薬局もかわらなかった。よぼよぼの爺さんが未だに何十年か前の薬剤師の免状を店に飾って頓服を盛っているのだった。もぐさが一番よく売れるという。八百屋の向いに八百屋があって、どちらも移転をしなかった。隣の町に公設市場が出来ても、同じことであった。一文菓子屋の息子はもう孫が出来て、店にぺたりと坐って一文菓子を売るしぐさも、何か名人芸めいて来た。散髪屋の娘はもう三十二才で、嫁に行かなかった。年中一つ覚えの「石童丸」の筑前琵琶を弾いていた。散髪に来る客の気を惹くためにそうしているらしく、それが一そう縁遠い娘めいた。相場師も夜逃げしなかった。落語家《はなしか》も家賃を五つためて、十年一つ路地に居着いていた。

路地は情けないくらい多く、その町にざっと七八十もあろうか。いったいに貧乏人の町である。路地裏に住む家族の方が、表通りに住む家族の数よりも多いのだ。地蔵路地はLの字に抜けられる八十軒長屋である。なか七軒はさんで凵の字に通ずる五十軒長屋は榎路地である。入口と出口が六つもある長屋もある。狸裏《たのき》といい、一軒の平屋に四つの家族が同居しているのだ。

銭湯日の丸湯と理髪店朝日軒の間のせまくるしい路地を突き当ったところの空地を凵の字に囲んで、七軒長屋があり、河童路地《がたろ》という。その空地は羅宇しかえ屋の屋台の置場であり、夜店だしの荷車も置かれ、なお、病人もいないのに置かれている人力車は、長屋人の佐渡島他吉の商売道具である。もちろんここは物干し場にもなる。けれど、風が西向けば、もう干せない。日の丸湯の煙突は年中つまっていて、たちまち洗濯物が黒くなってしまうのだ。

羅宇しかえ屋の女房は名古屋生れの大声で、ある時、亭主を叱った声が表通まで聞え、通り掛った巡査があやしんで路地の中まで覗きに来たというくらい故、煙突の苦情は日の丸湯の番台へ筒ぬけだが、しかし、改まって煙突の掃除のことで、日の丸湯へ掛け合った者はひとりもない。日の丸湯の主人というのは、先代より引続いて、河童《がたろ》路地の家主であり、横車《ごりがん》も通した。河童路地は只裏《ただ》ともいい、家賃は只同然にやすかったが、それさえ誰もきちんと払えた例しはなかったのだ。

つまりは、貧乏長屋であった。だから、たとえば蝙蝠傘の修繕屋のひとり息子は、小学校にいる頃から、新聞配達に雇われ、黄昏の町をちょこちょこ走った。

明るいうちに配ってしまわぬと、帰りの寺町がひっそりと暗くて怖い。十歳の足で、高津神社の裏門の石段を、ある日、あわてて降り、黒焼屋の前まで来ると、

「次郎ぼん、次郎ぼん。」

うしろから呼びとめられた。振り向くと、血止めの紙きれをじじむさく鼻の穴に詰め込んだ他吉が、空の俥をひきながらにこにこ笑っていた。

「他あやん、また喧嘩したんやなァ。」

二軒並んだ黒焼屋の店先へ、器用に夕刊を投げこみながら、そう言うと、

「さいな。あんまり現糞《げんくそ》のわるい事言やがったさかい……。」

しかし、——他吉という男はど阿呆や、われが七年もいて一銭の金もよう溜めんといて、娘の婿を懲りもせんとマニラへ行かす阿呆があるかと言われて、随分腹が立ったからとは、さすがに子供相手に語りも出来ず、

「お初に告《い》わんといてや。」

「さあ。どないしよ?」

「子供だてら生意気な言い方しイないな。——どや、しかしもう、犬に吠えられたかて、怖いことあれへんか。」

「もう馴れた。」

「そか、そらええ。次郎ぼん、なんぼでもせえだい働きや。人間はお前苦労せな嘘やぜ。おっさんら見てみイ。ベンゲットで……。」

「他あやんもっとほかの話してんか。ペンケトの話ばっかしや。〆《しめ》さんの話の方が余《よ》っ程《ほど》おもろいぜ。」

〆さんとは河童路地にいる落語家《はなしか》の〆団治のことだ。

「そら、向うは商売人や。——どや、豆糞《まめくそ》ほど（少しの意）俥に乗せたろか。」

「なんじゃらと巧いこと言いよって……。心配せんかて良え。他あやん喧嘩したこと黙ってたるわいな。」

そして、早く配ってしまわねば叱られるさかいと、駈けだして行くのを、他吉は随いて行って、

「ほな、おっさんに夕刊一枚おくれんか。」

「やったかて、読めるのんかいな。」

「殺生な。ほんまはな、夕刊でな、鼻の穴の紙を……。」

詰めかえながら、河童路地へ戻って来ると、めずらしく郵便がはいっていた。

切手を見て、マニラの婿から来た手紙だとはすぐ判ったが、勿論読めなかった。

「〆さん、〆さん。留守か、居るのんか。」

隣の〆団治に声をかけた。すると羅宇しかえ屋の家の中から、声が来て、

「〆さんは寄席だっせ。」

「さよか。――ところで、おばはん、けったいな事訊きまっけど、おまはん字ィはどないだ?」

「良え《え》薬でもくれるのんか。なんし、わての痔ィは物言うても痛む奴ちゃさかい。」

「あれくらい大きな声出したら、なるほど痛みもするわいな。」

と、理髪店朝日軒で客がきさつけて、大笑いだった。朝日軒の主人の敬吉は講義録など読み、枢密院の話などを客にして、かねがね学があると煙たがられていた。他吉ははいって行き手紙を見せると、敬吉はちらと眼を通して、

「他あやん、えらい鈍《どん》なこっちゃけど、こらわいには読めんわ。」

と、びっくりした顔だった。

「えらいまた敬さんに似合わんこっちゃな。どれ、どれ、わいにかして見イ、読んだる。」

客は椅子の上に仰向けになったまま、他吉の手からその手紙を受け取ったが、すぐ、

「わいにも読めんわ。えらい鈍なことで……。」

と、滅法背の高い高下駄をはいた見習い小僧にそれを渡して、「お前読んでみたりイ。」

「へえ。」

そして、読みだした小僧の声は、筑前琵琶の音に消されたが、肝腎のところは他吉の胸に熱く落ちて来た。マニラへ行っていた婿が風土病の赤痢に罹って死んだと、部屋を貸している人からの報らせだ。瓦斯灯がはいって、あたりはにわかに青い光に沈んだ。理髪店の大鏡に情けない顔を蒼弱くうつして、しょんぼり表へ出ると、夜がするする落ちて来た。

それから半時間も経ったろうか、他吉はどこで拾ったのか、客を乗せて夜の町を走っていた。通天閣のライオンハミガキの広告塔が青く、赤く、黄色く点滅するのがにじんで見えた。客は他吉の異様な気配をあやしんで、

「おやっさん、どないしてん？　泣いてるのんと違うか。」

「泣いてまんねん。」

「えッ。こらまたえらい罪な俥に乗ってしもたもんや。これから落語ききに行こちゅうのに……。一体どないした言うねん？」

「娘の婿がマニラでころっと逝きよりましてな。」

「マニラ？　なんとまた遠いとこで……。」

「マラソンの選手だしたが……。」

「なんとなア、可哀相に。そいでなにかいな、娘はんちゅうのは子たちが……？」

「まあ、おまっしゃろ。」

すすりあげながら言うと、

「まあ、おまっしゃろや、あれへんぜ。男の子オか。」

「それがあんた、未だ生れてみんことにゃ……。」

新世界の寄席の前で客を降ろすと、他吉はそのまま引きかえさず、隣の寄席で働いている娘の初枝を呼び出した。初枝は二十三歳、妊娠していると、一眼でわかった。

他吉はあわてて眼をそらし、物を言わず歩きだすと、初枝は前掛けをくるりと腹の上へ捲きつけて、随いて来た。

活動小屋の絵看板がごちゃごちゃと並んだ明るい通を抜けると、道はいきなりずり落ちたような暗さで、天王寺公園であった。

樹の香が暗がりに光って、瓦斯灯の蒼白いあかりが芝生を濡らしていた。美術館の建物が小高い丘の上にくろぐろと聳え、それが異郷の風景めいて、他吉は婿の新太郎を想った。

白いランニングシャツを着た男が、グランドのほの暗い電灯の光を浴びて、自転車の稽古をしている。それが木の葉の隙間から影絵のように蠢いて見えた。動物園から聴き馴れぬ鳴声がきこえて来た。丁稚らしい男がハーモニカを吹いている。「流れ流れてェ、落ち行く先はァ、北はシベリヤ、南はジャバよ……」

というその曲が、もう五十近い他吉の耳にも、そこはかとなく物悲しく、賑かな場所で泣かすまいと、わざとそんな場所をえらんで連れて来て、手紙を見せる、その前から、もう他吉は涙が出て来た。

ベンチに並んで、手紙を見せると、初枝は立ち上って瓦斯灯のあかりに照らして読んだ。途端に初枝は気が遠くなり、ふと気がついた時、もう他吉の俥の上で、にわかに下腹がさしこんで来た。

産気づいたのだと、他吉にもわかり、初枝を寝かすなり、すぐ飛んで行って、産婆を自身乗せて来たので、月足らずだったが、子供は助かり、その代り初枝はとられた。

二人の死亡届と出産届が重なったわけだと、朝日軒の敬吉は法律知識を振りまわして、ひとり喧しかったが、しかし、はたの者は皆ひっそりして、羅宇しかえ屋の女房でさえ、これを見ては、声をつつしんだ。長屋の寄り合いには無くてかなわぬ落語家《はなしか》の〆団治も、今夜は普通《ただ》の晩やあらへんさかいと、滑稽《ちょか》口を封じられて、渋い顔をしていたが、けれど、さすがに黙って居るのは辛いと見えて、腑抜けている他吉の傍へ寄り、

「他あやん、そんな暖簾に凭《もた》れて麩嚙んだみたいな顔せんと、もっと元気出しなはれ。おまはんまで寝こんでしもたら、どんならんぜェ。」

そんな口を敲くと、他吉は、

「何ぬかす、あんぽんたん奴《め》。わいが寝こんでしもて、孫がどうなるもんか。ベンゲットの他あやんは、敲き殺しても死なへんぞ。」

と、〆団治の顔じゅう睨みまわしたが、けれど、直ぐしんみりして、

「言や言うもんの、〆さんよ、婿の奴と初枝はわいが殺したようなもんやなア。」

だから、もう自分の命は孫の君枝に呉れてやるのだと、他吉は、界隈の金持で子供がないという笠原から、生れた子を養子にと請われたのも断り、君枝を里子に出した足で、一日三十里梶棒握って走った。里子の養育料は足もとを見られた月に三十円の大金だ。なお、婿が大阪に残して行った借金もまだ済んでいない。他吉の俥はどこの誰よりも速く、客がおどろいて、

「あ、おっさん、そないに走ってくれたら、眼ェがまう。もうちょっとそろそろ行って貰えんやろか。」

と、頼んでも、いや、わたいはひとの二倍、三倍稼がねばならぬからだ故、ゆっくり走っては居れぬのだと、きかなんだ。

朋輩との客の奪い合いにも勿論浅ましいくらい厚かましく出て、「ベンゲットの他あやん」の凄みを見せ、その癖生駒に願《がん》掛けて酒を断ち、なお朋輩に二十銭、三十銭の小銭を貸すと、必ず利子を取った。次郎ぼんに貰った夕刊を一銭五厘で客に売りつけることもあり、五厘のことで吠えた。

ある夏、角力の巡業があり、横綱はじめ力士一同人力車で挨拶まわりをしたが、横綱ひとり大き過ぎて合乗用の俥にも乗れず、といって俥なしの挨拶まわりも淋しいと考えた挙句、横綱の腰に太い紐をまわし、その紐を人力車二台でひいて、よいしょよいしょとひき廻して練り歩き、大阪じゅうを驚かせた。新聞に写真入りで犬も吠えたが、この俥をひいたのが他吉で、さすがに横綱だけあって祝儀の張り込み方がちがう、どやこれで蛸梅《たこうめ》か正弁丹吾《しょうべんたんご》で一杯やろかと、相棒が誘ったのを他吉は行かず、

「それより、此間《こないだ》貸した銭返してくれ。利子は十八銭や。——なにッ？　十八銭が高い？」

そんな時、他吉の眼はいつになくぎろりと光り、マニラ帰りらしい薄汚れた白い背広の上着も、脱がぬだけに一そう凄みがあった。

ところが、それから半月ばかり経ったある夜のことだ。御霊の文楽座へ大夫を送って帰り途、平野町の夜店で孫の玩具を買うて、横堀伝いに、たぶん筋違橋《すじかいばし》か横堀川の上に斜めにかかった橋のたもとまで来ると、

「他吉！」

と、いきなり呼ばれ、五六人の俥夫に取り囲まれた。咄嗟に「ベンゲットの他あやん」にかえって身構えたところを、ようもひとの縄張りを荒しやがったと、拳骨が来て、眼の前が血色に燃えた。

「何をッ！」

と、振りあげた手に、握っていた玩具が自身の眼にはいらなかったら、他吉はその時足が折れるまで暴れまわったところだが、今ここで怪我をしては孫が……。他吉は気を失っただけで済んだ。やがて、ベンゲットの丸竹の寝台の上に寝ている夢で眼を覚すと、そこはもとの橋の上で、泡盛でも飲み過ぎたのかと、揺り起されていた。

そうして五年が経ち、間もなく小学校ゆえ君枝を河童路地へ連れて戻ると、君枝は痩せて顔色がわるく、青洟で筒っぽうの袖をこちこちにして、陰気な娘だった。両親《ふた》のないことがもう子供心にこたえるらしく、それ故の精のなさかと、見れば不憫で、鮭を焼いて食べさせたところ、

「これ何ちゅうお菜なら？」と里訛で訊くのだった。

「鮭いう魚《とと》や。」

「魚《とと》て何なら？」

それでは、里では魚も食べさせて貰えなかったのかと、他吉はほろりとして、

「取るものだけはきちきち取りくさって、そんな目に会わしてやがったのか。」

と、そこらあたり睨みまわす眼にも普段の光が無かった。

やがて、入学式に連れて行くと、君枝は名前を呼ばれても返辞せず、他吉はかわって答えてやり、よその子は皆しっかりしているのに、この子はこの儘育ってどうなるかと、おろおろした。さすがにその日は他吉が附き添い故、誰にも虐められずに済んだが、翌日からもう君枝は泣いて帰った。けれど、他吉は俥をひいて出ていて居ず、留守中ひとりでも食べられるようにと、朝出しなに他吉が据えて置いた膳のふきんを取って、がらんとした家の中で一人しょんぼり食べ、水道端へ水をのみに行って、水道の口に舌をあてながらひょいと見ると、路地の表通で、中の中の小坊さん、なんぜ背が低い、親の逮夜に魚《とと》食うて、そんでエ背が低い。そして、ぐるぐる廻ってひょいとかがみ、うしろに居るのは誰。女の子が遊んでいた。君枝は寄って行き、

「わて他あやんとこの君ちゃんや。寄せてんか。」

と、頼んで仲間に入れて貰ったが、子供たちの名に馴染みがなくて、うしろにいるのは誰とはよう当てず、

「あんた、辛気《しん》くさいお子オやなア。」

もう遊んでくれなかった。

そんな君枝が不憫だと、〆団治は落語を聴かせてやるのだった。ところが、君枝は笑わず、

「わいの落語おもろないのか。」

と〆団治はがっかりして、「ええか。この落語《はなし》はな、無筆の片棒いうてな、わいや他あやんみたいな学のないもんが、広告のチラシ貰《もろ》て、誰も読めんもんやさかい、往生して、次へ次へ廻すいうおもろい話やぜ。さあ、笑いんかいな。」

「わてのお父ちゃんやお母ちゃん何処に居たはるねん。」

「こらもう、人情噺の方へ廻さして貰うわ。」

日が暮れて、〆団治が寄席へ行ってしまうと、君枝はとぼとぼ源聖寺坂を降りて、他吉の客待ち場へ、しょんぼり現れ、家で待ってんかいなと他吉がなだめても、腋の下へ手を入れたまま、他吉をにらみつけ、いつまでも動かなかった。

「そんなとこい手ェ入れるもんやあれへん！」

すると、手を出して、爪を噛むのだ。他吉はがっかりして子供のお前に言っても判るまいがと、はじめて小言をいい、

「お前はよそ様《さん》の子供衆《し》と違《ちご》て、ふたおやがないのやさかい、余計……。」

行儀よくし、ききわけの良い子にならねばならぬ、あとひとり客を乗せたら、すぐ帰る故、「先に帰って待って……」いようとは、しかし、君枝はせなんだ。他吉は半分泣いて、

「そんなら、お祖父《じ》やんのうしろへ随いて来るか。しんどても構《かめ》へんか。」

そして、客を拾って、他吉が走りだすと、君枝はよちよち随いて来た。他吉は振りかえり、しばしば提灯の火を見るのだと立ち停って、君枝の足を待ってやるのだった。客が同情して、この隅へ乗せてやれと言うのを、他吉は断り、いや、こうして随いて来さす方があの娘《こ》の身のためだ、子供の時苦労をさせて置けば、あとで役に立つこともあろうという理窟が、——けれど他吉は巧く言えなんだ。よしんば言えたにしても、半分は不憫さからこうしているのだ、いや、マニラで死んだこの娘《こ》の父親がいまこの娘と一しょに走っているのだという気持が、通じたかどうか、——客を送ったあとの俥へ君枝を乗せて帰る途、他吉はこんな意味のことを、くどくど君枝に語って聴かせたが、ふと振り向くと、君枝は俥の上で鼾を立てていた。

「船に積んだら、どこまで行きゃァる。木津や難波の橋の下ア……。」

他吉は子守歌をうたい、そして、狭い路地をすれすれにひいてはいると、水道場に鈍い裸電灯がともっていて、水滴の音がぽとりぽとり、それがにわかに夜更めいて、間もなく夜店だしが帰って来る時分だろうか、ひとり者の〆団治がこそこそ夜食を食べているのが、障子にうつっていた。

ところが、それから一年経ったある日。〆団治が君枝と次郎を千日前へ遊びに連れて行き、ふと電気写真館の陳列窓を覗いて、

「君ちゃん。見てみイ。お前のお父つぁんとお母《か》んの写真が出てるぜ。」

と大声だした。君枝の父親が町内のマラソン競争に優勝した時の記念写真が、三枚五十銭の見本の札を

つけて、陳列してあったのだ。出張撮影らしく、決勝点になっている寺の境内で、優勝旗を持って立っているのを、境内いっぱいにひきまわした幕のうしろから、君枝の母親が背伸びして覗いている顔が、偶然レンズにはいっている。未だ結婚前の写真らしく、そんなことから二人の仲がねんごろめいたのか、君枝の母親は桃割れを結って、口から下は写っていなかった。

「お母ちゃん居たはれへんわ。」

「居てる、居てる。これや、ここをよう見てみイ、ほら、この幕のうしろに、ちょびっと顔が……。」

「ああ、居たはる、居たはる。お父ちゃんもお母ちゃんもいる。」

そして、きんきんした声で、「わて、もう親なし子やあれへんなア。」

その日から、君枝はだんだん明るい子になり、間もなく行われた運動会の尋二女子の徒歩競争では、眼をむき、顎をあげて、ぱっと駈けだし、わてのお父ちゃんはマラソンの選手やった、曲り角の弾みでみるみる抜いて、一着になった。他吉は父兄席で見ていて、顔じゅう皺だらけの機嫌だった。けれど、ふと、

「あの娘《こ》はいつも人力車のうしろに随いて走ってるさかい、一等になるのん当りまえのこっちゃ。」

という囁きが耳にはいると、他吉はもう遠い想いに胸があつく、鉛筆の賞品を貰ってにこにこしている君枝をくしゃくしゃに揉んで、骨の音がするくらい抱きしめてやりたいくらいの愛しさにしびれた。

ところが、なんということか、君枝は間もなくきびしい他吉のいいつけで、日の丸湯の下足番に雇われた。学校から帰って宿題を済ませたあと、三助が湯殿を洗う時分まで、下足をとって、夕飯つきの月に一円三十銭。

そんな金にも困る他吉の暮しだろうかと、ひとびとの口は非難めいたが、けれど、他吉は夜おそく身をこごめて日の丸湯の暖簾をくぐる時、自身で草履をしまい、君枝が渡す下足札は押しいただいて受け取って、君枝の顔をまともによう見ず、君枝はひとびとが言うほど自分が祖父から辛く扱われているとは、思えなんだ。

下足番が辛いという気持は存外起らず、夜客の立てこむ時など、下足を間違えまいとして、泡を食うのもかえって張合いがあるように思い、おいでやすという声もはきはき出た。が、ただひとつ、昼間客のすくない時の退屈は、なんとも覚えのない悲しさで「走りごくで一等とったさかい、お祖父《じ》やんも安心してお前を働きに出せる。人間は楽《らく》しよ思たらあかん」という祖父の言葉も全部わすれた。そして、ガラス戸越しに表の人通りを見るともなく見て、呑気な欠伸をはきだしていると、いつかしくしく泣きながら居眠りし、そんな時いつも起してくれるのは、ガラス戸の隙間にシュッと投げ込まれる夕刊の音だった。

「次郎ぼん！」

外は寒かったが、表へ出て見ると、風が走り、次郎の姿はもう町角から消えていて、犬の鳴声が夕闇のなかにきこえた。どこからか季節はずれの大正琴の音だ。

参、昭和

十年が経った。

君枝は二十歳、女の器量は子供の時には判らぬものだといわれるくらいの器量よしになっていた。

マニラへ行く前から黒かったという他吉の孫娘と思えぬほど色も白く、あれで手に霜焼、皸《あかぎれ》さえ無ければ申し分ないのだがといわれ、なお愛嬌もよく、下足番をして貰うよりは、番台に坐ってほしいと、日の丸湯の亭主が言いだしたので、他吉はなにか狼狽して、折角だがと君枝に暇をとらせた。

そうして、寺田町の電話機消毒商会へ雇われてみると、日の丸湯でもらっていた給料がどんなに尠かったかが、はじめて判った。あれほど銭勘定やかましかった他吉が、ついぞそのことに気がつかなかったのは、まるで嘘のようであったが、君枝もまた余程うかつで、ただ他吉のいいなりに、只同然の給料で十年黙黙と下足番をして来たのだ。つまりは、ベンゲットの工事は日給の一ペソ二十五セントだけを考えていては到底やりとげる事は出来なかったという他吉の口癖が、いつか君枝の皮膚にしみついていたのだろうか。ベンゲットで苦しんだ、どんな辛さにもへこたれなかったという想いだけが、他吉の胸にぶら下るただひとつの勲章で、だから、せえだい働けば良いのだ、人間は働くために生れて来たのだという日頃の他吉の言葉は、理窟ではなかっただけに、一そう君枝の腑に落ちていたのだった。

ところが、電話機消毒商会では、見習期間の給料が手弁当の二十五円で、二月経つと三十円であった。なお、年二回の昇給のほかに賞与もあり、契約勧誘の成績によっては、特別手当も出るという。尋常を出ただけにしては、随分良い待遇だと君枝はびっくりしたが、その代り下足番の時とちがって、仕事は楽ではなかった。

朝八時にいったん事務所へ顔を出して、その日の訪問表と消毒液をうけとる。それから電話機の掃除に廻るのだが、集金のほかに、電話のありそうな家をにらんではいって、月一円五十銭で、三回の掃除と消毒液の補充をすることになっている、なんでもないもののようだが、電話機ほど不潔になりやすいものはないと呑み込ませて、契約もとらねばならず、気苦労が大変だった。年頃ゆえの恥しさは勿論だ。

おまけに、大阪の端から端まで、下駄というものはこんなにちびるものかと呆れるくらい、一日じゅうせかせかと歩きまわるので、からだがくたくたに疲れるのだ。

思わず溜息が出て、日傘をついて、ふと片影の道に佇む。しかし、そんな時、君枝をはげますのは、偶然町で出会う他吉の姿であった。

「ああ、辛度《しんど》オ」

他吉は相変らずの俥夫だった。一時は円タクに圧されてしまって、流しの俥夫も商売にならず、町医者に雇われたが、変な上着を脱ごうとしないのがけしからぬと、間もなく暇を出されて、百貨店の雑役夫をしたこともある。ところが、今日この頃は、ガソリンの統制で、人力車を利用する客もふえて来たのを倖い、再び俥をひいて出ていたのだ。もう腰の曲る歳で、坂道など登るのは辛かろうと止めても、

「阿呆いえ。坂道とありゃこそ、俥に乗ってくれる人もあんのや。」

と、きかず、よちよち「人間はからだを責めて働かな嘘や」という想いを走らせている他吉の気持は、君枝にはうなずけたが、しかし、その姿を見れば、やはりちくちく胸が痛み、「私《うち》に甲斐性がないさかい、お祖父ちゃんも働かんならんのや」と、この想いの方が強く来て、君枝はもう金のことにも無関心で居れず、慾が出た。けれど、

「あんたの器量なら、何もこんなことをせんでも、ほかにもっと金のとれる仕事がおまっしゃろ。」

という誘いには、さすがに君枝は乗る気はせず、やはり消毒液の勧誘の成績をあげて特別手当をいくらかでも余計貰うよりほかはないと、白粉つけぬ顔に汗を流して、あと一里の道に日が暮れても、歩くのだった。近所の人がもちかける結婚の話など耳も傾けなかった。自分が嫁入ってしまえば、祖父はどうなるかと、眼を三角にした。

ところが、一年ばかり経つと、商会がつぶれてしまった。君枝は致し方なく、新聞の三行広告を見て、タクシーの案内嬢に雇われた。難波駅の駐車場へ出張して、雨の日も傘さして、ここでも一日立ちづくめの仕事だった。

間もなく、誰が考えついたのか、同一方面の客を割勘定で一ツ車に詰め込めば、客も順番をまつ時間がすくなく、賃金も安くつくという、いかにも大阪らしく実用的な合乗制が出来たので、君枝はその方の案内に、混雑時など、

「△△方面へお越しの方はございませんか。」とひっきりなしに叫び、声も疲れた。

馴れぬ客はまごつき、運転手も余り歓迎せぬ制度ゆえ、案内係は余程の親切・丁寧・機敏が要る。しかし、君枝はそんなにまで勤めなくてもと監督が言うくらい、熱心で、愛嬌もあり、親切週間に市内版の新聞記者が写真をとりに来て、たちまち難波駅の人気者になった。小柄の一徳か、動作も敏捷で、声も必要以上にきんきんと高く、だから客たちは冗談を言いかける隙がなかった。

君枝は自分でも、駅の構内から吐きだされて来る客を、一列に並ばせて、つぎつぎと捌いて行く気持は、何ともいえず快いと思った。けれど、千のつく数の客を捌き終って、交替時間が来て、日が暮れ、扉を閉

めた途端にすっとすべりだして行く最後の車の爆音をききながら、ほっと息ついて靴下止めを緊めなおしていると、ふと、「お祖父《じ》やんは人力車ァで、孫は自動車の案内とは、こらまたえらい凝ったもんやなア」と口軽にいった〆団治の言葉が想いだされて、機械で走る自動車と違って、人力車はからだ全体でひかねばならぬと、祖父の苦労を想ってにわかに心が曇った。

そんな君枝の心は、しかし他吉は与り知らず、七月九日の生国魂《いくたま》神社の夏祭には、お渡御《わたり》の人足に雇われて行くのである。重い鎧を着ると、三十銭上りの二円五十銭の日当だ。

「もう良《え》え加減に、鎧みたいなもん着るのん止めときなはれ。私《うち》拝むさかい、あんな暑くるしいもん着んといて。」

君枝が半泣きで止めても、他吉は、

「阿呆らしい。去年着られたもんが、今年着られんことがあるかい。暑いいうたかて、大阪の夏はお前マニラの冬や。」

と、その方に廻るのだ。

丁度その日は公休日で、よりによってこんな日にぶらぶらしていることが、君枝はなにか済まぬ気がして、お渡御など見る気がせず、家を出た足でせかせかと下寺町の坂を降りると、自然千日前の電気写真館の方へ向いた。

もとあった変装写真や歌舞伎役者の写真がすっかり姿を消して、出征の記念写真が目立って多くなっているなかに、どうした奇蹟か、二十年前のマラソン競争の記念写真が、三枚一円八十銭の見本だと、値だ

け高くなって陳列されているのを、なつかしそうにまるで陳列ガラスを舐めんばかりにして、瞶《みつめ》ていると、

「お君ちゃん、――と違いますか。」

と、声をかけられた。振り向いて、暫らく瞶てから、

「あ。次郎ぼん。」

十三年前東京へ奉公に行き、それから二年のちにたったひとりの肉親の父親が蝙蝠傘の骨を修繕している最中に卒中をおこして死んだ報らせで、河童路地へ帰って来た時、会うた切り、もう三十いくつかになっている筈だとすばやく勘定した拍子に、君枝はそんな歳の彼を次郎ぼんという称び方したことに想い当り、はっと赧くなっていると、次郎は、

「やっぱりお君ちゃんやった。いや、なに、此の写真を見たはるんでね、そうじゃないかと思ったんや。」

と、大阪弁と東京弁をごっちゃに使って言い、そして、そんなになつかしい写真なら、なにもわざわざ見に来なくとも、譲って貰って自分のものにすればよいじゃないかと、写真館の主人に掛け合ってくれた。そんな次郎の親切が君枝は思いがけず嬉しくて、子供の頃親なし子だと虐められた時、かばって呉れたのは次郎ぼんひとりだったと、想いだしながら、やがて並んで歩いた。日覆のある千日前通を抜けて、電車通を御堂筋へ折れると、西日がきつかった。

他吉の話が出た。いまだに俥をひいていると聴いて、次郎はちょっと驚いた顔だったが、すぐ微笑んで、

「それじゃ、何ですか、今でもやっぱり、人間は働かな嘘やと、言うてられるんですな。」

と、君枝をかばう口調になり、「そう言えば、僕だって、他あやんのあの口癖は時どき想いだしました

よ。いや、げんに今だって……」からだ一つが資本の潜水夫《もぐり》が仕事で、二十三歳から此の道にはいり、この八年間にたいていの日本の海は潜って来、昨日から鶴富組の仕事で、大阪の安治川尻へ来ているのだと、次郎は語った。

「いや、こんどのはたいした仕事じゃないのだが、大阪が恋しくて、つい……。」

文楽でも見ようということになり、佐野屋橋の文楽座の前まで来ると、夏の間は文楽は巡業に出ていて、古い映画を上映していた。

「なるほど、わざわざ大阪で見なくても、東京に居れば、見られた勘定やな。」

次郎はちょっとがっかりしたが、ふと想い出して、「そや、あんたの喜ぶもん見せたげよ。」

と、君枝を四ツ橋の電気科学館へ連れて行った。

そこには日本に二つしかないカアル・ツァイスのプラネタリウム（天象儀）があり、この機械によると、北極から南極まで世界のあらゆる土地のあらゆる時間の空ばかりでなく、過去、現在、未来の空までを眺めることが出来るのだ、実は昨日偶然来てみて驚いたという次郎の説明をききながら、君枝はあとに随いて六階「星の劇場」へはいった。

円形の場内の真中に歯医者の機械を大きくしたようなプラネタリウムが据えられ、それを囲んで椅子が並んでいる。腰を掛けると、椅子の背がバネ仕掛けでうしろへそるようになっていた。まるで散髪屋の椅子みたいやと君枝が言うと、次郎は天井を仰ぎやすいようにしてあるのだと言った。

「――今月のプラネタリウムの話題は、星の旅世界一周でございます。」

こんな意味の女声のアナウンスが終ると、美しい音楽がはじまり、場内はだんだんに黄昏の色に染って、西の空に一番星、二番星がぽつりと浮かび、やがて降るような星空が天井に映しだされた。もうあたりは傍に並んで腰かけている次郎の顔の形も見えぬくらい深い闇に沈み、夜の時間が暗がりを流れ、団体見学者の群のなかから、鼾の音がきこえた。

しずかにプラネタリウムの機械の動く音がすると、星空が移り、もう大阪の空をはなれて、星の旅がはじまり、やがて南十字星が美しい光芒にきらめいて、現れた。流星がそれを横切る。雨のように流れるのだ。幻灯のようであった。説明者は南十字星へ矢印の光を向けて、

「――さて、皆さん、ここに南十字星が現れて、いよいよ南方の空、今は丁度マニラの真夜中です。しんと寝しずまったマニラの町を山を野を、あの美しい南十字星がしずかに見おろしているのです。」

「あ。」

君枝は声をあげて、それでは祖父はあの星を見ながら働き、父はあの星を見ながら死んだのかと、頬にも涙が流れて、そんな自分の心を知ってプラネタリウムを見せてくれた次郎の気持が、暗がりの中でしびれるほど熱く来た。

次郎と別れて、河童路地へ戻って来ると、祭の夜らしく、〆団治や相場師や羅宇しかえ屋の婆さん達が、床几を家の前の空地へ持ちだして、洋服の仕立職人が大和の在所から送ってくれたという西瓜を食べていた。

「今日びはもうなんや、落語も漫才に圧されてしもて、わたいらはさっぱり駄目ですわ。一日に一つ小

屋をもたしてくれたら、良えとせんならんぐらいやさかいな。」

半袖を来た〆団治が言うと、相変らず落ちぶれている相場師が、団扇でそこらぱたぱた敲きながら、

「〆さん、おまはん一ぺんぐらい、寄席の切符くれても良えぜ。――なあ、お婆《ば》ん、そやろ？」

「そうだすとも。大体〆さんは宣伝たら言うもんが下手くそや。みんなに切符くばって、あんたが出る時、パチパチ手ェ敲いて貰うようにせなあかん。そういう心掛けやさかい、あんたはいつまでも前座してんならんねやぜ。――なあ、君ちゃん、そやろ？」

羅宇しかえ屋の婆さんはもう歳で声が低かった。それに、丁度その時君枝は水道端の漆喰の上にぺたりと跣足になって、しきりに足を洗っていたところ故、水の音が邪魔になって、羅宇しかえ屋の婆さんの声が聴きとれなかった。水道端の裸電灯の鈍いあかりが君枝の足を白く照らしていた。

羅宇しかえ屋の婆さんは、君枝が返辞せぬので、

「君ちゃん、あんたいつまで足洗《あろ》てなはんネ。水は只やあらへんぜ。冷えたらどないすんねん。」

「そない言うたかて、ええ気持やもん。」

と、君枝は両足をすり合わせながら、「明日はまた一日立ちづくめやさかい、マッサージして置かんと……。」

しゃがみながら、ふと空を見ると、星空だった。君枝はきんきんと、

「〆さん、あんたアンドロメダ星座いうのん知ったはる？」

「なんや？　アンロロ……？　舌噛ましイな。根っから聴いたことないな。」

「ほな、南十字星は……!」

「えらいまた、おまはんは学者やねんなア。」

「そら、もう……。」

と、君枝は足を拭きながら、ぺろッと舌を出し、明日の夕方は、中之島公園で次郎に会うのだ。次郎は写真に凝っていて、今夜じゅうにあのマラソン競争の記念写真を引伸して持って来てやると約束したと、いそいそと下駄をはいているところへ、お渡御が済んだらしく、他吉がとぼとぼ帰ってきた。君枝はいきなり胸が痛く、埃まみれの他吉の足を洗ってやるのだった。

他吉は余程疲れていたのか、〆団治が「南十字星てどの方角に出てる星やねん?」と呟いたのへ、

「あんぽんたん! 南十字星が内地で見えてたまるかい。言うちゃなんやけど、あの星を見た者は、広い大阪にこのわいのほかには沢山《たんと》居れへんねやぞ。」

と、言ったあと、べつにベンゲットの話もせず、そのまま家の中にはいり、這うようにしてあがった畳の上へごろりと転ると、もう鼾だった。

それ程疲れていても、しかし他吉は翌朝のラジオ体操も休まなかった。そして、いつものように俥をひいて出て、偶然通りかかった淀屋橋の上から、誰やら若い男とボートに乗っている君枝の姿を見つけた。

客を乗せているのでなければ、そのまま川へ飛び込んでボートに獅噛みついてやりたい気持を我慢して、他吉は客を送った足で直ぐ河童路地へ戻り、やっぱり親のない娘は駄目だったかと、頭をかかえて腑抜けていると、一時間ばかり経って、君枝はそわそわと帰って来た。他吉は顔を見るなり、怒鳴りつけ、

「阿呆！　いま何時や思てる？　若い女だてら夜遊びしくさって、わいはお前をそんな不仕鱈《ふしだら》な娘に育てない筈や。じゃらじゃらと若い男と公園でボートに乗りくさって……。」

「お祖父ちゃん見てたの？」

と、君枝は平気な顔で、「それやったら、声掛けてくれはったら良えのに。次郎さんかて喜びはったのに……。水臭いわ。」

ボートに乗っていた相手は次郎で、この写真を引伸して呉れたのだと見せると、他吉の眼は瞬間細《ほそま》ったが、すぐ眼をむいて、

「ボートがひっくり返ったら、どないするねん？」

「次郎さん潜《もぐり》水夫やさかい、ひっくり返ったら……。」

「いちいち年寄りの言うことに逆うもんやあれへん。次郎ぼんであろうが、太郎ぼんであろうが、若い娘が男とべらべら遊ぶもんと違う。こんどめから会うたらあきまへんぜ。ええか。わかったか。」

君枝は首垂れて、蚊の音を聴いていたが、ふと顔をあげると、耳の附根まで赧くなり、

「次郎さんな、うちと夫婦になりたい言やはんねん。」

次郎なら祖父の面倒も見てくれる、三人で住めば良いのだと、もじもじ言うと、

「阿呆！」

蚊帳の中から他吉の声が来た。

それから五日経った夜、他吉はなに思ったか、いきなり、

「お前ももう年頃や。悪い虫のつかんうちに、お祖父《じ》やんのこれと見込んだ男と結婚しなはれ。気に入るかどないか知らんけど、結婚いうもんは本人が決めるもんと違う。野合《どれあい》にならんように、ちゃんと親同士で話をして、順序踏んでするもんや。明日の朝が見合いいうことに話つけて来たさかい、今晩ははよ寝ときなはれ。」

と、言い、無理矢理君枝を説き伏せた。

翌日はまるでわざとのように雨であった。

「なんでまた、こんな日に見合せんならんねん。」

と、君枝はしょんぼりして、この五日間祖父の云附《いいつけ》を守って次郎に会わなかったことがにわかに後悔されたが、他吉は、

「見合いの場所は地下鉄のなかやさかい、濡れんでも良え。」

と、上機嫌で、高下駄をはき、歩きにくそうであった。

ところが難波駅の地下へ降りて行くと、さきに来て地下鉄の改札口で待っていたのは、思いがけぬ次郎で、傍には鶴富組の主人が親代りの意味で附き添っていた。君枝はぼうっとして、次郎が今日の見合いの相手だとは、暫らく信じられなかった。

改札口での挨拶が済むと一しょに階段を降りて行き、次郎と鶴富組の主人は梅田行きの地下鉄に、君枝と他吉は反対の天王寺行きの地下鉄にそれぞれ乗り、簡単に見合いが終った。

「そんならそれと、はじめから言って呉れたら良えのに……」

何も一杯くわさずともと、君枝はちょっとふくれたが、しかし、あとで、大笑いの酒という茶番めいたものもなく、若い次郎はともかく、他吉も鶴富組の主人も存外律義者めいた渋い表情であった。

とりわけ他吉は精一杯にふるまい、もう君枝が鶴富組の主人に気に入らねばどうしようという心配も、はらはら顔に出ていた。他吉にしてみれば、君枝を何ひとつ難のない娘に育てたという気持は、ひょっとすれば大それた己惚れであるかも知れず、それに比べて、次郎は三日前鶴富組の主人が他吉に語ったところによると、人間はまず年相応には出来ているし、潜りの腕もちょっと真似手がなく、おまけに眼もおそろしく利いて、次郎が潜ってこれならばと眼《がん》をつけた引揚事業で、これまで失敗したのは一つもなかったということだ。君枝に過ぎた婿だと、ひとつにはそこを見込んで、他吉はさそくに話を纏めたのだった。

そうして次郎と君枝は結婚して市岡の新開地で新世帯をはじめたが、案の定次郎は婚礼の翌々日から、もう水の中に潜るというくらいの働き者だった。他吉はわいの見込みに狂いはなかったと喜び、隠居してこの家に住めという次郎の薦めを断って、「阿呆ぬかせ。なんの因果で河童路地を夜逃げせんならん?」と、相変らず河童路地に居据って、雨の日も梶棒ははなさなかった。

半年経つと、安治川での仕事が一段落ついたので、鶴富組の主人は新しく△△沖の沈没船引揚事業に眼をつけた。そして、新婚早々大阪を離れるのはいやだろうがと、次郎に現場への出張をたのむと、君枝との結婚の際親代りになって貰った手前もあって、当然よろこんで行くべきところを、次郎は渋った。

「あそこはたしか三十三尋《ひろ》はありましたね。今までなら、身寄りの者はなし、喜んで潜ったんですが、どうも女房を貰うと三十三尋ときくと、ちょっと……。」

「そりゃ、なるほど危険なことは危険だが、それだけにまた、これまでどの解体業者もこいつには手を出せなかったんだが、しかし、君、説教するようだけど、もう今じゃ、引揚事業って奴はただの金儲けじゃないんだから。女房も可愛いだろうが、そこをひとつ……。」

「女房だけじゃ良いんですが、祖父さんのことを考えると、うっかり……。そりゃ、祖父さんは僕が死んでも立派にやって行ってくれるでしょうけど、しかし、祖父さんはこれまでに一度婿を死なしていますから……。」

と、次郎はこれを半分自分への口実にしていた。実は次郎は近頃潜水夫の仕事が、怖いというより、むしろ嫌になって来ていたのだった。人間はからだを責めて働かな嘘やという他吉の訓えを忘れたわけではないが、いまだに隠居しようとせず、よちよち俥をひいて走っている他吉を見ると、それもなにか意固地な病癖みたいに思えて、自分はやはりなにか外の呑気な商売をと考えていたのだった。

他吉はこの話をききつけると、血相かえて飛んで来て、

「潜水夫《もぐり》が嫌になったとは、何ちゅう情ない奴ちゃ。鶴富組の御主人も言うたはったが、今に日本がアメリカやイギリスと戦《や》ってみイ。敵の沈没船を引揚げるのに、お前らのからだはなんぼあっても足らへんねやぞ。三十尋たらの海が怖うてどないする？　ベンゲットでわいが毎日どんな危い目に会うてたか、いっぺんよう考えてみイ。お前のお父つぁん生きてたら、蝙蝠傘で頭はり飛ばされるとこやぜ。」

と、呶鳴りつけ、「わいらの事は心配するな。そういう心配したらどんならんと思えばこそ、わいはお前らの厄介にならんと、……」

今なお俥をひいているこのわいを見ろと、他吉はくどくど言ったが、次郎は父親似の頑固者だった。口で言うても分らぬ奴だと、しかし、他吉はさすがに孫娘の婿に手を掛けるようなことはせず、その代り君枝を河童路地へ連れ戻した。君枝は存外悲しい顔もせず、この半年の間に他吉がためていた汚れ物を洗濯したり、羅宇しかえ屋の婆さんに手伝ってもらって蒲団の綿を打ちなおしたりした。ひとり者の〆団治の家の掃除もしてやり、そんな時君枝は鼻歌をうたい、水道端では、

「うち出戻りやねん。」

と、自分から言いだして、けろりとした顔をしていたので、ひとびとは驚いたが、しかし、そうして路地へ戻して置けば、次郎はもうあとの心配もなく、かつ奮発してまた潜りだすだろうという他吉の単純な考えを、君枝もまた持たぬわけではなかったのだ。もちろん、次郎が潜り出せば、他吉の気も折れて、もと通り一しょに暮せるとの呑気な気持であった。

ところが、次郎はそんな思惑に反して、一向に潜りだす気配は見せず、職を探してぶらぶら歩き、時には君枝に去られたことで気を腐らして、飲み歩いた。そうして、ある夜、余程うっかりしていたのか、トラックにはね飛ばされ、命は助かったが、退院までには三月は掛るだろうという大怪我だった。

「あんぽんたん奴！　ああいう根性やさかい、ぼやぼやして怪我もするねや。」

と、他吉は報らせを聴いて言ったが、しかしもう怒った顔も見せられず、毎日病院を見舞った。

君枝はもちろん三等病室で寝泊りし、眠れぬ夜は六日も続いたが、二十日ばかり経つといくらか手がはなせるようになった。その代り、病院の払いに追われだした。貯金帳はすっかりおろし、保険会社からも

借りた。売るものも売ったが、それでも足らず、頼りにする鶴富組の主人は△△沖の方へ出張していた。次郎をひいたトラックの運転手はよりによって夫の死後女手ひとつで子供を養っている四十女で、そうときけば見舞金も受け取れず、

「貴女《おうち》が悪いのんとちがいま。うちの人がなんし水の中ばっかしで暮してはって、陸の上を歩くのが下手糞だしたさかい。」

と、笑って突きかえした。

恐縮して帰って行くその女運転手の後姿を見ながら、君枝はふと、自分も看病の合間に運送屋の手伝いをしてみようかと思った。河童路地の近くに便利屋というちっぽけな運送配達屋がある。引越し道具のほか、家具屋、表具屋、仏壇屋などから持ちこまれる品物の配達をしているのだが、近頃は手不足で折角の注文を断ることが多いときいていたので、君枝は早速掛け合ってみた。

「へえ？　あんたみたいな別嬪さんが……？」

と、便利屋の主人は驚いたが、配達の手伝いなら、時間に縛られることもないし、足には自信があると、案外本気らしかったので、

「そんなら自転車に乗ってくれまっか。」

手当はもとよりたいしたことは無く、背を焼かれるような病院の払いには焼石に水だったが、けれど全くはいらぬよりはましだと、君枝は早速自転車の稽古をはじめた。

ところが、ハンドルを持ったとたんに、もう君枝は尻餅をついて、便利屋の前はたちまち人だかりがし

た。君枝は鼻の上に汗をためて、しきりに下唇を突きだして跨り、跨り、漸くのことで動きだすと、

「退《ど》いとくれやっしゃ。衝突しまっせ。危《あぶ》のおまっせ。」

と、金切声で叫び、そして転んで、あははは と笑っていた。亭主が怪我で入院しているというのに、この明るさはどこから来ているのかと、便利屋の主人はあきれた。

翌日から君枝は、病院へ便利屋の電話が掛ると、いそいそと出掛け、リヤカーをつけて配達に廻った。ある日、仏壇を積んで、南河内の萩原天神まで行った。堺の三国を過ぎると、二里の登り道で、朝九時に大阪を出たのに、昼の一時を過ぎても、まだ中百舌鳥村であった。木蔭で弁当をひらいていると、雨がぱらぱらと来て、急に土砂降りになった。合羽を仏壇にかぶせ、自身は濡れ鼠になりながらペタルを踏み、やっと目的地に着いて、仏壇を届けて帰る道もなお降っていたが、それでもへこたれようとしなかったのは、子供の頃からさまざまな苦労に堪えて来た故であろうか。大阪に帰ると、日が暮れた。男なら一服吸うてというところを、その足で直ぐ病院へ戻り、夜、次郎の寝台の傍で産衣を縫うた。七ケ月さきに生れるとの産婆の言であった。

次郎は見て眼が熱くなり、

「ああ、魔がさしてた。潜水夫やめよう思たんは、あれは気の迷いや。怪我した足が泣いとる。元のからだになったら、はよ潜れ言うて、泣いとる。」

と、言い、そしてしみじみと、「苦労させるなア。」

と手を合わさんばかりにした。君枝は、

「阿呆らしい。水臭いこと言いなはんな。」

と、いつもの口調でいい、そしてこくりこくり居眠りをした。

他吉はそんな風に君枝が働きだしたのを見て、貧乏人の子はやっぱり違うと喜び、

「せエだい働きや。」

と、言い言いし、さもありなんという顔でなにやらうなずいていた。ところが、それから半月ばかり経ったある日、ふと君枝がおしめを縫うているのを見て、にわかにほろりとした。

そして、腹巻の中から郵便局の通帳を出して来て、言うのには、

「今までこれを何べん出そ、出そ思たか判らへんけど、いや待て、今出してしもたら、二人の気がゆるんだらいかん、死金になってしまう――こない思て君枝の苦労を見て見ぬ振りして来たんやが、ほんまにわいはど阿呆やった。君枝が子オ産むいうのん、さっぱり知らんかったんや。そうと知ったら、君枝を自転車に乗せるんやなかった。――ここに八百円あるねん。この金はここぞという時の用意に、いや、君枝の将来を見届けた暁に、死んだ婿の墓へ詣りがてら一ぺんマニラへ行って来たろ思て、その旅費に残して置いたんやが、今が出し時や。この金で病院の払いをして、残った分を君枝のお産と次郎ぼんの養生の費用《いりよう》にしてくれ。」

「いや、そんなことして貰たら、困る。それはお祖父やんの葬式金に残しといて。」

と、次郎が手を振ると、他吉は、

「げん糞の悪いことを言うな。」

と、眼をむいたが、けれど、すぐしんみりして、「この金の中には、君枝が下足番をして貰た金もはいっているんや。遠慮しイな。」

他吉はついぞ見せたことの無い涙を、洟といっしょにこすった。

次郎はやがて退院した。そして、君枝のお産が済む頃には、すっかり元のからだになっていた。生れた子は男の子で、勉吉と名をつけると、

「なんや、ベンゲットのベン吉か。」

と、他吉は上機嫌だった。

鶴富組の△△沖沈没船引揚げ作業はまだ了っていなかった。次郎が現場へ電報うつと、スグコイマッテイルとの返事だったので、喜んで行こうとすると、君枝は、

「私《うち》も一しょに行くわ。ポンプ押しに。」

と、言った。普通、潜水夫が潜っている間、上から空気を送るのは、たいてい肉親の者だった。次郎は若い君枝にはこれまでそれを言い出せなかったのだ。

「ほな、行ってくれるか。」

次郎が大袈裟に君枝の手を握ると、君枝は照れて、

「なんやこう、あんたに離れるのがいやで言うたみたいやけど、私《うち》いままで毎日お祖父ちゃんの俥の夕イヤに空気入れてたさかい、ポンプ押すのん上手やし。」

と、言った。

鶴富組の主人は腕利きの潜水夫が無くて困っていたところだった。次郎は、

「人間はたまに怪我もして見んならんもんですよ。」

と、笑って、三十三尋の深海へ潜った。空気を送っているのが赤ん坊を背負った君枝だと思えば、次郎はもうどんな危険もいとわぬ気がして、そして、マニラで死んだという君枝の父親の気持が、ふっと波のように潜水服に当って来るようだった。こうして潜っている間にも、祖父さんはよちよち俥を走らせているのだと、静脈の痛痛しく盛り上った手足が泛び、次郎は、自分ももし、マニラへ行けといわれたら、もう断り切れぬだろうと思った。

沈没船の引揚げ作業が済んで、大阪へ帰って来ると、間もなくその年も慌しく押し詰り、大東亜戦争がはじまった。

そして、皇軍が比律賓のリンガエン湾附近に上陸したと、新聞は読めなかったが、ラジオのニュースは他吉の耳にもはいった。

「ああ、今まで生きてた甲斐があったわい。孫も立派にやってる。想い残すことはない。わいの死骸は婿といっしょの墓にはいるねや。」

と、他吉は大声で叫びながら、府庁へ駈けつけ、実は自分は「ベンゲットの他あやん」という者で、ベンゲット道路の道案内をする者は自分以外にはない。リンガエン湾附近に上陸した皇軍は恐らくベンゲット道路を通ってマニラへ向うと思うが、自分はあのジグザグ道のどこに凸凹があり、どこの曲り角が向うの崖から丸見えかを知っているのだ、どうぞ比律賓へやらしてくれと、頼みこんだ。

けれど、係員は来年は七十歳だという歳をきいては、手続きも出来ず、相手にしなかった。すると、他吉はいきなり凄んで、

「お前らでは話が判らん。話の判るのを出せ。」

と「ベンゲットの他あやん」の姿勢になったが、途端にくらくらと目まいがして、ああ、こないしてる間にもベンゲット道路の上をタンクが通る、婿の新太郎の墓が、船に積んだら、どこまで行きゃァる、歯抜きの辰に二円かえしといてくれ、マニラはわいの町や、一つには、光り輝く日本国、マニラ国へとおむいた、――他吉はあっと声も立てずに卒倒した。

医者はもう助からぬと言ったが、次郎と君枝の輸血が効いたのか、他吉はじりじりと生き延びた。そんなねばり強さはどこから来たのだろうか。

執拗に保《も》って二月目のある日、〆団治が見舞いに来た。ところが、ついぞ着ぬ洋服を着たのは良いとして、〆団治はまだまだ冬だというのに、異様な半ズボンでぶるぶる震えていた。

「〆さん、頭のゼンマイ狂たんと違うか。」

君枝はさすがに看病疲れもなく、こんな訊き方をすると、〆団治は、

「さにあらず。実はやな、わいも△△興業の落語の慰問隊たらに加わって、南方へ行くことになってん。南は暑いときいたさかい、今からこの服装《なり》や。」

と、言い、「わいの落語も南なら受けるやろ。」

「お前みたいな老いぼれのあんぽんたんでも、南方へ行けるのんか。」

他吉はきいて口惜しがり、「どうせマニラへ行くんやろ。」

「一足さきに、えらい済まんなア。」

「何がさきや。わいは飛行機で行くさかい、お前より早よ着くわい。」

と、他吉は皺がれた声で言い、「それはそうと、マニラへ行《い》たらな、歯抜きの辰いう歯医者を探して、昔わいが借りた二円かえしといてんか。この歯を抜いてもろた時の借金や。」

他吉は口をあけて、奥歯を見せたが、なにか息切れして、苦しそうであった。二十何年か前、婿の新太郎がマニラから寄越した手紙で、歯抜きの辰はとっくに死んでいると承知している筈だのに、今はこの耄碌の仕方かと、〆団治もほろりとした。

三日のち、四ツ橋電気科学館の星の劇場でプラネタリウムの「南の空」の実演が済み、場内がぱっと明るくなって、ひとびとが退場してしまったあと、未だ隅の席にぐんなりした姿勢で残っている薄汚れた白い上衣の男があった。

よくある例で、星空を見ながら夜と勘違いして居眠っているのかと、係員が寄って行って、揺り動かしたが、動かず、死んでいた。「四ツ橋のプラネタリウムへ行けば、南十字星が見られる」という〆団治の話を聴いて、いつの間に君枝や次郎の眼をぬすんで寝床を這いだして来ていたのか、それは他吉だった。

上衣のポケットに新太郎が寄越した色あせた手紙がはいっていたので、身元はすぐ判った。

死骸はもとの寝床に戻った。壁の額に入れられたマラソン競争の記念写真の中から、半分顔を出して、初枝がそれを覗いていた。

羅宇しかえ屋の婆さんがくやみに来て、他吉の胸の上で御詠歌の鈴《りん》を鳴らし、

「他あやん、良えとこイ行きなはれや。」

と、言うと、君枝は寝床の裾につけていた顔をあげて、

「おばちゃん、お祖父ちゃんは、もうちゃんと良えとこイ行ったはる。南十字星見ながら、行きたい行きたい言うたはったマニラへ到頭行かはったんや。〆さんより早よマニラへ着きはった……。」

と言った。鈴《りん》の音が揺れた。


次郎はふと君枝の横顔を見て、ああ、他あやんに似ているとどきんとした咄嗟に、今度は自分たちがマニラへ行く順番だという想いが、だしぬけに胸を流れた。他あやんはついぞこれまで、言葉に出しては、アメリカの船を引揚げにマニラへ行けとは言わなかったけれど、そんな風に死んだのを見れば、もう理窟なしにそうしろと命じられたのも同じだ、いや、君枝を娶った時からもうこのことは決っていたのだという想いが、何か生理的に来て、次郎は額の写真を暫らく見上げていた。

附記　この作品は、溝口健二氏演出映画の原作として書いたものを、短篇小説として書き改めたものであります。

四つの都

『四つの都』の起案より脱稿まで

雑誌『映画評論』第一巻四号（一九四四年四月）所収。

本書への収録にあたっては、初出誌を底本とした。このエッセイが単行本に収録されるのは、どのような形であれ本書が初めてである。

四つの都

雑誌『映画評論』第一巻四号（一九四四年四月）所収。当初から映画化を前提としたシナリオとして、長篇『清楚』や短篇「木の都」を原作として執筆された。上映の際には『還つて來た男』と改題され、川島雄三の第一回監督作品として、一九四四年七月二十日より松竹系で一般公開された（六十七分）。主演は二度目の応召から帰還したばかりの佐野周二、そして田中絹代。

フィルムは現存しており、一九九四年にVHSでソフト化されている（松竹ホームビデオ、SB-0384）。映画は巻首に「撃ちてし止まむ」の字幕が入る以外、このシナリオにまったく忠実に映像化されているが、シーンナンバー「一八」「一九」のみ割愛されている（おそらく終盤のシーンナンバー「六二」を効果的に観せるためだろう）。また、本作の冒頭にクレジットされている配役中、「矢野健介」は登場しないが、そのままとした。

本書への収録にあたっては、初出誌を底本とした。このシナリオが単行本に収録されるのは、どのような形であれ本書が初めてである。

『四つの都』の起案より脱稿まで

『四つの都』は川島雄三氏の第一回演出作品であるが、同時に私にとっても第一回シナリオである。更に言うならば、川島氏も私も共に大正生れである。つまりお互いの感受性、物の考え方に世代的な共通点を持っているのだ。『四つの都』にいくらか新しい意義があるとすれば、この二つの点ではなかろうかと私は考えている。

私は小説家である。小説家がシナリオを書くという例しは、最近は稀である。私自身もシナリオを依頼されようとは殆んど考えたことはなかった。それ故、大船撮影所企画部の海老原〔靖兄〕氏より、川島氏の第一回作品のシナリオを書いてくれまいかという話があった時、私は正直なところ驚いた。海老原氏が川島氏とそれから同じく新人演出家の池田浩郎氏と一緒に来阪されて、四人で語り合い、具体的な注文を伺ったが、それは、私の「清楚」という新聞小説（大阪新聞に連載した）を映画化する計画があるが、条件として原作者の私自身の手でシナリオ化してほしい、それがいやなら、新しくオリジナル・シナリオを書いてほしい、という注文だった。つまり、是が非でもシナリオを一本書くべしというのっぴきならぬ命令である。いわば私は見込まれたのである。私はことの意外に驚きながら、見込まれた理由を訊してみた。第一回演出作品に素人のシナリオを選ぶことは冒険に過ぎやしないだろうか、それに私のシナリオ・ライタとしての適不適も未知数（かつて溝口〔健二〕氏のために「わが町」のストーリを書いたことはあるにせよ）であるし、恐らく大船の内部でも異論はあるのではなかろうかと。

ところが訊いてみると、私の小説には映画的な話術と感覚があるらしいのだ。だから、シナリオも書けないことはあるまいとのおだてであった。なるほどそう言われてみれば、かつて親友杉山平一君より、君のあの小説のあそこはシナリオだねといわれたこともあったっけと、私はあっという間にこのおだてに乗ってしまった。私はその場で答えた。書いてみましょう、しかし「清楚」一本では映画にならないかも知れないと。

ところが、おかしいことに大映、東宝からも同じように「清楚」の映画化の話があり、「清楚」は映画化にならないという私の考えは間違っていたらしかった。果して脱稿したシナリオ『四つの都』には「清楚」の話が六分ノ一はいったという結果になった。さて、「清楚」の話とは何か。簡単にいえば、若い帰還軍医中尉の帰還直後一週間の行動である。私はこの青年を借りて、銃後を明るくさせるほぼ理想的な現代の青年の一つの型を示してみた。ひとは彼を見て、微笑してほしいと私は希望している。微笑は叡智の表現である。私はこの青年の知性というものを、いわゆる知性的な言動を一切描かぬということによって逆説的に表現してみようと思った。

さて、残る六分ノ五には何がはいっているか。まず『新潮』三月号に発表した拙作「木の都」が背景としてはいっているのを、人は認めるだろう。この小説で私は自分の少年時代及び青春時代の回想の額縁の中にとらえた名曲堂という古レコード店一家を、そこの息子の少年工（はじめは新聞配達）を中心に描いたのだが、『四つの都』ではこの小説の名曲堂の話は殆んどそのまままとり入れられている。そしてこの場合、シナリオの方では名曲堂という商売柄音楽がやや重要な位置を占める。その代り、小説に登場した「私」は全然影を消し、代って、「雨男」という人物が登場する。この「雨男」とは彼が画面に現れると、必ず雨が降るという人物で、私が最も傾倒したのはこの人物である。次に「木の都」に於ける私の青春の回想は映画では表現不可能のものであるが、わずかにこの映画に濃厚な地理的性格を与えることによって、いくらかそれを残してみた。

私はまず集中的に一つの（私好みの）大阪の町を語った。いわば物語は時間によって進行せず、町の地理を辿ることによって進行するといっても良いかも知れない。次に私は、大阪（町）、京都、奈良、神戸という四つの都会を描いてみた。そして、この四つの都会のつながりは、一人の女性の勤労への挺身によって完結するのだが、私はこの四つの都会のうち少くとも三つの表現に、それぞれ今までの映画には無かった（と思っている）手法を使おうと苦心した。単なる思いつきに過ぎぬかも知れないが、しかし、私は演出の川島氏が私のはかない思いつきにふくらみを与えてくれるものと、期待している。私は氏の才能を信じている。

さりげなく自作を語ることはむつかしい。私は自作の味噌をだらしなく並べ立ててしまったが、以上、『四つの都』とその原作との関係を述べて「起案から〔ママ〕脱稿まで」という与えられた題に答えたことにする。

因みに、脱稿後このシナリオを読んだ人の意見をまた聞きしたところでは、やはり素人はだめだねということであったらしい。しかし、私は今後もシナリオを書きつづけて行くつもりである。何故なら、私はすくなくとも私のシナリオが良くも悪しくも、在来のシナリオ常識からはみ出した変梃なものを持っていることだけは、信じているからである。そして、この変梃なものを追究することが、私は私なりにたのしいのである。私はそこでは、小説を書く時にはなかったたのしさを感じている。ただ小説家としての目下の感想をいえば、小説とちがって、シナリオの形式で人物を彫り下げることは実に困難な仕事だということを痛感している。今後の映画の問題はここにあるのではないかと、私は思っている。いや、そう信じている。その問題の解決に努力したいと思う。

四つの都

松竹映画大船作品
演出　川島　雄三

人　物——
中瀬古庄造　　辻　節子
　庄平　　尾形　清子
　寿子　　蜂谷　十吉
矢野　鶴三　　夜店出しのおっさん
　葉子　　船山上等兵
　新吉　　江藤医学士
　健介　　大雅堂主人
　小谷　初枝　　標札屋の老人
　　他に、国民学校訓導、看護婦、子供達。

時——現代

大阪は木のない都である。しかし例えば、晴れた日に下寺町附近に立って、北より順に高津の高台、生玉の高台、夕陽丘の高台を仰げば、そこには何百年も前からの静けさをしんと底に湛えた鬱蒼たる緑が白昼の眼を奪うのである。そして、これらの高台の町は当然それ〴〵の趣きに富んだ坂を幾つか持っているが、これらの坂もまた緑の中を縫うて登っているのである。例えば夕陽丘の口縄（クチナワと読む）坂がそれである。夕陽丘は名の如く静かな少女好みの町であるが、さすがにその附近一帯の町は、大阪の下町的な匂いも持っている。さて、口縄坂とはくちなわ（蛇）坂とでもいうべきであろう。口縄坂は緑の木木の中を蛇の如く縫うて登る細長い石段の坂である。この物語はまずこの口縄坂から始まる。

一　口縄坂。

カメラは坂下からじっと見上げているが、坂には誰もいない。しんとした寂しい黄昏が木木の緑に吸い込まれている。

やがて、坂下の通りから遠い唄声が聞えて来る。

福島少佐シベリヤ行の歌だ。

「一日《ひと》二日《ふた》は晴れたれど
三日四日五日は雨に風」

唄声はだん〱近づいて来る。やがて、唄の主の、新聞配達の少年、新吉が石段を登って行く。

「道の悪しさに乗る駒も
踏みわずらいて野路病」

登って行く新吉の眼に、坂の上の露地で少年達が胴乗り遊び（馬飛びともいう）をしているのが見える。途端に、新吉は胴乗りの調子を真似て、一度に三段、石段を飛び登ろうとする。その拍子に倒れて、膝をしたゝか打って擦り剥く。

新吉、半泣きの顔で歯をくいしばっている。が、急に平気な顔を装って起ち上ろうとする。

小谷初枝と尾形清子の両訓導が急いで坂を登って来る姿を見つけたからだ。しかし、新吉がこの二人を見つけるより早く、二人は新吉を見つけていた。しかもその倒れた姿を。

新吉「あ、先生……」

あとの「……お帰り……」は、口の中でもぐ〱言って、頭をピョコンと下げる。姿勢を正すと、苦痛が一層こたえる。

初枝「痛む？　見せてごらん、擦りむいたんでしょう？」

新吉はなぜか狼狽する。怪我をしたのを知られるのが怖いかのようである。

しかし、清子はあっという間に、新吉の足もとにしゃがんで、膝小僧の傷を見る。

新吉はと見れば——

新吉は棒のように突っ立って、胴乗り遊びの方を見ている。新吉にはふと遠い眺めである。そして新吉は、清子の「小谷先生、ヨードチンキあって？」という言葉を聴いている。ヨードチンキは渡されたらしい。初枝が「しむから我慢しなさい」と言っている。

新吉「はい」

答えたもの、確かにしむ。痛い、涙がにじんで来たらしい。その証拠に胴乗り遊びが霞んで見える。その遊びの動作もなにか急に鈍くゆるやかになって見える。繃帯が捲かれている。

新吉「先生、お父っちゃんに僕が怪我したこと言わんようにして下さい」

清子「どうして……？」

新吉「僕、あした名古屋の工場へ働きに行くんです、怪我したと判ったら、お父っちゃん余計心配しますさかい」

新吉ペコンと頭を下げて、
新吉「おおけに、さいなら」

と、言ったかと思うと、石段を登って行く。ビッコを引きながら。新吉が胴乗り遊びの処まで来た時、馬の胴になって、背中にばかに肥った子供を乗せてフウフウ言っていた一人の子供が、半分四つ這いの姿勢のまゝ、ひょいと横眼を使ったとたんに石段を登って来る初枝、清子両先生の姿を斜めの視線の中にとらえる。

子供「あ、先生や」

そう叫んで、起ち上って挨拶しようとした拍子に、馬全体がくずれてしまって、上に乗っている者が倒れ、胴の者はその下敷になる。

混乱。

新吉はこの混乱をよそに、坂上の露地の家々へ、新聞を投げ込みながら、露地を抜けると、通りへ折れて、黄昏の中へ姿を消す。その後ろ姿の痛々しいが、しかし、どこか活々した感じ！

犬の声がする。新吉が吠えられたのであろう。露地の向うの通りを、夜店出しが荷車をひいて通る。

やがて、露地の角を初枝と清子が新吉と反対の方へ折れて行く。

その二人の後を追うて、あわて、折れて行く男がある。

蜂谷十吉だ。新聞記者だが、新聞記者らしくない。たとえば鳥打帽など被っていず、無帽である。その代り蝙蝠傘を持っている。この男、年齢がない。本当は若いのだろうが。どこか瓢々とした感じ！

二　道。
片側が崩れた塀になっている夕陽丘の寂しい道を、初枝と清子が話しながら歩いている。

清子「私、もしかしたら、学校よすかも知れないの」

初枝「どうして？　結婚なさるの、それとも……？」

初枝がそう言った時、突然十吉が後から声を掛ける。

十吉「それとも、どっかへ行ってしまうんですか」

十吉の清子への傾倒ぶりを薄々知っている初枝は微笑するが、清子は眼をけわしくする。

清子「まあ、蜂谷さん……驚いたわ、いきなり物を言ったりして。尾行して来たのね。探偵や新聞記者みたいな真似するの、およしなさい」

十吉（厳粛に、しかし稍や悲しそうに）「処が、僕は新聞記者なんだ」

初枝、おかしさをこらえるのに、苦労する。

清子（平然と）「新聞記者にもピンからキリまであるわ」

十吉「勿論、僕はそのピンの方だ」

初枝「私、お先きに……」

清子「あら、困るわ、先きに帰られちゃ」

初枝を止める。

十吉「尾行する積りはなかったんだが、学校へ行ってみたら、今お帰りになったというんで、慌て、後を……。実は、あんたの今の話で、一寸聞いて置きたい事があってね」
清子「あなたには相談しないわ」
十吉「じゃ、誰に相談するんです」
清子「私は天に相談するわ」
十吉「天？　天は雨を降らすだけだ」
というと、突然、雨が降りだして来る。
初枝「あら、本当だわ、降って来たわ」
三人塀のかげへ雨を避ける。
清子「あなたに会うと、例外なしに雨が降るのね」
十吉だまって、持っていた蝙蝠傘を渡して雨の中を濡れて去る。寂しい後ろ姿。清子、その傘をひろげる。初枝その中へはいる。
初枝（見送って）「あの方、どうしてあんな髭なんか生やしてるのでしょう、お兄様のお友達だから、まだ二十代なんでしょう？」
清子「兄が南方で戦死して、あたし一人ぽっちになったでしょう、それでもって私のこと心配して、あなたは天涯孤独だからといって、慰めたり励ましたりして下さるんだけど……。あの人の顔見るとかえってこっちが悲しくなるわ。だから、顔見るときつく当りたくなるの。きっとあの髭のせいかも知れないわ。若い癖にあんな髭なんか生やして……。それに、あの人が来ると、きっと雨が降るのよ」

三　口縄坂の坂上。
胴乗り遊びをしていた子供達は、雨がきつくなったので、たまりかねて四方へ散らばる。

四　町。
新吉が雨の中を、新聞を配って一心に走っている。

ここは、道が碁盤の目のように細かく分れているので、新吉はこの町角を右へ折れ、次の町角を左へ折れ、第三の町角を右へ折れ……など実に忙しい想いをしなければならない。

そして、やっと自分の住んでいる町へ来る。

薬局があり、銭湯があり、大衆食堂があり、産婆があり、本屋があり、歯医者があり、煙草屋があり、寄席があり、ラジオ屋があり、標札屋があり、古道具屋のある町である。露地の多い町で、例えば標札屋と、ラジオ屋を二軒中にはさんで、凹の字に通ずる露地がある。――その凹の露地の一方の入口へはいった新吉は、新聞を露地の家々へ配って、あっという間に、別の入口から――出て来たところは、矢野名曲堂の表である。(自分の家だ)

新吉が家の前で繃帯をとっていると、夜店出しのおっさんが、車を曳いて帰ってくる。

新吉「おっさん、もう帰りか？　えらい早かったなア」

夜店出し「早かったどころかいな。今日は休みや。場割りが済んで、さあ店を張ろうとおもたら、降って来やがったさかい……夜店出しもこう雨が多かったら、さっぱり売《バイ》にならんわ」

夜店出し、露地の中へ入ってゆく。

新吉、繃帯をとり終って、家の中へ這入る。

途端に店の中の音楽が聴える。

五　矢野名曲堂。

古い名曲レコードの売買や交換をしているこぢんまりした店である。ベートーヴェンのデス・マスクの他に船のウキが壁に掛っているのが印象的である。

客が音楽をきいているので、新吉は口を利くのを憚って、黙ってこそ〳〵と奥へはいる。ビッコの気味。

鶴三も、黙って「お帰り」は眼で言っている。

音楽（第五交響楽）がやんだので、鶴三は、はじめて声を掛ける。

鶴三「新坊、怪我したんじゃねえか」

新吉（振り向いて）「うゝん、せえせん」

そして、こそこそ奥へはいる。

鶴三「それならいゝが。明日は名古屋の工場へ行くんだ。どこも痛い所のないようにして行かなくっちゃ働けねえぞ」

客は始めて口を利く。客というのは蜂谷十吉だ。

十吉「葉子ちゃん、今日はなぜ雨が降ってるか、知ってるかい」
葉子「誰かゞ来てるさかいやわ」
十吉「誰かって、誰だい？」
葉子（指して）「あんた」
十吉（平気な顔をして）「文久三年に品川沖でアンタという名の鯨がとれた事がある、こんな髭を生やしとった」（と鼻の下を指す）
葉子「嘘ばっかし」
奥へ去る。
鶴三「鯨といえば、わたしが欧洲航路の船乗りをしていた時に印度《インド》洋で……」
十吉「あんたは、船の話しかしないんだね、昔の夢だよ」
鶴三（レコードを外してブラシを掛けながら奥へ声をかける）「新坊、銭湯へ行って来な」

六　名曲堂の奥座敷。

新吉が縁側で小鳥に餌をやっている。
鶴三の声「濡れた儘で居るんじゃねえぞ」
新吉（ぼそんとした声で）「うん」
葉子、着更えを持って新吉の傍へ来る。
葉子「さあ、これを着更え」
新吉（ひとり言のように）「もう明日から餌やられへんな」
葉子「心配せんでも姉ちゃんがやったげる、さあ、はよ着更えんと風邪ひくし」

七　汽車の中。

鶴三「風邪を引くんじゃねえぞ」
と、新吉に言いきかせている。新吉頷く。
鶴三「一日休めば一日増産が遅れる、工場へはいって風邪で休んだといっても父っちゃんはきかねえよ」
風呂敷包から怪しげな薬の袋を取出して来て、
鶴三「お腹が痛くなったらな、この陀羅尼助《だらすけ》という薬を服むんだ、一寸苦いがよう効くぞ！」
新吉頷く。日月ボールを頻りに弄ぶ。

鶴三「きいてるな」
新吉「うん」
鶴三「家を恋しがるんじゃねえぞ、父っちゃんは十二の歳から船に乗ってたが、印度洋の真中でも、大西洋を渡る時でも、太平洋の上でも、一遍だって家を恋しがった事はなかったぞ」
新吉「あ、汽車が停った」
窓をあける。
駅員の声（マイクを通して）「米原。米原。五分間停車、北陸線乗換え、敦賀、直江津、新潟方面行の方は右の階段を登って、三番線の列車にお乗換え願います、乗換時間は十七分、十六時五十分発二三等急行東京行き！　東京行き！　この列車にお乗りの方は……」
鶴三「弁当買おうか」
窓から顔を出す。
新吉「あ、向うにも汽車が停ってる！」

八　第二の汽車。

その二等車の窓があいて、帰還姿の軍医中尉、中瀬古庄平がぬっと顔を出す。

庄平「おい、弁当！」

処が、弁当を売ってるのは反対の窓である。

庄平、苦笑しながら、反対側の窓へ寄って行く。そして、窓から身体を乗出す。

弁当売りは却々《なかなか》やって来ない。

発車のベルが鳴り始める。

庄平（いきなり怒鳴る）「弁当屋！　駈足！」

弁当売り慌てゝ飛んで来る。……

汽車はもう動いている。

庄平の座席の向いの席では、洋装の女即ち辻節子が、小型の旅行携帯用の将棋盤を洋装の膝の上に載せて、頻りに詰将棋を考えている。そこへ、弁当を持った庄平が戻って来て、弁当を食べながら、将棋盤の方をちら〱見る。

節子は、なか〱詰められない模様である。庄平もどかしがる。

そこへ、車掌が帽子をとってはいって来る。

車掌「お医者様はおられませんか、お客様の中にお医者様はおられませんか」
車内、何事が起ったのかと動揺する。
車掌が傍を通りかゝると、いきなり庄平が起ち上って、
庄平「僕は医者ですが」
車掌「あなたが……?」
と不思議そうにする。
庄平「軍医です」
車掌（判って）「実は車内に急病人が出来ましたので……」
庄平は頷いて、トランクの中から、医療器具を取出しながら、
庄平「病人はどこです」
車掌「車掌室に寝かせてあります」
庄平「寝ておられますと言い給え……」

九　車掌室。

寝かされていた病人の苦悶の表情が次第におさまる。
庄平（注射を終って、車掌に）「どこで降りる人ですか」
車掌「大阪で降りられます」（丁寧に言う）
庄平「僕も大阪迄だが、大阪迄にはケロリと癒ってるでしょう、軽い胃痙攣です」
そう言って、庄平は車掌室を出て、二等室へ戻って行く。

一〇　もとの座席。

庄平が戻って来ると、節子は相変らず詰将棋を考えている。庄平、医療器具をしまってから、ヒョイと手を伸し、
庄平「それは、こう詰めるんです」
瞬く間に詰めてしまう。
節子「そうでしたわね、角を捨てるのが判らなかったのですわ」
庄平「簡単ですよ、その詰将棋は」
節子「あのゥ、一番教えて頂けません?」（もじもじ

して言う）

庄平「こっちが負けるかも知れないが……」

庄平、トランクをおろして、それを自分の膝と節子の膝の間へ橋渡しする。そして、その上へ将棋盤を置く。

庄平（駒を並べながら）「然し、どうして将棋なんか知ってられるんです」

節子（駒を並べながら）「父に教わりましたの、私達はハワイの田舎にいたものですから、将棋をする相手がなくって、それで私を相手に……」

庄平「ハワイ仕込みの将棋ですな」

節子「駒を並べているとなくなった父を想いだしますわ、父は昨年なくなりましたの。ですから、私一人ぽっちで、この間の交換船で帰って参りましたの」

庄平「ほう？……さあ、やりましょう」

節子「私が先手」

庄平「あ、あなたの飛車と角と入れ換ってますよ」

節子（頭に手をやる）「あら、御免なさい」

慌て、駒を置きかえる。

そして、指し始めるが、庄平は頻りに首をひねって呟く。

庄平「おかしい、どうもおかしい」

節子「？…………」

庄平（いきなり叫ぶ）「あ、間違ってた、僕の方が入れ換ってる」

節子、くっ〳〵と笑う。

庄平、角と飛車の位置を置きかえる。

一一　中瀬古家（庄平の家）の一室（――大阪）

将棋盤を真中に、庄平と父の庄造が向い合っている。庄平は和服である。
庄平「どうもこりゃ僕の負けですな」
庄造「そんな事はあるまい」
にやく〳〵して、煙草を吹かしている。
庄平、暫らく盤にかじりついて盤面を凝視しているが、やがて顔を上げて、
庄平「しのぎがありません、これ迄です」

駒を投ずる。
庄造「まあ、そんな処かな、弱くなったな、どうしたんだ、戦地でもやったんだろう」
庄平「親孝行です」
庄造「帰還第一日に親父に将棋を負ける、これ即ち親孝行という事にはならんよ」
両人、笑う。

一二　浴室の中。
庄平と庄造が湯槽に浸っている。
庄平「背中流しましょうか」
庄造「いや、それには及ばん、将棋には勝たせて貰い、背中まで流して貰っては、些か恐縮だ」
庄平（だしぬけに）「うちの財産どれ位あります？」
庄造「お前は戦争に行ってから、単刀直入にものが言えるようになったな、以前は下を向いてぼそぼそ言うばかりだったが」
庄平「そうですか」
水道の栓に口をつけて、水をふくみ、うがいする。
庄造「お前の狸算用よりは尠いかも知れんぞ」
庄平「はあ……？」
庄造「変な顔をするな。然し、わたしが永年教師勤めをして、その俸給で食って来たから、親父から受けついだ分は減らしてないようだ」
庄平「それを今そっくり僕に下さいますか」

一三　庄造の書斎。
永年高等学校の教授をし、現在もしているひとの書斎だという事が、一眼に分る。ギッシリ詰った書棚、机の上には今にも落ちそうな位大小無数の書物が積み重ねてある。机の上だけではない。部屋中至る処に、然もかなり乱雑に積まれている。仏像の胸像が机の上に、二つも三つも載せてあるのが印象的である。
庄造と庄平が椅子に掛けている。
庄造「つまり何かやりたいんだろう。それなら、いつでも財産は譲る事にしよう」
庄平「恐縮です」

庄造「その代り、というより寧ろ、同時にだな、お前はもう一つ貰うべきものがある」
庄平「僕はこれで充分です……」
庄造「まだ何を貰うとも、わたしは言っておらんよ」
庄平「じゃ、何を下さるんですか」
庄造「細君だ」
庄平「誰のですか？」
庄造「誰のですかってきく奴があるか、お前のだよ、そゝっかしい癖は相変らずだな」
庄平、煙草の箱の横へマッチの軸をすりつけて、火をつけようと、頻りに無駄な努力をする。
庄造、苦笑してマッチの箱を渡してやる。
庄造「貰えというのは、わたしの友人で神戸の造船所の技師長をしている男の娘さんだが、まあ、当代稀にみるい、娘さんだよ」
この時、
「写真がありましたよ、持って来ましょうか」
という声がする。
母親のお寿《ひさ》である。お茶をもってはいって来たのである。
庄造「写真では判らん、実物主義だ、実物を見なくちゃ分らん、い、処は」
庄平、なんとなく壁の仏像の写真と、机の上のその実物を見較べている。
お壽「でも、庄平が写真を見たいでしょうから」（去る）
庄平（慌てゝ）「い、え、僕にはそういう趣味はありません、どうぞお構いなく」
庄造「実物主義となると、つまり見合いだな、どうもこの見合いなどという言葉は、大の男がみだりに口にすべき言葉じゃないが、他に適当な言葉はないから見合いという事にして、さてこいつを早いとこ実行したいんだが……庄平、お前いつがよい、早い方がよいんだ」
庄平「僕は一生に一度しか見合いはしないと決心しているんです、僕の友人で六十回も見合いをして細君を物色した奴がいますが、こいつはそんな風にして物色した細君の実家から出して貰った金で洋行して、今じゃ院長で納っているんです、内地に居る時は何とも思わなかったんですが、戦地でその事を想い出したら、ムカ〳〵っとして来ましてね、兎に角こんなのは浅ましいですからね」
庄造「それでお前は一度だけなんだね」
庄平「そうです、つまり、見合いした以上、必ず貰う……」
庄造「その主義は、手間がはぶけてよい、賛成だ」
庄平「その代り、うっかり見合いしません」
庄造「何もうっかりしろとは言っとらんよ」
庄平「然しですね、あとで断るんなら、いくらでも見合いしますよ、断らない主義だとすると、やはり幾らか考えないと……」（煙草をもみ消す）
庄造「なんだか以前のお前みたいな物の言い方だね、短刀直入に返辞できんかね、軍人だろう、お前は」
庄平（いきなり）「はッ、一週間のちに見合いします」
庄造「うん、つまり来週の日曜日にやるんだね、日曜なら双方ともに都合がよい……処で、蛇足のようだが、一週間のちとは何か根拠があるのかね」
庄平「土曜日に是非会わなきゃならん人があるんです、見合いするとなると、それ迄に一度会っときたい人なんです」
庄平、煙草をくわえる。
庄造「成程、そういう事もあろう」
火をつけてやる。
庄平、煙草を吸う。
その煙がはれると、机の上の仏像がはっきりとうかぶ。
庄平（声だけ）「明日は京都へ行って、大橋先生に相談して来ようと思うんです、今度の仕事の事で」

一四　東大寺大仏殿。

五丈三尺五寸の大毘盧遮那仏。
庄平大仏を見上げている。眼鏡をとって再び見上げる。

一五　大仏殿の附近。

庄平眼鏡をとったまゝ、歩いている。

大仏を凝視していたのと、眼鏡をとっているせいで、彼には物がちいさく見えてならない。

庄平一人大きくなった気持で、悠々と歩く。浩然の気！

突然、

「軍医さん！」

と、呼ばれる。振り向くと辻節子だ。（ハワイ帰りのお嬢さん）

庄平、あわて、眼鏡を掛ける。とたんに、錯覚が癒り、もう辻節子は実物大に見える。

庄平「あ、あなたでしたか、今大仏を見て来たので、ものが小さく見えて仕方がなかったんですよ、あなたに会うたとたんに、普通の大きさになりましたが」

そう言いながら、そこらあたりじろ〳〵見廻す。

節子「昨日汽車の中でお眼に掛って、今日また奈良でお会いするなんて、本当に奇遇ですわ」

庄平（稍や冷淡に）「僕は、昨日昭南島で会うた男に、今日ジャワで会うたという経験がありますがね」

節子「これから、どちらへ？」

庄平「いや、別に何処と言って。実は奈良へ来る積りじゃなかったんです、京都へ行く積りで京阪電車に乗った筈が、うっかり関急電車に乗ってしまったので、着いてみると奈良だったという訳です」

節子「まあ……私はまた迷子にばっかしなってるんですの、奈良は初めてですから」

地図を見る。

庄平（寄って行き）「奈良の地図ですか、一寸（と言って地図を横取りし）――そうだ、療養所があったんだな、えーと、この道をこう行って……。僕序でだから療養所へ行く事にします、知ってる兵隊がいる筈ですから（地図を渡して）……失敬します」

庄平、いきなり行ってしまう。

節子、失望して見送る。待ってくれという気持。

（このひとハワイ帰りに似合わず、どこか淋しい翳がある）

一六　京都。

バスの通る町。

「あ、待ってくれ」

と、一人の産業戦士風の男が叫びながらトランクをかゝえて、駈け出して来る。

船山という傷痍軍人である。

船山「そのバス待ってくれ！」

駈け出しながら、バスの窓へ向って、

船山「軍医殿、中瀬古中尉殿！」

と、叫ぶ。

バスの中では――

庄平が窓を開けて、顔を出す。

庄平（船山に気づいて）「おう、船山上等兵！」

船山はいきなり立ち停って、敬礼する。

その隙にバスは遠ざかる。船山慌て、後を追う。

庄平（怒鳴る）「走っちゃ駄目だ！　走るな！」

船山はきかず、走って来る。

庄平「停れ！　船山上等兵停れ！　停らんか！」

その拍子にバスは停る。しかし、そこは停るべくして停る停留所である。車内笑う。

庄平、急いでバスを降りると、神妙に停っている船山の方へ、走って行く。

船山、挙手の礼をする。庄平、応ず。

船山「軍医殿、久し振りであります」

庄平「うん、その後身体の方はどうだ？」

船山「至極健康であります、その節は野戦病院で軍医殿にいろ〳〵御厄介になり、申し訳ありません」

庄平「健康で何よりだ、しかし、何といっても病後だからな、走ったり、無理な事をしてはいかん」

船山「走らないと、軍医殿のバスを見失いそうでありましたから」

一七　二条駅附近の通。

庄平「で、いよ〳〵今日神戸の工場へ行くという訳だな」

船山「はッ、もう西陣で織物をやってる時代やないと思いまして……」

庄平「駅まで送って行こう」

船山「はッ、見送っていたゞけますか」

庄平「うん、そのうち神戸へ行ってやるよ。お前の身体を一度診察してやろう」

船山「はッ、有難うございます、もう身体の方は大丈夫や思いますけど、神戸の工場へ軍医殿がおいでやすのは嬉しいであります」

踏切の遮断機が降りたので、二人は立ち止って待つ。

上りの汽車が行ってしまう。

と、踏切の向う側に、辻節子の姿が突然現れている。

節子「あ、軍医さん」

と、気づき、線路を渡ってこちらへ来ようと思うのだが、遮断機が依然として降りたまゝなので、来られない。（下りの汽車が間もなく通過するのだ）

庄平「やあ、また会いましたね」（と大声を出す）

節子「京都でお会い出来るとは思いませんでしたわ、昨日奈良でお眼に掛ったばかしですもの」（とこれも少し大きな声で言う）

汽笛の音。

庄平「はあ？」

聞えないのだ。

節子「今日も療養所へいらっしゃいますの？」

庄平「今日は大学病院です……あなたはまた迷子じゃないですか」

汽笛の音。

節子「はあ？」

聞えない。

節子「私、仏像の行方を探して歩いてるんですの」

汽笛の音。

庄平「えっ？　何です？」

節子「仏像を探して……」

汽車通る。汽車に遮られて、お互い相手が見えなくなる。汽車が通過してしまうと、節子、庄平の方を見て、驚く。庄平も船山もいつの間にか姿を消してしまっているのである。

節子の寂しい顔。汽笛の音。踏切ひらく。

一八　大学病院の階段。
庄平大股に登って行く。二段一越え。
看護婦降りて来る。
庄平「やあ、一昨日帰って来たよ」（と声を掛けながら登って行く）

一九　大学病院の図書室。
庄平はいって来て、図書棚から洋書を抜き出す。
書き物をしていた江藤医学士が庄平を見つける。
（江藤は万年筆を体温計のようにしきりに振る癖がある）
江藤「よう」
庄平「よう」
江藤「何時帰ったい？」
庄平「一昨日。いま大橋先生に会うて来た、これを読めといわれてね」
江藤（その本の背文字を見て）「こんな方面に興味を持ち出したの？（頁を繰りながら）虚弱児童の錬成、なるほどね、しかし君は耳鼻科だったんだろう？」
庄平「野戦病院じゃ耳鼻科も内科もないよ、八百屋だ、あらゆる科はやったね、やらなかったのは、えゝと、えゝと（考えて）……つまり、戦争は医学を進歩させるって訳だ」
江藤「医学も進歩させたが、君自身も進歩……というより、変ってしまったようだね」
庄平（顔を撫でて）「どこか変ったかね」
江藤「早い話が、昔の君は専門以外の虚弱児童の錬成なんて事は考えなかったからね、君は小説本ばかし読んでた」
庄平（いきなり早口に喋り出す）「いや、それだよ。医者の不養生っていうがね、僕は子供の頃からハシカ以外の病気をした事はない、強いてほかに病気だといえば、そゝっかしい位なもんだといふ訳で、つまり僕は健康に育って来た、それだけに弱い子供の事を考えると、痛々しくてならない……という事をマライで原住民の子供を診察している時、ふと感じたのでね、こりゃ一つ内地へ帰ったら、日本の虚弱児童のために大いにその錬成運動……というより、むしろ、その実際的……というか、つまり具体的にいって、道場とか錬成場とか療養所とか、いや、希望的にいえばこの三つを加味したあるものをだね、建設してやろうと、大橋先生にも相談したところ賛成して下すったのでね、実は今日これから直ちに大阪へ帰って府庁の厚生課へ行って……というのは、親爺がね……」

江藤、庄平の饒舌にすこしく閉口気味だ。

庄平「……財産を譲ってやるというので、そいつをこの事業に注ぎ込もうという訳でね、つまり、府庁へ行ってだね、健康地選定の問題やら、道場……つまり先刻言った三つを加味したあるもの、建築資材の事などをね、いろ〳〵相談してね、それから学務課長に会うて……この学務課長というのは親爺の友人なんでね、いや、友人といってもまだ若いんだよ、まだ四十代でなか〳〵話の判る人だよ、君なんだったら一度会って置いてもいゝよ、とっても愉快な人だからね……で、その人に会うてね、各国民学校へ……」

庄平、陶酔して喋り続けていると、看護婦が入って来る。

看護婦「江藤先生、お電話です」

江藤「有難う、今直ぐ……」

江藤、先刻からの書き物に区切りをつけるために、万年筆を取りあげ、それをしきりに振る。

江藤（庄平に）「君、一寸失敬！」

二〇　寄宿舎。

少年工達がゼスチャア遊びをしている。

少年工のA、鉛筆をしきりに振る。体温計のつもり。そして打診の真似をする。

少年工のB「お医者さん！」（と当てる）

少年工のC「当りました」

ざわめき。

少年工のD（新吉に）「君だよ」

新吉、うながされて起つ。

部屋の中を走り、新聞を投げ入れる真似をする。

少年工のE「新聞配達！」
少年工のC「当りました」
少年工達「うまい、うまい、そっくりだ！」
新吉、窓側に寄る。
雨が降っている。
カメラ、窓の外から新吉を見る。
新吉故郷を回想する。新吉の顔にダブって、次のシーンへ。

二一　町。（新吉の回想）
新吉が夕刊を配って走る。雨が降っている。
新吉、凹の露地の一方の入口から入る。そして、もう一つの入口から出て来たのは、もう新吉ではない。別の新聞配達の少年だ。（こゝから回想を離れて現実の町となる）
少年は標札屋へ夕刊を入れる。
それから、その隣りの矢野名曲堂の硝子扉へ夕刊を入れる。

二二　名曲堂。
鶴三が奥から銭湯行きの姿で出て来て、葉子に話しかける。葉子は店の間に置いた小鳥に餌をやっている。
鶴三「どうだ？　鳴いたか」
葉子「ちっとも鳴けへんわ、新坊行ってしもてから、鳴かんようになった」
鶴三「おかしいな。……あ、夕刊がはいった」
鶴三は新聞を拾って、表へ出て、新聞配達の少年の後ろ姿を見送る。標札屋の老人が店から鶴三に声を掛ける。
標札屋「新ぼん、今頃どないしとるかな」
鶴三「一生懸命働いとるに決っとる、新坊も今は少年工だ」
標札屋「お父つぁんのお前は棒鱈だが、息子はお国の役に立っとるわけや」
鶴三「おれが棒鱈なら、お前は鯡《ニシン》だ、どら風呂へでも行って来るかな」
鶴三、新聞を畳んで懐へ入れて、歩きかけ、鶴三「おや、やんだようだ」
傘を畳む。

二三　町の一角。

新聞配達の少年、町角を曲る。犬が吠えている。
庄平が、雨がやんでいるのに傘をさして歩いて来て、少年を摑まえて道を訊く。
庄平「君、三十二番地はどの辺?」
少年「さあ、知りまへん、僕はまだ新米やさかい」
少年行ってしまう。
町角から、初枝が勤労奉仕の女生徒を引率して（先頭になって）現れる。
庄平、相変らず傘をさしたまゝ、
庄平「一寸おたずねしますが」
初枝「はあ」
立ち停る。
生徒は初枝に構わず行進する。
庄平「三十二番地はどの辺でしょうか」
初枝「三十二番地?　さあ、たしかこの通りだと思いますが……（生徒に向って）停れ!」
初枝、生徒の方へ行く。庄平のこく随いて行く。
初枝「誰か三十二番地を知ってる方はありませんか、三十二番地」
生徒A「はい、三十二番地はこの通りです」
庄平「有難う（生徒Aに）矢野さんという家どこか知ってる?」
生徒A「さあ」（考える）
初枝「矢野さん?　矢野さんのお宅でしたら、この裏の通りに一軒ございますけど、でも、そこなら、たしか二十二番地だと思いますが」
庄平（あやしくなって手帳を見る）「え、と一寸待って下さい、あ、二十二番地でした、僕の間違いでした、二十二番地の矢野和子さんです」
初枝「矢野和子さん?　その方をお訪ねになるのですの?」
庄平「え、」
初枝「その方なら、去年お亡くなりになられましたが」

庄平「そんな筈はないです、げんに僕は……」

初枝（生徒に向って）「静かにして、静かに」

庄平「げんに僕は三月前にその方から慰問袋を戴いてるんです……兎に角行ってみましょう、有難う」

　行きかけて、引き返し、
庄平「……こっちですか」

初枝（微笑して）「いゝえ、こちらです、私達学校への帰り道ですから、御案内しますわ」

庄平「恐縮ですね」

初枝（生徒に向って）「前へ進め！」

　一同前進する。

　初枝、庄平が傘をさしているのを見て、くす〱笑う。生徒も同様。前方に、節子が地図を見ながら佇んでいる。雨に濡れて、何かしょんぼりした後ろ姿。

　一同は節子の傍を通り過ぎようとする。

　節子、庄平を見つける。

節子「軍医さん！」

庄平（歩きながら）「やあ」

　節子稍や寂しい顔で随いて行く。

庄平「また迷子になってるんじゃないですか」

節子「えゝ、二十二番地はどの辺でしょうか」

　庄平、初枝と顔を見合せる。

初枝「二十二番地の何というお家ですの」

節子「古道具屋さんなんですけれど、大雅堂という……」

初枝「あ、それなら……御案内しますわ」

節子「はあ、どうも……」

庄平（初枝に）「あなた方は傘は……？」

初枝「はあ、でも、もう雨はあがってますから」

庄平（済ました顔で）「あ、そうですか」

　庄平、傘を畳む。

生徒、笑う。

二四　矢野名曲堂の前。

初枝「こゝですわ」
庄平「どうも有難う（生徒Aに）有難う（節子に）じゃ、失敬します」

庄平、中へ入る。

二五　古道具屋の前。

節子「どうも、わざ〳〵有難うございました」
頭を下げる。

初枝「あら、い、え」
前進している最後列の生徒、何気なく振り向く。

二六　矢野名曲堂。

庄平が葉子と話している。

庄平「じゃ、やぱり和子様は……」

葉子「はあ、母は一番はじめの慰問袋送って直きに、死なはりましてん」

庄平「……そうでしたか、では僕のお礼の手紙が着いた時には……?」

葉子「もう、居たはれしめへんでした、そんで、直きにそのことお知らせしよ思たんですけど、戦地で働いてくれたはる人に、そんなこと知らせるのは縁起が悪いと、こない父が申しましたさかい、母が死んだことは内緒にして私が母の名で慰問袋送ってましてん、なんや嘘ついたみたいで、済んまへん」

庄平「とんでもない、かえって恐縮です、しかし僕は和子様とおっしゃるのはあなたのようにお若い方だと思っていました」

葉子「なんぜですの?」
ふと赧くなる。

葉子「あ、父が戻って来ましたわ」
鶴三、はいって来る。
庄平、起ち上る。

二七　古道具屋。

古道具屋の主人と、節子が話している。
主人は、かつて汽車の中で庄平に注射をして貰った男である。

主人「残念なことしやはりましたなァ、ほん一足違いだした」

節子「その仏像を買った方のお名前御存知ですの?」

主人「へえ、そらよく知ってます、なんしろ御得意様でっさかい、中瀬古はんいうて、高等学校の先生だす、ほん、今買うていかれたとこだす……いや、実はわたいも、そんな由緒ある品やと知りまへんし、それに、あの仏像もって汽車に乗ってましたら、えらい胃ケイレンを起しましてな、誰ぞはよ買うて持って行ってくれはったらとこない思てましたんや」

二八　名曲堂の奥座敷。

庄平が鶴三を診察している。

鶴三「どうです？　私の身体は？　まだまだ働けますか？」

庄平「大丈夫です、い、身体ですよ」

鶴三（微笑する）「なにしろ、十二の歳から四十五まで、船乗りをしてきたえて来た身体ですからね」

庄平「それがまたどうして……？」

鶴三「なァに気楽な商売をと考えたんですよ、陸へ上った時にね、コックの腕に覚えがあるんではやらぬ洋食屋をやったり、こんな柄にもないレコード屋をやったり……今にして想えば、もっと身体を責めて働かなきゃならなかったんですよ。こんな隠居みたいな商売してちゃ、あなた身体の肉と骨がバラ〳〵に離れてしまいますよ、隣の鮓親爺も私を棒鱈だといってますが、全くこれじゃ棒鱈です。で、私も今はいろ〳〵考えてるんです」

庄平「すこし胃拡張のようですな」

鶴三「へえ？　もう手遅れですか」

鶴三、がっかりする。

庄平「なに、大したことはありません」

鶴三「働く分にゃ……」

庄平「差し支えありません、こんど来る時、何か適当な薬をつくって来てあげましょう」

鶴三「どうも、初めて来て戴いたあなたに、身体をみて貰ったり、薬を戴いたり恐縮ですな」

庄平「これが商売です、じゃ今日は……」

庄平起ち上りかける。

葉子、現われて、

葉子「あら、もう帰りはりますの？」
寂しい顔。

二九　庄造の書斎。

節子と庄造が向い合っている。
庄造の机の上に、小さな仏像が一つふえている。
節子「お忙しくございません？」
庄造「忙しいです。で、私はどの客にも五分間しか会わない主義になってるんで……用件を伺いましょう」
節子「その仏像を譲って頂きたいのですが……」
庄造「ほしい理由を説明して貰いましょう、なるべく簡単に、一分間位で……どうです？　女の方はとかく饒舌だからね、もっとも、わたしの息子は男だが、仕事の事で喋り出すと一人で二時間位演説しますがね」
節子「じゃ、簡単に申上げますわ、その仏像は私の家に先祖代々伝《つたわ》っていた物ですが、父がハワイへ渡る時、奈良の骨董屋へ売ってしまいました、父は昨年なくなりましたが、その時の私への遺言に、ハワイへ来てから、始めて先祖代々の品を売払った事を後悔した、お前が日本へ帰ったら、買い戻して、しかるべき寺へ納めてくれ……」
庄造「仏くさいうがった話ですな」
節子「で、私はこの間交換船で帰ってから、奈良、京都、大阪と、転々と移っているその仏像のあとを追うて来たんですの」
庄造「そして、本日ここで遂にめぐりあったという訳ですか」
節子「えゝ」
庄造（仏像を手にして）「実にいゝものだがなァ、しかしそういう訳だとすると、カイザルのものはカイザルに返さゞるを得ないですな」
節子「じゃ、譲っていただけます？」
庄造「うん、近頃譲る事に馴れているんでね、近く財産を譲る事になっています」
庄平、はいって来る。
庄造（庄平を指して）「……この男にね」

庄平「お客様ですか」
　節子、振り向く。
節子「あら」
　起ち上る。
庄平「やあ（と簡単に挨拶して、庄造に）お父さん、万年筆落ちてませんでしたか」
庄造「はてね」
庄平（節子に）「いらしてたんですか、どうも失敬しました」
節子「い、え、お邪魔してます」
庄平「こ、でお眼に掛るとは思いませんでした、偶然って奴は続き出すと、きりがないんですね」
節子「え、、でも、なんだか、古風な言い方をしますと、仏像に導かれているような気持が致しますわ」
庄平「仏像って何ですか？」（と、節子の気持に水をさすような質問を無意識にする）
庄造「……二人とも、掛けたらどうですか」
　二人、掛ける。

庄造「坐った序でに、胸のポケットを見たらどうだね、庄平」
庄平（言われた通りにする）「ああ、ありました」
　（万年筆を抜き取る）
　庄平、手帳に何か書きつける。
庄造「忙しそうだね」
庄平「え、、色々ね、会わなきゃならない人が多いので、忘れぬように書きとめて置かなくっちゃ」
庄造「その中には、偶然会う人もあろうし、成程忙しいらしいが。判ってるね、あと三日だよ」
庄平「何がですか」
庄造「見合いだよ」
庄平「はあ、あ、」（曖昧な返辞）
節子（はっとするが、やがて庄造に）「あのゥ、失礼ですが、その仏像いか程でお求めに……」
庄造「あ、、代金ですか、いや、それは戴けません、進呈します」
節子「でも、それではあんまり……」
庄造「戴いても、皆この男の物になるんでね……それに失礼だが、あなたはお父様はおられないようだし、ハワイから帰って一人ぽっちで居られると、やはりあれだしね、ま、お金は持ってらっしゃい」

三〇　国民学校の教室。

初枝が女生徒に地理を教えている。

黒板に近畿地方の地図が描かれていて、京都、奈良、大阪、神戸の位置をはっきり示している。

初枝「近畿地方には四つの大きな都会があります、知ってる方は手をあげて」

女の子手をあげる「ハイ、ハイ」

初枝「青木さん」

青木（起って）「大阪、神戸、京都、奈良です」

初枝「はい、よろしい。それぐ府庁、県庁の所在地ですね」

「エイ、オウ」「エイ、オウ」という掛声が窓から入って来る。校庭で薙刀の稽古をしているのである。

初枝「この四つの都会のうち、大阪、神戸は日本の生産力の中心地で……」

三一　校庭。

清子が高等科の女の子に薙刀の基本動作を教えている。

「エイ！」

「オウ！」

「エイ！」

「オウ！」

やがて、授業の終った事を知らせる鈴が鳴る。

清子「やめエ！　礼！」

一同礼をする。（これは薙刀の作法だ）

清子「大体よろしいが、運動会は明後日ですから、明日もう一度練習をすることにします。よく覚えるように。解散！」

級長が号令をかける。

級長「気をつけ！　礼！」

清子、子供達と別れて、校庭を横切り小使室の前迄来る。

三二　小使室。

窓から、蜂谷十吉がぬっと顔を出して、清子を招く。十吉何故か髭を落している。

清子、渋々小使室の中にはいる。

十吉、いそ〳〵としてポケットから新聞を取出す。

十吉「尾形さん、あんたは南方へ日本語を教えに行くんですか？」

清子「えッ？」

狼狽する。

十吉「その銓衡試験を受けたんでしょう？」

清子、益々狼狽する。

十吉、清子に新聞を渡す。

十吉「合格者の名前が出ていますよ」

清子、新聞を見る。

十吉「あなたの名前、出ているでしょう？」

清子「えゝ」

少し興奮している。

十吉「あんたに早く見せてあげようと思って、夕刊の第一版をゲラ刷の儘持って来たんだ、僕はこの間からあんたが試験をうけたんじゃないかという気がしてたもんだから、一ぺんそれをきこう、きこうと思ってたんだが（清子、黙って新聞を折る）……どうして僕に相談してくれなかったんです？　あんたは一人ぼっちじゃないか」

清子「いち〳〵あなたに相談しなきゃ、いけませんの？」

十吉（狼狽して）「いや、そ、そんな義務はあんたにはない、僕にもまた悲しいかな、相談しろという権利もない、然し僕もかつては報道班員として南方に居った人間だ、あんたが南方へ日本語を教えに行こうというのなら、僕も及ばずながら……もっとも僕はたよりない影の薄い男らしいが」

清子「いゝえ、私はたれの力も借りたくなかったの。私はたゞ兄の戦死した土地で働きたい一心なの。兄の一周忌も、もう明後日ですわ」（眼がうるむ）

十吉、眼をぎょろ〳〵させている。

初枝が授業を終って、通り掛り、はいって来る。

初枝「あら、蜂谷さん、お髭お剃りになったの?」
十吉「え丶、まあね、おかしいでしょう?」
初枝「尾形さん、どうかなすったの? また喧嘩?」
清子「い丶え、なんでもないの(十吉に)この間の傘お返しするわ」
十吉「いや、持っていた方が無難ですよ……髭を剃ってみた処で、たいした事ありませんよ、失敬!」
出て行く。

三三　町。
十吉、歌をうたいながら歩いて行く。福島少佐シベリヤ行の歌。
十吉「一日、二日は晴れたれど、三日、四日、五日は雨に風」
向うから、夜店出しが荷車を引っ張って来て、十吉が「雨に風」と歌ったとたん吃驚して引返す。
名曲堂の表まで来ると、葉子が表に立っていて、話しかける。
葉子「なんぜ戻って来やはったん?」
夜店出し「新聞記者のあの蜂谷さんにばったり会うたんや、あの人の顔見るときっと雨やさかいな」
葉子「えらい人に会わはってんなア」
夜店出し(小鳥籠が店の軒につるしてあるのを見て)「どないや、鳴いたか?」
葉子「鳴けへんわ。ここへつるしたら鳴くやろ思たけどあかんわ」
籠をもって店の中へはいる。

三四　名曲堂。
表に雨が降っている。
十吉がはいっている。十吉、棚を指す。
十吉「葉子ちゃん、そこにショパンの『二十四の前奏曲』があるだろう?」
葉子「え丶、あるわ」
十吉「その中の『雨だれ』というのを掛けてみてくれ、たしか十六番だ」
鶴三「『雨だれ』なら、十八番だ、蜂谷さんの、だって、雨の音楽だろう?」

三人、笑う。
その楽しそうな、内部の雰囲気を、硝子扉の外から、覗いている少年がいる。
雨に打たれて――新吉だ、中へはいりかねている。
(扉がしまっているので、中の音楽や笑い声は聞えない)
中では『雨だれ』が鳴っている。その雨滴の如く、ポトリ〳〵落ちて来るリズム。
硝子扉に雫が伝っている。その扉に新吉の瞳を凝らした白い顔が吸いついているが、誰も気づかない。
十吉「巷に雨の降る如く、わが心にも雨が降る……か、こういう詩知っているかい、葉子ちゃん」
葉子「うちはハイカラな文句は何にも知らん」
鶴三「うちは流行歌は扱わない事になってますんでね」
葉子「蜂谷さんの文句、みんな雨のことばっかし」
十吉「自分でも情けないと思うよ。畜生！　処で、僕が南方へ行ってしまったら、寂しがってくれる人がいるかな」
葉子「喜ぶ人もいるわ」
十吉「誰だ、そいつは」
葉子「夜店出しのおっちゃん」
この時、店の間の小鳥が突如鳴声を立てる。
葉子「あら、鳥が鳴いたわ」
十吉「鳴きたい奴は鳴かしとけ」
葉子（新吉を見つけて）「あら、新ちゃん！」
鶴三（も見て）「新坊じゃないか」
途端に、新吉が飛び込んで来る。
鶴三（レコードを止めて）「どうしたんだ今頃！」
新吉「…………」
おど〳〵している。
鶴三「なぜ帰って来たんだ」
葉子、はら〳〵している。
鶴三「仕事がいやで帰って来たのか」
新吉「うゝん、仕事は面白い」
鶴三「寄宿舎がいやなのか」
新吉「うゝん、寄宿舎かて面白い」

鶴三「じゃ、なぜ帰った？　言ってみろ」
新吉「………」
鶴三「言ってみろ」
新吉（思い切って）「昨夜、雨が降ったやろ？」
十吉、眼をキョロ〳〵させる。
十吉「降った」
変な顔をする。
新吉「寄宿舎で、雨がポト〳〵降ってるのん見てたら、家が恋しなったんや、お父っちゃんの傍で寝たいなァ思たんや」
小鳥、鳴く。
葉子「そんで、帰って来たの？」
新吉「うん」
鶴三「たれにも断らずに、汽車に乗ったのか？」
新吉、渋々頷く。
鶴三「莫迦ッ！」
始めて本気で怒った声を出す。
十吉「新坊の気持は判るんだが、然し……」
鶴三（十吉の言葉をうけて）「一日休めば一日増産が遅れる、お前が一日工場を休んだら、それだけ飛行機の増産が遅れるんだ、それ位の事は、お前が配ってた新聞にも書いてあったから知ってるだろう」
十吉「僕もそのことは何度も書いてたぞ、新坊！」
新吉、悄然としている。
鶴三「直ぐ工場へ帰れ！　お父っちゃんが名古屋まで送ってやる（十吉に）蜂谷さん済みませんがあんた、急行券二枚……」
十吉「よし来た、名古屋までだな、駅で待ってるよ」
十吉、身軽に飛出して行く。
葉子（鶴三に）「せめて、晩ご飯たべて行ったら……？　もう出来てるんやけど」
鶴三「じゃ、そいつを弁当に詰めてくれ、汽車の中で食う」

三五　汽車の中。
鶴三と新吉が向い合って、弁当を食べている。
鶴三「しっかり働いて、今日休んだ分を取り戻すんだぞ、判ったか」

新吉（飯を頬張りながら）「うん、判った」

　汽車が停る。

新吉「あ、汽車が停った」

　窓をあける、米原の駅である。

新吉「米原は何県やろ?」

　言いながら、窓から顔を出す。

　向うにも夜汽車が停っている。（食堂車のしみ〴〵とした灯）

駅員の声（マイクを通した夜更けらしい声）「米原ァ！　米原ァ！　二十二時五十八分発二三等急行神戸行き！」

三六　神戸のある工場。

　応接室。

　窓の外の中庭では、産業戦士が昼の休憩時間らしく、嬉々としてバレーボールをしている。

庄平「大丈夫だ、いゝ身体になったね、これならどんな無理な夜業でも、大丈夫やっていける」

船山「はッ、有難うございます、わざ〳〵神戸迄来て頂いて」

庄平「昼の休みで、丁度よかった、じゃ元気にやり給え」

　庄平、起ち上る。

船山「もうお帰《い》にやすか」

　船山、扉をあける。

　庄平廊下へ出る。廊下から中庭へ出る。

三七　中庭。

　庄平が歩いて行く。

　節子が作業服を来て、向うから来る。

節子「あらッ！」

　庄平、辻節子だと気づくまで、相当時間が掛る。

　やがて――

庄平「やあ、あなたでしたか」

節子「またお眼に掛りましたわね」

庄平「しかし、今日は驚きましたね、勤労奉仕ですか」

節子「い丶え、ずっとこの工場で働くことにしましたの、仏像をお寺に納めて肩の荷が降りましたので、昨日まで東亜ホテルにいましたが、今日からこ丶の寄宿舎へ移りましたの」
庄平「そうですか、親爺も聞いたら感激するでしょう。あのお嬢さん、一人ぽっちでどうするんだろうって言ってましたから」
節子「お父様にあの仏像のお代をまだお渡ししてないんですけど……」
庄平「いや、い丶ですよ、親爺は譲ることは好きらしいですから」

三八　中庭の芝生。
庄平と節子腰を下している。

庄平「……戦地にいて、一番辛かったのは、野戦病院で昔の友人に会うた時です、友人はその日死にました、遺家族は妹さん一人きりです、あなたも一人ぽっちですが、その妹さんもあなたのように強く生きて下すったら、い丶んですがね、明日は友人の命日なので、是非妹さんを訪ねる積りですが、その人の元気な姿を見届けない内は見合いする気になれないんです。……というのは、僕は一生に一遍しか見合いしない主義でしてね、見合いした以上、必ずその人と結婚すると決めてるんです」

バレーのボールが飛んで来る。庄平拾って投げてやる。

庄平「変な主義ですが、つまり見合いした相手の心を傷つけたくない……」

この時、作業開始のベルが鳴る。

節子元気よく起ち上る。

節子「私、お話伺って、もう何も考えずに働けるような気がしますわ、元気に働きますわ、失礼します、仕事が始まりますから」

節子、頭を下げて去る。

三九　国民学校の校庭。
運動会の当日である。

拡声機から音楽が流れている。

それに合せて、女の子達の体操がやがて拍手裡に終る。

拡声機の声「二年女子の団体体操は終りました、次は……」

放送しているのは、小谷初枝だ。

校庭の隅のマイクのかげで、放送しているのである。

初枝「……次は、飛び入りマラソン競争であります、来賓の有志、青年学校、在郷軍人会、壮年団の有志の方は特にふるって御参加願います」

放送の途中で、庄平が、のそっと入って来て、一般観覧席で、きょろ〳〵している。誰かを探しているらしい。

運動会の係の先生がメガホンで、叫び廻る。

係の先生のA「ふるって御出場願います、選手の人員が不足していますから」

そして、庄平を見て、
係の先生のA「あなた一つ出てくれませんか」

庄平（驚いて）「いや、僕は人を訪ねて来たんで……」

係の先生のA「男らしく出て下さい、躊躇なさるほどの……尻込みなさるのは卑怯ですよ」

庄平（決然として）「僕は何事にも躊躇しません」

前へ出る。

係の先生のA「出てくれますか、有難う」

係の先生、庄平を出発点へ連れて行く。

出発線では七人の選手が待機している。

それ〴〵巻脚絆をつけている。

庄平（係の先生に）「済みませんが、脚絆を貸してくれませんか」

係の先生のA「よござんす」

早速、巻脚絆を持って来る。その間に、庄平は上衣を脱いでいる。

庄平「有難う」

巻脚絆を受け取って、素早く器用に巻きはじめる。

係の先生のB「こゝから高津神社まで、往復です」

庄平（うっかりと）「何秒で走れます？」

係の先生のB「何秒ってマラソンはありませんよ、

半時間で行けたら早い方です」

八人の選手は出発線へ並ぶ。

七人の者は、見知らぬ顔の庄平の飛び入りに、何かおそれを成しているようである。

係の先生のＢ「用意！」

笛を鳴らさぬ前に飛び出す者がある。

係の先生のＢ「もとへ！　もとへ！」

しきりに笛を鳴らす。

係の先生のＢ「慎重にスタートして下さい。用意！」

笛を鳴らす。

うまくスタートする。しかし、庄平は殿《しんが》りより、のろ〳〵とスタートして走り出す。まず、運動場を一周する。

庄平は、如何にも運動神経の無さそうな、しかし、どこか戦場できたえた図太さをもった走り方である。

初枝、庄平を見て「あら」と思う。

シルクハットを被った来賓が、しきりに頭を左右へ動かす。


その後の者は、見えにくいので迷惑する。

八人の選手は校門を出て行く。

拍手の音。

四〇　口縄坂。

選手が坂を登って行く。庄平、殿り。

四一　町。

選手、名曲堂の前を通過する。

葉子、それを見に表へ出て来る。硝子扉を開けたとたんに、中のレコードの音がちらりと聞える。

第八交響楽のフィナーレ。

庄平、走って通り掛る。殿り。

葉子「あら」

庄平（立ち停って）「やあ、先日どうも……お父さんは？」

葉子「裏の休閑地にいますの、呼んで来ましょうか」

庄平「いや、遅れるといけませんから、後でまた」

庄平、走り出す。前の者と大分はなれている。

自転車に乗った係の先生Bが庄平の傍を通る。

係の先生のB「あなたがビリですよ、頑張って詰めて下さい」

庄平、頷いて自転車を追う。

四二　高津神社の表門の道。

選手が走って境内の方へ進む。先頭の者はフラくになっている。脚絆のとけた者がある。

庄平、その選手を抜く。

四三　寺町。

庄平、第三位になって走っている。

その傍を自転車に乗った係の先生Bが通過。

四四　国民学校の校庭。

初枝が放送する。

初枝「マラソン競争の選手が帰って参りました」

拍手。

シルクハットの来賓、椅子から乗り出して見る。

庄平先頭になって校門をはいる。

初枝、緊張して見る。

庄平、決勝点へ入る。

庄平、(1)と書いた旗竿を持たせられる。

係の先生のA「お名前は……?」

庄平（うっかりと）「二十九歳です」

係の先生のA「いや、お歳じゃなく、お名前を伺ってるんですが」

庄平「あ、そうですか、え丶と、中瀬古庄平です（係の先生のメモを覗きこんで）庄屋の庄に、平《たいら》の平です」

係の先生のA、筆記したメモを持って、初枝の処へ持って行く。

初枝（放送する）「只今のマラソン競争の成績を申し上げます。一着、中瀬古庄平さん！　あッ」

初枝、驚いてメモを見直す。

初枝「一着！　中瀬古庄平さん！」

放送しながら、庄平の方を見る。

庄平は、賞品を貰って、出発線の方へ行く。

拡声機の声（初枝の声、ふるえている）「次は、女子青年団の団体行進であります」

初枝、放送しながら、庄平の方へ視線を離さない。

庄平は、初枝の方から遠くはなれた出発線の処で、上衣を着ている。清子が飛んで行って、庄平に挨拶しているのを初枝は見る。シルクハットの来賓、女子青年団の行進を乗り出して見る。頭を右左へ振るので後の者迷惑する。

カメラ、庄平と清子に近づく。

庄平「そうでしたか、あなたが尾形君の妹でしたか、実は僕も先刻からあなたを探していたんです、今日は何も走るつもりで来たんじゃないんですがあなたをお訪ねして来た処、偶然運動会だったもんで」

苦笑する。

清子（微笑して）「拡声機で、一等になられた方が、中瀬古さんだと伺ったものですから、すぐ飛んで参りましたの、おやっと思って」

団体行進が二人の傍を通る。

二人は、道を開ける。

初枝、じっと二人の方を見ている。

四五　教室の廊下。

庄平と清子が立ち話している。

窓から、団体行進が見える。

庄平「野戦病院へ送られて来た顔を見て、おやっと思いました、見た事のある顔だなァと思ってよく見ると、それが尾形伍長……つまり、あなたの兄さんだったのです、僕は夜通し看護しましたが、明け方には到頭……立派な最期でした」

清子（涙をこらえて）「兄も中学時代のお友達の軍医さんに看護して戴いて……さぞかし……」

庄平「しかし、あなたがこんなに元気に、強く生々としていらっしゃるのは、意外でした、いや、僕も安心しました、僕は今日尾形君の命日にこうしてお眼に掛るまでは、実はあなたのことが心配で心配でならなかったのです。しかし、もう安心です。尾形君もきっと何処かであなたを見て安心しているでしょう」

庄平の話の途中で、拡声機の声が聞える。

拡声機の声「女子青年団の行進は終りました、次は女子職員の百米《メートル》徒歩競争であります、出場の先生はすぐ御用意下さい」

清子、キッと顔を上げる。

清子「私、一寸失礼します」

庄平「はあ……?」

清子（微笑した明るい表情で）「百米、走って参ります」

清子、廊下を駈け出す。

四六　清子の駈け出す姿をとらえたカメラは、次の瞬間にはもう、同僚の先頭を切って走っている清子の颯爽とした姿をとらえている。

庄平、廊下を出て、見ている。

その庄平を、初枝がそわそわと見ている。

清子、決勝点へ入る。

初枝、放送する。

初枝「只今の女子職員の競争の成績を申し上げます、一着、尾形清子先生！」

放送する初枝の顔へ、雨が降って来る。

テントの外へ、シルクハットの頭を出していた来賓の頭上へも、雨が降る。

来賓慌てゝ、頭をひっこめて、シルクハットを取る。頭が禿ている。

観覧席、雨で動揺する。

その中に、蜂谷十吉が、まるで当然の如くまじっているのが、不気味だ。（雨男の真髄はこゝに至って完全に発揮されたのである）

初枝、放送する。雨。

初枝「次は女子高等科二年生の薙刀体操であります」

放送しながら、さきに庄平の立っていた処を見る。しかし、庄平は、もういない。

初枝、失望する。

四七　**矢野名曲堂。**

葉子、独りでラロの『スペイン交響曲』を聞いて、物想いに耽っている。その音がかすかに裏の休閑地へ聞えている。
その裏の休閑地を、鶴三が耕している。
その横で、夜店出しも一緒に耕している。
鶴三、耕し終って、夜店出しへ声を掛ける。
鶴三「どうやら雨が上ったようだ、今夜は商売が出来ますな」
夜店出し「天気を相手の商売ちゅうやつもつくづくいやになった。雨が降っても槍が降ってもという商売に転業しよ思てまんねん」
鶴三「レコード屋はやりなさんなよ。人間は身体を責めて働かなきゃ嘘だからね」
言いながら家の中へはいり、やがて店へ出て来る。
葉子、父親がはいって来たので、慌て、レコードをとめる。
鶴三「お前ひとりか、中瀬古さんは……?」
葉子「まだ来やはれへんわ」
鶴三「中瀬古さんの診立て通り、おれの身体はまだ働けるぞ」

葉子「中瀬古さん、遅いなア、まだ走ったはんのやろか」
この時、庄平入って来る。巻脚絆姿。葉子そわそわする。
鶴三「やあ、待ってました、マラソンは……?」
庄平、賞品を出して、
庄平「これ、貰いました」
葉子「あら、一等……」
庄平「あなたにあげますよ、それ」
葉子「おおけに」
庄平（ポケットから薬を出して、鶴三に渡す）「あなたにはこれ、約束の薬です。気休めに服んでみて下さい」
鶴三「こりゃ、どうも」（押し戴く）
庄平「あ、しまった」
鶴三「どうかしましたか」
庄平（デス・マスクを指して）「南方土産の面を持って来てあげようと思って、うっかり忘れていた、明日持って来てあげましょう」

葉子「明日も来てくれはりますの」(嬉しそう)
鶴三「葉子、お茶をいれて来な」
　葉子、去る。蜂谷十吉のそっと入って来る。
鶴三「おや、いらっしゃい」
　庄平、十吉の方を見て、そのま、視線を動かさない。
庄平「蜂谷君じゃないか」
十吉「じゃ、やっぱし中瀬古君か」
庄平「うん、イノシシだよ」
十吉「あわて者の」
鶴三「お知り合いでしたか」
庄平「中学時代一緒だったんですよ、もう十年も会わぬが、面影はあるね」
十吉「実は、先刻君を見たんだよ、学校で」
庄平「マラソンをやってる処を」
十吉「うん」
庄平「どうして声を……?」
十吉「……掛けようと思ったんだが、雨が降ったドサクサまぎれに、見えなくなったんだよ、その前に、君は尾形君の妹さんと話していたろう?」
庄平「うん」
十吉「その時、傍へ行こうと思ったんだが、なんだか悪いように思ったから」
庄平「悪い事があるもんか、へんな奴だなア、尾形君なら君もよく知ってたんじゃないか」
十吉「うん、そりゃ知ってたけど……君はあの妹さんと親しいの?」
庄平「会うのは今日はじめてだ」
十吉「……」
庄平「君はまだ一人……?」
十吉「誰が僕の所へ来てくれるもんか。君は……?」
庄平「勿論一人だ、もっとも明日見合いする事にはなってるがね」
　葉子が茶を持って来て、聞いている。
十吉(何となく釈然として、生々とした声になる)「そうかい、で、誰だい相手は……?」
庄平「誰だか知らん、もっとも名前だけは判ってるが……小谷初枝……」

十吉「小谷初枝、聞いたような名だが……名前の感じは、清楚だな」
庄平（呟くように）「妻を娶らば才たけてか」
十吉（うたう）「みめうるわしく情ある……」
　葉子、寂しい。
庄平、十吉（合唱する）「友を選らばば書を読みて、六分の俠気四分の熱……」
　壁のベエトオヴェンのデス・マスクは歌わない。

四八　道。
　夕陽丘の例の寂しい道を、初枝と清子が歩いている。雨上りの感じ。
初枝「南方へいらっしゃる日は決まりまして……？」
清子「間もなく、発令があると思うんだけど……初枝さんのお見合い、明日でしょう？」
初枝「あら、どうして御存知？」
清子「副校長先生に伺ったの……どんな方でしょう、きっと良い方だと思うわ。あなたもその方を気に入るわよ」
初枝「そうかしら」
清子「自信がないのね。当て、見ましょうか、その方……軍人さん？」
初枝「あら」
清子「当った？　……中尉さんじゃない？」
初枝「まあ」
清子「また当った？」
初枝「千里眼みたい」
清子「じゃ、もう一つ言うわ、もう当らないと思うけど……軍医さん？」
初枝「あっ」（驚く）
清子「あら、当った？」
　清子、ふと考えこむ。
　その寂しい横顔、くずれた塀に「へのへのもへの」その横に「ベイエイゲキメツ」と書いてある。
初枝「どうして、こんなにピッタリ当るのかしら？」
清子（狼狽して）「い、え、出任せに言ってみただけよ、偶然よ」
初枝「そうね、偶然ってあるものね、私が今日その軍医さんを見たというのもやっぱり偶然だったのだわ」

清子「あら、何処で……？　学校で……？　あ、じゃ、その方……」

清子、ショックをうける。

初枝「あら、どうかなさったの？」

二人暫らく無言。

この時、子供達が向うから来て、挨拶する。

子供達「先生、さよなら……」

清子、初枝「はい、さよなら」

瞬間、二人の顔は明るさを取り戻す。

清子「あなたならきっとあの方の気に入るわ。自信を持つのよ」

四九　庄平の部屋。

南方土産の面が壁に。庄平と十吉がいる。庄平滔々と喋っている。江藤に喋ったのと同じ表現である。

庄平「……医者の不養生っていうがね、僕は子供の頃からハシカ以外の病気をした事はない、強いて他に病気だといえば、そ、っかしい位なもんだ、という訳で、つまり僕は健康に育って来た、それだけに弱い子供の事を考えると痛々しくてならない……という事を、マライで原住民の子供を診察している時、ふと感じたのでね、こりゃ一つ内地へ帰ったら、日本の虚弱児童のために大いにその錬成運動……というより、寧ろその実際的……というかつまり……」

十吉、紙を出してノートしかける。

庄平「君、新聞に書いちゃだめだよ、書かないね、そうか、よし、つまり具体的にいって道場とか錬成場とか療養所とか、いや希望的にいえば、この三つを加味したあるものをだね、建設すべく、今計画してるんだが、もう大体目鼻がついてるんだ……」

母親のお寿がお茶をもってはいって来たので、中断される。

お寿（十吉に）「いらっしゃい」

十吉「はあ、お邪魔しています」

お寿（庄平に）「おや、いつまで脚絆をしてるんです」

庄平（足を見て）「あ、しまった、運動会で先生に借りて、返すのを忘れていた」

五〇　矢野名曲堂。

客はいない。

葉子「中瀬古さんは見合いしやはんのね」

鶴三「男も年頃になれば見合いもするさ……」

葉子「うちかテ、見合いしようかしら？」

鶴三「莫迦！　相手もないのに見合いが出来るか？」

葉子、唇をかむ。

眼がうるむ。

突然、小鳥が鳴く。

うるんだ視線に硝子扉がうつる。

その向うに、雨に濡れた顔、新吉だ。

葉子「まあ、新ちゃん！」

雨の軒下に佇む新吉のおろ〳〵した姿。

葉子が扉の向うまで来る。

五一　名曲堂の奥座敷。

鶴三の前に新吉が項垂れている。

その横に、葉子が固唾をのんでいる。

鶴三（呟くように）「そんなにお父っちゃんや姉ちゃんの傍が恋しいのか？」

新吉（すゝり泣いて）「うん」

鶴三、暫らく考え込む。

壁に小鳥の籠と並んで模型飛行機がぶら下っている。

鶴三、ちらと見る。

鶴三「そんなにお父っちゃんや姉ちゃんの傍にいたいんなら、お父っちゃんや姉ちゃんがお前の傍に行こう」

新吉、顔を上げる。

鶴三「お前の工場へ一緒に行こう、一緒に働こう！それが一番いゝ方法だ」

新吉「ほんまか、お父っちゃん」（喜ぶ）

鶴三「葉子、お前も行くんだ、一緒に名古屋へ行っ

て一家総掛りで働こう……善は急げだ、明日発と
う」
葉子「明日？　明日は中瀬古さんが来やはるんやけ
ど……」
鶴三「中瀬古さんのことは諦めな」
葉子、はっとする。
鶴三（立って雨戸を閉めに行き）「人間は身体を責め
て働かなきゃ嘘だ！」
葉子も立って手伝いに行く。
夜店出しが荷車をひいて帰って来るのが窓から見
える。

五二　露地。

夜店出しが荷車をひいてはいって行く。
共同水道端の水道の水滴がポトリ〳〵落ちて、残
置灯の鈍い光に照らされているのが、にわかに夜
の更けた感じだ。

五三　国民学校の教員室。

初枝が、答案の採点をしながら、窓から昨日の運
動会の名残りを見て物想いに耽っている。
庄平、扉をあけてぬっと顔を出す。
庄平「木下先生とおっしゃる方はいらっしゃいませ
んか」
初枝「あら」（驚く）
庄平「やあ、この間はどうもわざ〳〵案内して頂い
て……」
初枝「あら、い、え……あの、今日は日曜でどなた
もいらっしゃらないのでございますが」
庄平「日曜？　こりゃうっかりしていましたなァ」
（げっそりする）
初枝「木下先生に何か……？」
庄平「昨日こちらの先生に巻脚絆をお借りして、返
すのを忘れて帰ったんですが……」
初枝、微笑する。
窓の下を清子が歩いて行く。ふと、教員室の中の
二人を見て、おやっと思う。
然し、その儘静かに行ってしまう。

その何事もなかったような歩き方。
庄平「あとで見たら、木下という名がはいっていましたので、木下先生とおっしゃる方のではないかと思って、今日持参したのですが」
初枝「私お預りしてお渡しして置きましょうか」
庄平「恐縮ですな（渡して）失敬します」
いきなり出て行く。
初枝、失望する。

五四　廊下。
庄平、ふと廊下の壁の黒板に、

「日曜日、日直当番、小谷初枝訓導」と書いてあるのを見て、おやっと思い、引きかえす。

五五　教員室。
庄平、再びはいって来る。
庄平「失礼ですが、あなたが小谷初枝さんですか」
初枝「はあ」
庄平「実は僕は……失敬します」
出て行く。
あまい気持が初枝に残る。
庄平から渡された脚絆の紐に無意識に触っている。
パラリと解ける。その端を見た途端、初枝、笑いだす。
初枝「まあ……」
如何にもおかしそうである。
小使が窓の外を通っている。

五六　口縄坂。
誰もいない。
寂しい白昼の坂である。
やがて、清子が登って行く。
あとより慌て、登って行くのは、蜂谷十吉である。
十吉「尾形さん、尾形さん」
清子、ふりむく。
十吉、追いつく。
坂の途中である。坂の上では子供達の胴乗り遊び。
十吉「今日はあんたに別れを告げに来た」

清子「え?」

十吉「僕はあんたより一足先きに南方へ行く事になった、報道班員だ。あんたに会いたいために南方へ行くと思われても構わぬ、事実そんな気持がないでもない、然し行けば大いに働くつもりだ、あんたに会えなくても構わぬと思っている」

清子「…………」

じっと十吉を見つめる。

十吉「南方で僕に会うてもし雨が降っても、もう僕のせいじゃない、南方じゃ毎日雨が降る、スコールという奴だ、もう僕は雨男じゃない、今日は絶対に雨は降らせませんよ」

そう言い捨てゝ、また坂を降りて行く。

清子(思わず)「あ、蜂谷さん!」

呼びとめる。十吉ふりむく。

清子「向うで会いましょうね」

十吉、眼を光らせる。感激しているのだ。

清子、坂を登って行く。坂の上には胴乗り遊び。

そして、その露地の向うの通りを、荷物をもった鶴三、葉子、新吉の三人が通るのが、ほのかに見える。

五七　矢野名曲堂の表。

戸締りがしてある。

「時局に鑑み廃業、一家を挙げて産業戦士に転向仕候」

と書いた貼紙がしてある。

その前に庄平が佇んでいる。

音楽が聞えている。然し、それは近くのラジオ屋から聞えているラジオの音楽である。

五八　汽車の中。

鶴三、葉子、新吉の三人。

汽車、停る。

三人の座席にいた男が降りて行く。

ずっと向うに立っていた男が、飛んで来て、

「こ、空いてまっか」

と、きく。

鶴三「どうぞ」
　言って、顔を見る。
鶴三「よう」
　夜店出しである。
夜店出し「なんや、あんたか」
葉子「おっちゃんも乗ったはったの」
夜店出し「大阪からずっと立ち通しやったんや。ここにいるとは気がつかんかったな」
鶴三「で、どこへ……？」
夜店出し「名古屋までや」
鶴三「誰か名古屋の親戚でも死んだのかね」
夜店出し「阿呆らしい、働きに行くんや、名古屋の工場へ」
鶴三「へえ？　いつ決心した？」
夜店出し「昨夜決心したんや。善は急げ思て誰にも挨拶せんと来たんや」
鶴三「こりゃ良い道連れが出来た。……我我も善は急げの方でな」
夜店出し「そんならチョボチョボやな」
新吉「ほな、おっさんもう夜店出せへんのんか」
夜店出し「今どき夜店出してぼやぼやしてられるかいな」
葉子「もう雨の心配なくなったな」
　四人朗らかに笑う。

五九　神戸の工場の芝生。
　節子がかつて庄平と並んで腰かけた芝生に腰かけて考えこんでいる。バレーのボールが飛んで来る。
　節子それを拾って投げる。とたんに作業開始のベル。

六〇　作業室。
　節子が真剣に働いている風景。

六一　中瀬古家の一室。
　母親のお寿が、庄平に写真を渡す。
お寿「これですよ、こんなもの見る趣味はないと、お言いだった癖に……」
庄平「いや、一寸見て置きたいんで」

写真を見る。初枝の写真だ。
庄平、微笑する。
庄平「やっぱし、この人だ……お父さんはもう帰れましたか」
そわ〳〵している。
お寿「今日は日曜だし、お見合いだし一日おうちですよ」
庄平「なんだ」

六二　**庄造の書斎。**
庄平が滔々と話しこんでいる。
相手は勿論、庄造だ。
庄平「……で、あとはもう敷地だけの問題です、どこか健康地を見つけて、錬成場を作り、こゝへ虚弱児童を収容する訳です、何といっても重要なのは少国民即ち学童の健康問題です、現在の日本の学童の総てが健康であるとすれば、もう次の時代の日本は安心です、医者の不養生といいますが、僕はおかげで子供の頃からハシカ以外の病気は……」
庄造（遮って）「判った、お前の計画は今朝の新聞で読んだ、帰還軍人が虚弱児童の錬成に乗り出すという見出しで、激賞してあった、まず、わたしも賛成だ……お前、その新聞を見たろう？」
庄平「いゝえ」
庄造「自分の事を書かれていて、少しうかつだな」
庄平「あ、蜂谷十吉の仕業だな、あいつ絶対に書かないって約束して置きながら……けしからん！」
起ち上る。
庄造「どこへ行くんだ？」
庄平「新聞社へ電話かけて蜂谷に抗議申し込んで来ます！」（庄平出る）

六三　**中瀬古家の電話室。**
庄平、電話帳を調べている。
電話が掛って来る。庄平、慌てゝ受話機をとる。
庄平「もし、もし、はあ、そうです、中瀬古です、庄平は僕です、あなたは？」

六四　国民学校の小使室。
初枝が、電話を掛けている。

初枝「……あの……先程、巻脚絆をお預りした者ですが、はあ、そうです、小谷です……あの脚絆にはあなたのお名前が入っておりましたので、もしやお間違いではないかと思って、はあ、そうでしたか。やっぱりとり違えて……」

初枝、受話機を押えて、うふゝと笑う。

六五　中瀬古家の電話室。
庄平「わざ〳〵どうも、じゃ……あ、一寸！　突然ですが、僕はあなたと今夜見合いする事になってるらしいですね、処が僕は一生に一度しか見合いしない主義でして、なるべくなら、今日あなたと偶然お会いしたのを、見合いと思って頂きたいんです、で早速ですが、僕は及第ですか、落第ですか」

六六　国民学校の小使室。
初枝、赧くなって、もじ〳〵している。
初枝「はあ、あの、私……」

六七　中瀬古家の電話室。
庄平「勿論、あなたは及第ですが、いや、優等です」

六八　国民学校の小使室。
初枝、胸をときめかしている。

六九　中瀬古家の電話室。
庄平「僕のような、せっかちの、そゝっかし屋は落第ですか、あなたの点は辛いでしょうね……え、え、なんです？　もう一寸大きな声で……え？　聞えません、もし、もし、もし！」
受話機をガチャ〳〵鳴らせる。
庄平「もし、もし、聞えません、故障じゃありませんか、そちらの電話、もし、もし！」
受話機を掛けて電話室を飛び出す。

七〇　口縄坂。

庄平が、降りて行く。

初枝、登って行く。

ばったり会う。

両人、立ちすくむ。

やがて、庄平、巻脚絆を渡す。

庄平「電話有難う、じゃ、これをお渡ししてくれませんか、もう、間違ってませんから、安心して下さい」

初枝「はあ、たしかに」

庄平「ところで、僕は落第ですか、及第ですか、電話が途中で切れたので、聞えなかったんですが」

初枝「はあ、あの……」

子供達が喧しくさわぎながら坂を登って行く。初枝に挨拶しながら。

庄平「あなたは点の辛い先生でしょうね、僕のような、せっかちの、そゝっかし屋はやっぱり落第ですか」


——間——


初枝（思い切って）「国民学校には落第はございませんわ」

庄平「そうですか、それでは、あなたに一つ聴いて頂きたい事があるんです、僕はあなたに僕の仕事を手伝って頂きたいんです、医者の不養生といいますが、僕は子供の頃から、ハシカ以外の病気はした事はないんです、強いて他に病気だといえばそゝっかしい……」

庄平、滔々と喋る。その言葉にかぶせて音楽——

カメラ遠ざかる。

解説　路地裏の亡命者たち――エスキス、織田作之助

ああ、あなたにしたってほかの連中とおなじで、こんな話はただのお笑いぐさでしかないでしょうな。みじめたらしい家庭の内輪話をさらけだして、くだを巻いとるぐらいにお思いなんでしょう？　ところが私にとっちゃ、こいつがお笑いぐさどころじゃない！　なにしろ私は、こいつをいっさい、じかに胸で感じとれるんですから……。

（ドストエーフスキイ『罪と罰』、江川卓訳）

一、なぜ［初出］なのか？

その作品を最初に発表してから、単行本に収録したり全集に収めたりするにあたって、作者が責任をもって斧鉞を加えたヴァージョンを尊重して「定稿」とする考えも、たしかに優先されるべきだろう。だが、それを建て前とすれば、なんといっても読んでおもしろいのは、若書きであったり、ときには怱卒な草稿のままであったりするような［初出］のほうではないだろうか。

たとえば、太宰治の読者であれば、「虚構の春」、「創世記」、「HUMAN LOST」のような自我が剥き出しになった狂おしい初期作品を、文庫本で簡単に手にとることができる。それぞれ雑誌に掲載されたこれらの初出稿は、いずれも単行本に収録されるさいに作者本人によって大幅に改稿されたのにもかかわらず、いま後世にもっともポピュラーな形態で流布している、といえるだろう。いや、これらの作品にかぎっては例外的に、単行本初収ヴァージョンではなく、雑誌初出ヴァージョンが底本であり決定稿ですらあるようなのだ。それはつまり、初出稿であってこそ、疾風怒濤時代の太宰治の晦暝、焦燥、含羞、憤怒にあふれた表現に感性を共鳴させうるからだ。

仮にそれがモーリス・ブランショの『書物の不在』であれ、手塚治虫の『新寶島』であれ、リチャード・ヘルの『ディスティニー・ストリート』であれ、リドリー・スコット監督の『ブレイド・ランナー』であれ、さまざまな理由で後になって作者（なり近親者なり場合によっては編集者なり）が手を加えたヴァージョンが定番となり、初発の衝動とでもいうべき表現がないがしろにされてしまったような場合には、いっそう「初出」の意味が問われることになるのだ。――本書は、そのことが織田作之助という小説家の場合にもあてはまるのではないかという、いわば試論であり、仮説の書でもある。

その織田作之助は、一九一三年十月二十六日に大阪市内に生まれ、一九四六年一月十日、満三十二歳で東京都内の病院に客死している。「大正」という時代とともに生をうけ、「終戦」と同時に世を去ったといえるが、かれの三十二年余の生は、「猫も杓子も」が表現者としてデジタル時代を謳歌している現在となってみれば、あまりに短い。

もともと第三高等学校在学中から劇作家志望だった織田の「小説家」としての活動期間は、習作「ひとりすまう」を同人誌『海風』に発表した一九三九年六月から、喀血によって執筆不能となる四五年末までの、わずか七年足らずだった。そしてその七年足らずは、一九三七年七月に勃発した「支那事変」から、四一年十二月の「大東亜戦争」開戦とその終焉にいたる時間にほぼ包摂されている。一九三八年四月に公布された国家総動員法や三九年七月の国民徴用令のもとでしか、かれは表現者として自立できなかったのだ。「検閲」や「統制」のもとでしか自分の書きたいことが書けなかったというこの現実は、「表現の自由」が憲法で保障されているにもかかわらず、事あるごとに「自粛」なり「自己規制」なりが唱和される現在、あらためて強調しておく必要があるだろう。——改稿前の初出稿には、作者自身が削除せざるをえなかった本音や肉声がこめられている、ともいえるのだ。

そういう時代に生をえて生を閉じた織田作之助という小説家が、戦時下に不特定多数の読者を意識して発表した数多くの作品のなかから、四篇の小説と一篇のシナリオを、いずれも雑誌初出稿を底本として収録したのが本書である。

もちろん、織田作之助を「初出」で読む必要があるのは、これらの理由にとどまるものではない。即物的にいえば、これまで、ただのいちども、これら初出ヴァージョンが単行本に収録されてこなかったからである。太宰治の場合とは事情を異にし、織田の生前はいうにおよばず、かれの没後六十年を経て現在までに刊行された全集・選集の類いや流布している各社の単行本・文庫本は、すべて単行本収録時に作家によって改稿されたテクストを採用しているのだ。

一九七〇年に講談社から刊行され、その後も文泉堂書店から「定本」として版を重ねている『織田作之助全集』全八巻の編集委員のひとり青山光二は、第十回芥川龍之介賞候補作（一九四〇年三月）になった「俗臭」（本書所収）にふれて、「ほとんど原型をとどめぬほどの書きかえであり、作品の長さも、『海風』所載のものの約半分になっている。〔……〕著者によって改稿がなされている以上、当然、全集には改稿後のテキストを収録すべきだという考え方に編集委員は従った次第だが、初期の著者の火をふくような創作力のなまなましい息吹をつたえる、もとのままのテキストを採れなかったのは、残念といえば残念なことでもある」と述べている（第一巻「作品解題」）。

しかし、デビュー直後の織田作之助の「火をふくような創作力」を確認しようにも、その後に刊行された選集や文庫などが右に倣えでこの全集を底本としてきたがために、入手や閲覧が困難な初出の同人誌を探し出すしかその機会もあたえられないまま、ひさしくこの方針が墨守されてきたのである。

1939年頃の織田作之助

織田作之助をめぐっては、改造社関係者の許に眠っていたという「続夫婦善哉」や、満洲で刊行されたという単行本『初姿』をはじめ、全集未収録の作品が発見され、話題となってきたが、今後まとまった形で、従来の織田作之助を読みかえるに足る作品が出現する可能性は、ほとんどないに等しい。たしかにそうした「発見」は、織田作之助をトータルに味読するうえで貴重な仕事ではあるが、そこにいたる予備作業として、織田作之助が織田作之助として自立してゆくまでの実像を再読し、くりかえし検証することも、おなじように重要なのではないか。いっけん迂遠ではあるものの、これら初出稿を「読む」ことによって、はじめて織田作之助のほかの作品までもがまったく新しく読みかえられ、従来「織田作之助」とされてきた織田作之助像を読みかえることが可能になるのだ。

ここに収めた［初出］作品を虚心に読むと、等身大の織田作之助が——いや、作者以上になにより登場人物たちが——新興都市大阪の底辺を舞台に、資本主義の現実の前に煩悶しながら、じつに生きいきと生動していることを知るだろう。小説家がその作品によってしか生きえないとするなら、これらのヴァージョンにこそ、織田作之助がその短い生を賭して描こうとした「わが町」の原型が息づいているのである。

二、「逆説」の犠牲——「雨」

独特の文体で現在よく知られている織田作之助の小説は、一九三八年十一月に同人誌『海風』（第五号）に発表された「雨」とともにはじまる。『海風』は、織田がまだ第三高等学校在学中に、青山光二、白崎禮三、瀬川健一郎、柴野方彦ら友人と創刊したものだった。

織田作之助が京都の旧制第三高等学校へ入学したのは、この作品にさかのぼること六年以上まえ、満洲事変勃発前夜の一九三一年四月だった。その前年には全校を巻き込んだ大規模な同盟休校がおこなわれ、生徒二十六名が除名、十四名が停学となり、校長の森外三郎が引責辞職したばかりだった。全国の高等学校に先駆けたこの学生蜂起の敗北直後に入学した織田作之助が直面したのは、おそらくこのあとに来たたろう反動化と、自分の眼の前で「転向」してゆく先輩たちの姿だった。
「僕らはあんた達左翼の思想運動に失敗したあとで、高等学校へはいったでしょう。左翼の人は僕らの眼の前で転向して、ひどいのは右翼になってしまったね。しかし僕らはもう左翼にも右翼にも随いて行けず、思想とか体系とかいったものに不信――もっとも消極的な不信だが、とにかく不信を示した。といって極度の不安状態にも陥らず、何だか悟ったような悟らないような、若いのか年寄りなのか解らぬような曖昧な表情でキョロキョロ青春時代を送って来たんですよ」――云々という戦後の代表作「世相」（『人間』一九四六年四月）の主人公の回想は、すくなくとも高等学校時代の織田作之助にとっては、きわめてリアルな出来事だった。

　織田は結局、三高を三年次まで進学しながら二度留年して退学となり、ニートな文学青年として大阪、東京を放浪することになる。そのかんスタンダールの『赤と黒』に感銘をうけて劇作から小説に転向し、はじめて執筆されたのが、三八年六月に発表された「ひとりすまう」だった。そしてまだ習作の域にとどまっているこの作品から、まったく飛躍的に小説の思想を獲得したのが、「雨」だったのである。

『海風』創刊号（海老原喜之助装画、1935年12月）

　小説家としてデビューした直後の織田作之助が獲得したかれの文体は、われわれ読者に作品の要約をさせないのが特長である。そもそもが登場人物の人生を要約したような「年代記的な、絵巻物的な、流転的な」——と第一単行本『夫婦善哉』の「あとがき」に記された——「物語《ロマン》形式」こそが、「叫ぶことにも照れるが、しみじみした情緒にも照れる、告白も照れくさい」（「世相」）というかれの文学そのものなのである。

　小説を書きはじめて二作目ですでにこの文体を身につけていたという意味からも、織田の実質的な小説第一作と見なしたい「雨」は、日本橋五丁目の裏長屋にすむ浄瑠璃写本師、毛利金助の娘のお君と、その息子豹一の物語である。

　本書に収めた初出稿が、織田自身に「随分朱筆を入れ」（『夫婦善哉』あとがき）させることになったのには、いくつかの理由があるのだろう。最初の夫に死なれたお君の性描写もその一因かもしれないし、あるいは初出稿では電気口金商として描かれたかの女の再婚相手、野瀬安二郎がお君を罵倒することばに躊躇が生まれたと想像することも、そう難しくはない。じっさい、こうした表現を削除してもなお、単行本として刊行されたさいには、「雨」のなかの表現が一部風俗紊乱として削除され、現在でもときおり古書店で当該ページが切り取られた版本を見るのである。

　しかし、作者自身によって本質的な変更をくわえられたのは、なによりもお君の人物像だった。この初出ヴァージョンが重要な意味を持つのは、次々作にして織田作之助の代名詞として語られる「夫婦善哉」（『海風』第七号、一九四〇年四月）に顕著な、優柔不断で身勝手な男を支えるよくできた妻のような造形とはまったく異なる女性が描き出されているからである。

　改稿後の単行本収録版（以下、改稿版）では、「私《あて》は如何《どない》でもよろしおま」という受動的な、感情のない女として造形されたお君が、この初出稿では、女という性へ覚醒する物語として描かれている。お君がそれまでの自分に造反して、「個」を形成してゆくのである。この小説は、のちに「青春の逆説」と命名されたような、いっけん通りのよい豹一の青春譚などではなかった。そのことは、「三十六才になつて初めて自分もまた己れの幸福を主張する権利をもつてい、のだと気付かされたが、そのとき不幸が始まつた」という、改稿版ではまるごと削除された物語冒頭のパラグラフが雄弁に表現しているだろう。

あるいは初出稿では、豹一が高等学校を退めて養家を出奔したとき、お君はそれまでの「どないでもよろしおま」という女であることをやめ、はじめて「個」に目覚めることになっている。野瀬家の雇い人の森田という男がお君と通じたときのことだ。

「森田はお君を犯した。巧く立ち廻ったと思ったが、しかし、もはやお君にとってはそれは生理よりもむしろ心理的なものであった。安二郎に知れて、罵倒され打たれて傷だらけになりながら、安二郎の顔に冷やかな眼を据えるのだった。〔……〕お君が鏡台の前で着付けするのを傍で見ながら、安二郎は思いつく限りの嫌味な言葉を苦々しくだらぐ〵と吐きかける。お君は鏡の中でちらりと笑う。心が軽いのだった」（傍点引用者）――こうして「お君は自分の心をもった」のである。だが、こうしたお君の内面的な葛藤や逡巡は、作者自身によってすべて削除されてしまうのだ。

この「雨」が全集第一巻に収録されたさいの青山光二の言を再度借りれば、「著者はこの作品に手を加えて文章をととのえ、人物操作の不手際等をもあらためているので、ここに収めたのは、当然、改稿後の「雨」である」という。青山が指摘している「人物操作の不手際等」がお君のことをさすのかどうかは、この文章からはこれ以上判断できない。しかし、「優柔不断で甲斐性なしの夫」のような、のちの「夫婦善哉」にもあきらかに受け継がれる女性像は、初出稿には屹然と自立していたお君の姿を犠牲にすることによって成立したのだ。このような「人物操作の不手際等」を、抹殺することでしか、のちの織田作之助の表現は生まれなかったのだということを、いつまで黙殺していなければならないのか。

このことを、全面的に作者織田作之助の責任に帰してしまっていいのかは、判断に迷うところだ。というのも、いくつかの先行研究によれば、この「雨」につづく「俗臭」もまた風俗壊乱の容疑で、発行所を管轄する本郷本富士署管内では発売禁止になったという。単行本『夫婦善哉』の一部ページの削除のみならず、一九四一年七月に発行されたかれの第三単行本『青春の逆説』(萬里閣、一九四一年十一月)が風俗壊乱によって発禁となったことも、よく知られている。すでに大阪市でも国防婦人会が組織されつつあったような状況のなかで、たとえ舞台を関東大震災前後にまで逆行させたとしても、「風俗壊乱」のレッテルを貼られた新進作家が、姦通や破倫を認めて自立する女性像を描くことは困難だったにちがいない。そう考えると、時局に包囲されながら、しかし、したたかに自分の「生」を生き抜く女性像を、いちどは確立した織田の表現に対して、もっと寛容でなければならないのだろう。

それでもこだわっておかなければならないのは、お君の自立した像がオミットされたことと符節をあわせるようにして、息子の豹一の女性観がクローズアップされたことである。

この「雨」という作品は織田作之助自身愛着があったようで、一九四一年二月に萬里閣から刊行された長篇『二十歳《はたち》』には、改稿後の物語がそっくり生かされる。そして戦後、発禁になった続編『青春の逆説』

が再刊されるさいに『二十歳』の全篇が――つまり改稿後の「雨」のモティーフが――その第一部として収録されることになる。というように、「雨」はお君の自立の物語から、豹一を主人公とした一種の教養小説《ビルドゥングス・ロマン》へと書き改められるのだが、そのとき豹一に独自の個性として与えられたのが、「この娘を獲得することは自尊心を満足さすことになるのだ」というような、似而非ジュリアン・ソレルとでもいうべき思想なのである。

　ここで豹一のふるまいを、それこそ「青春の逆説」というモティーフに相応しい、稚気満々たるデカダンスの発露として一笑に付すことはたやすい。しかし、マザーコンプレックスの反動として、女性を自分に都合のいいように扱う青年たちが、織田作之助のその後の、とりわけ戦後の作品に頻繁にあらわれるのをみるとき、この「自尊心」はけっして看過できないものになるのではないか。死を直前にしたかれが『改造』四六年十二月号に発表した、みずからの文学的イデーを語りつくした評論――というよりエッセイ、「可能性の文學」で強調される偶然性や虚構性、あるいは「人間の可能性」も、むしろ男にとって便利で理想的な女性像を描くことに力点がおかれていたのではないか――という印象が否めないのである。

　敗戦直後の一九四六年に、堰を切ったようにつぎつぎと連載されたいくつかの長篇小説、『それでも私は行く』（単行本は没後の四七年三月）、『夜光虫』（同、四月）、あるいは『土曜夫人』（同）でしきりに述べられているかれの「偶然」が、横光利一の「純粋小説論」とドストエーフスキイの『罪と罰』をふまえてのものだったにせよ――そうであればなおさら、作者織田作之助にとって都合のよい偶然＝必然性でしかないのであり、登場人物にとっての偶然、すなわち登場人物にとって真に「自由」と言い換えられるような、ポリフォニックな偶然を獲得できているとは、とうてい言いがたいのだ。

それがもっとも顕著にあらわれているのは、やはり同時期の連載長篇小説『夜の構圖』（同、四月）であり、ここでは作者らしい主人公にとって、もはや女性は一個の便利なモノでしかない。かの女たちは、したたかに戦争をくぐり抜けた、しかし著者による改稿と行政の検閲削除によって無惨に「心」を喪失したままのお君の娘なのであり、そこに「私は如何《あてどない》でもよろしおま」という虚ろな声が響いているのを、読者たるわれわれは聞きのがすわけにはいかない。

作家のすべては第一作にあるといい、あるいは作家は第一作に向かって成長するともいう。この俗説の当否はともかく、すくなくとも織田作之助には、それがあてはまりそうな気がしてならないのだ。そしてそれゆえに、戦後にいたるかれのその後があきらかに失ってしまったものを、後世の読者たるわれわれは、あらためて検証してゆかねばならないのだろう。

三、社会主義者と呼ばれた男とふたりの女——「俗臭」

「雨」が織田作之助独自の文体を獲得しているからといって、むろんそれだけが魅力なのではない。一八六六年にドストエーフスキイが『罪と罰』で、そしてそれとまったく軌を一にするようにして翌一八六七年にマルクスが『資本論』第一部で、決定的かつ予見的に描き出してしまったように、資本主義によって生み出された「行き場のない人間」を描ききっているから、織田作之助の表現に魅いられるのだ。

『罪と罰』も『資本論』も、たとえば葉山嘉樹の作品に端的に表出されているように、織田作之助に先行したプロレタリア文学にはきわめて重く作用しているのだが、ここでいま問題にしたいのは、「左翼の人は僕らの眼の前で転向して、ひどいのは右翼になってしまった」ということを自覚しながら「プロレタリア文学以後」を担い続けなければならなかった織田作之助の表現の、いわば「主題の積極性」である。織田のいくつか作品のなかには、プロレタリア文学が描こうとしなかったものや描けなかったものを描くことによって獲得されたものが、あきらかに認められるのだ。その具体的な達成のひとつが、「雨」につづいて一九三九年九月の『海風』（第六号）に掲載された「俗臭」である。

　織田はこの年の四月に業界紙に就職、七月には結婚して、ニートな文学青年だった自分を捨てる。いわゆる「社会人作家」の第一作として発表された「俗臭」は、第十回芥川龍之介賞の候補作となって、かれの名はにわかに脚光を浴びることとなったのである。この作品も「殆ど原型を留めぬほど訂正」した改稿版がいまでは「定本」とされているが、芥川賞候補となったのは、本書に収録した初出稿のほうだ。

　寒川光太郎の「密猟者」と金史良の「光の中に」が最後まで争って寒川が受賞したこのときの「芥川龍之介賞経緯」（『文藝春秋』一九四〇年三月）を読むと、織田をつよく推したのは室生犀生のようだが、瀧井孝作が「異色のある作家だと思った」と述べ、川端康成は「清新な出発のし直しが必要」といい、佐藤春夫は「取材から見ても気品なんぞは糞くらえと思っているかも知れないが作品の気品は取材とは自ら別なところにあるものであろう」と語っているように、作品の好悪ははっきり二分している。織田の歿後にすぐれた織田作之助論を書くことになる宇野浩二は、ここですでに秀抜かつ的確に、織田の作品を批評しつくしている。宇野はいう。

「織田作之助の「俗臭」は、初めの方が余り面白くないが、少し読みつづけると、なかなか面白い小説である。しかし、いろいろさまざまの性格の違う人物を十人ぐらい書きながら、それがある点まで成功しているけれど、結局、作者が最も力を入れている主人公の権右衛門と政江がわりによく書けているだけで、それも作者が思っている半分も書けていない。そうして、仮りにこの小説に七分どおりのモデルがあるとすると、作者は、慾ばり過ぎて失敗し、モデルが三分ぐらいしかないとすれば、これ亦《また》、別の意味で、慾ばり過ぎて成功しそこなっている。〔……〕文章が仇になっているように、作者が幾らか得意になっているところも仇になっている。そういう仇をみな退治《マ》たら《マ》、この作者はよくなるかも知れない」——まるでこの評そのままに織田は改稿したのではないか、と思わせる批判だった。

じっさいには初出稿から三分の一近くまで削られた改稿版では、主人公権右衛門の弟、千恵造に関するエピソードがすべて除かれ、初出稿で演出されていた、かれら七人きょうだいの新年の集いという設定もオミットされた。異色あるきょうだいの「家族会議」から、権右衛門個人の半生をたどるモノグラフのような叙述へと再構成されたのである。

前述のような申し合わせで『織田作之助全集』に収録を見合わされた初出「俗臭」は、おそらく「雨」以上に宇野浩二の影響がつよい。というよりも、そもそも習作的な「ひとりすまう」から「雨」への劇的ともいえる転換には、宇野浩二の連作小説「器用貧乏」の影響を無視できないのである。

といって、これまでもしばしば織田作之助に先行する作品として論じられることの多いこの小説をあえてここに持ち出してみたいのは、その一代記風な文体が相似しているためではない。プロレタリア文学以後の文学表現が一端を担わざるをえなかった「主題の積極性《ブルジョワ・リアリズム》」を、この「器用貧乏」があきらかに切り拓いているからであり、武田麟太郎のいわゆる「市井事もの」とならんで、織田の「俗臭」が登場するための道標となっているからである。

織田作之助の「ひとりすまう」と同年同月の『文藝春秋』一九三八年六月号に前半部分が発表され、翌三九年五月、十一月と書き足して中篇小説になった「器用貧乏」は、織田の「雨」に先駆した年代記風小説の濫觴である（単行本は一九四〇年七月、中央公論社刊）。より正確にいえば、織田が好んで描く都市の路地裏を流転し、移ろいゆかざるをえないような、まさしく「行き場のない人間」を時間の流れに即して描き出した小説の淵源なのだ。後半部分にあらわれる主人公の姪が、武田麟太郎の「一の酉」のヒロイン、おしげとモデルを同じくするというだけで、おおよその内容を想像できるかもしれない。

単行本『夫婦善哉』（田村孝之介装幀、藤澤桓夫題字、創元社、1940年8月）

――おさなくして親戚の家に預けられていたお仙は、待合の女中として働きはじめ、新聞記者と所帯を持つことになる。が、相手の不誠実さに家を捨て、浅草千束町の待合で働くうちに出会ったのが、魚屋の丈三郎だった。やがてふたりは一緒になるものの、コレラの流行で魚屋を休業せざるをえなくなる。そこで……と、都市の周縁を転々とし、遍歴を重ね辛酸を舐めるような有為転変の生活が描かれていく。

ほとんど「夫婦善哉」に受け継がれる世界そのままにこ

の作品が描きだしているのは、現在では都市雑業と呼ばれる労働の多様性だ。

魚屋の仕事を失った丈三郎は、知人の伝手を頼って隅田川の石炭荷役をはじめるのだが、おなじ運搬でも魚屋時代とは勝手が違うために早々に断念すると、お仙が当時流行していた空気下駄、空気草履にバネを仕掛ける内職で食いつなぐ。それもいつしか廃れてしまうと、またべつの知人から、丈三郎は「いい仕事」を持ちかけられる。

「或る電車停留所で下りて、しばらく行くと、——丈三郎は、その辺に来た事がない所なので何か気味悪く思いながら歩いて行くと、——そのうちに、何か妙な臭がする。間もなく、広い庭のある家が向うに見えた。「あそこだよ、」と『魚又』が云いながら指さす方を見ると、亀が首を縮めた所を拡大した形のようなものが彼方此方に見える。臭の元がそこであった事を知ると、丈三郎は「これは大変な所へ来た、」と後悔した」——というそこでの仕事は、「豚の毛洗」だった。はじめ「ケアライ」と聞いても何を意味しているのか理解できなかったかれは、誘われるがままにうかうかとついてきてしまったのだ。

苛性《かせい》曹達《ソーダ》をとかしたぬるま湯で皮を洗う仕事に、あっというまに手をボロボロにした丈三郎はすぐにその仕事を辞めるのだが、その後のかれらの生計を担う労働とは、仕立屋、塩物の夜店、浅草公園の煠《う》で玉子売りのための卸売り、その玉子の性見《しょうみ》、泥鰌《どじょう》の小売りその他、江戸期から受け継がれたものかと見紛う商いだった。近代文学の表現がけっして向き合おうとはしてこなかったこれらの商行為は、この作品が舞台とする関東大震災前後の東京、それも浅草龍泉寺付近に生まれつつあった雑業の、ありのままの姿なのである。ここで描かれる商人／労働者たちは、マルクス主義の文脈からは排除され、ルンペンプロレタリアートと規定されるような存在でありながら、身体を資本《もとで》に賃金を得る個人事業主なのだ。

初出「俗臭」で描かれていながら、改稿のさいにほとんど姿を消してしまった権右衛門の弟、千恵造もまた、親族からも郷里からも受け入れられることがない「行き場のない人間」なのだろう。しかしかれは、より意識的にそれを引き受け、社会との対決すら辞さなかった点で、「器用貧乏」の主人公たちが切り拓いた轍を踏み越え、それどころか、プロレタリア文学さえもが正面から描こうとしなかった地点にまで乗り越えていってしまうことになる。

権右衛門以下の七人きょうだいのなかでも気が弱く、「穀つぶしの意久地《ママ》なし」の千恵造は、「詳述をはゞかるが、世人の忌み嫌ふある種族の一人」だという賀来子と出会うことによって、ひさしく失われていた「個」を恢復させる。結婚してふたりの関係が親族の知るところとなると、それゆえにいっそう絆を通わせ、京城（現在のソウル）に逐電して、ささやかに暮らそうとする。それでもさまざまな口実でもって生活を妨害され、いちどは賀来子と離別するものの、「たんげいすべからざる情熱の男」となって、ふたたびかの女と駈け落ちするのである。

こうした千恵造に理解を示すきょうだいのひとりは、「あいつは社会主義者や」とかれを呼んでいる。むろん、このような「用語」とはうらはらに、千恵造の言動は主義主張に基づいたものでもなければ、ましてや運動としても描かれていない。たんに賀来子に魅せられた「哀れな」男としてしか描かれていない。しかし、にもかかわらず、日常生活をとりまくさまざまな抑圧や偏見に対して、あるいは日本の階級社会という現実に対して、千恵造はたったひとりで、全身を賭して向き合おうとしたのだった。それは自分ひとりのためのたたかいではなく、これから自分が一生をともにするもっとも大切なかの女との生存闘争であるからこそ、かれの行為は「俗臭」ということばをはるかに突き抜けて普遍的な輝きを放ってしまう。もっとも身近なものへの共感――「雨」の豹一であれば母親お君に対して抱いていたような愛情が、ここではけっして千恵造自身にとって都合よく、便利に描かれたりはしていない。センシュアルな魅力もふくめた賀来子という人間に対して、全的にその愛情は作動しているのである。

そういう意味では、この千恵造という「哀れな」人間は、それまでに数多《あまた》量産され、作者織田作之助の前で転向していった多くのプロレタリア文学の闘士たちよりも「社会主義者」なのであり、日本の社会制度の根底にまで届きうるラディカルな視線を持つことができているのだ。――にもかかわらず、作者は千恵造と賀来子のエピソードを単行本化にあたって抹消し、小説としての整合性を優先させたのだった。

だが、織田作之助は千恵造と賀来子のたたかいを、そのまま葬り去ってしまったわけではなかった。「大東亜戦争」も一年を迎えようとしていた一九四二年十月、雑誌『新潮』に発表された短篇小説「素顔」で、かれらはふたたび読者のまえにあらわれることになる。

ここで展開されているのは、初出稿「俗臭」に描かれ、割愛された千恵造と賀来子の物語とほとんど変わらない。ただ文章はより洗練され、織田作之助の一連の初期作品よりも、むしろ戦争末期に描かれた「木の都」（『新潮』一九四四年三月）を読んだときのような抒情が余韻として残ることになっている。

この「素顔」で特筆しておきたいのは、主人公の「千恵造」が「基作」と名を変えているのに対して、「賀来子」は「賀来子」のままだということだ。しかし――だからこそというべきだろうか、ここに新しく描かれた賀来子は、かつての賀来子とは決定的に異なっている。「俗臭」の賀来子が、「どうせ、私は不幸の性来《うまれつき》ですよって、覚悟はしてます」と語るように、前作「雨」の改稿後のお君の姉妹だとすれば、「素顔」の賀来子は改稿前の、初出稿にあらわれて抹殺されてしまったお君の姿を、読者に連想させさえするではないか。

「素顔」の基作と賀来子もまた、内地にいたたまれず京城に駈け落ちするが、賀来子がかつてこの京城の地で廓の女だったことを基作は知る。それがきっかけで以前から試みていた廃球の再生利用に没頭しはじめるものの、ふと賀来子の口から出た「女も電球のように新しく生れ変れると良いと思います」ということばに、基作は廃球の再生と賀来子の過去の払拭を重ねるようにして、その研究に打ち込むのだ。

この作品の最後に素顔であらわれる賀来子は、改稿版「雨」のお君のように、ただ運命に身を委ねるだけの女性としては描かれていない。男に「つくす」という言葉も、「夫婦善哉」のヒロイン蝶子が発する言葉とは、まったく異なる重みを持っている。それはかの女に与えられた環境や属性がそうさせたのではなく、ぎりぎりの、苦渋の選択を自分自身に課したものだけが獲得することのできる重みであり、それがかれらの周囲の人間を、そして読者をも揺さぶらずにおれないのだ。

「雨」、「俗臭」、『青春の逆説』によって風俗壊乱作家と見なされていた織田作之助は、それからわずか三年しか経っていないこのとき、そして三年のあいだに決定的に進展した時局のなかで、「素顔」という小説を、風俗壊乱どころか一字一句の伏字もなく、もちろん発禁になどなることなしに描きったのである。

もしも織田作之助が左翼に対して無意識、無関心であったとしても、それだけになお、かれの描いた「たんげいすべからざる情熱の」男と女は、いっそう精彩を放ちはじめるだろう。「思想への不信」を声高に語るかわりに提示されたこの実作品のうちに、「可能性の文学」のほんとうの姿を目の当たりにするのである。

四、浪費の概念——「放浪」

織田作之助が、かれの関心をもっとも直截にタイトルに表明した作品は、一九四〇年五月に発表された。「俗臭」が芥川賞候補になったのを受けて、はじめて商業誌『文學界』に掲載されたそれは、「放浪」と題されていた。

ふたりの兄弟の流転を描いたこの小説は、織田のこの時期の作品では出色であり、きわめてポジティヴである。それはこのふたりの放浪ぶりにある、といってよいだろう。これほどまでに「行き場のない人間」の生と死が端的に描かれた作品は、日本の近代文学史上でも稀なのではないか。

この小説も相変わらず、一九二〇年代中盤から三〇年代にかけての大阪を編年体で活写したものだが、あいだに二八年にはじまる世界恐慌をはさみ、大学卒エリートの初任給が七十円内外、日雇い労働者の月収が二十円から三十円とされていた時代を舞台としている。木賃宿の家賃が相部屋の独身者で二円四十銭、世帯持ちの一室貸切で五円十銭であり（『日傭労働者問題』）、封切映画が九十五銭、白米十キロ一円六十銭、リンゴ一個四銭、雑誌一冊十二銭、新聞紙代月額一円だったとされるから、商品によって程度の差はあれ、当時の一円には現在の三千円から四千円の貨幣価値があった、と仮にみなすことができるだろう。身寄りのない文吉と順平の兄弟は、これらの数字に翻弄されつつ、生命を摩耗させてゆくのである。

早くに母を失い、「悪性の病」に冒された父のもとを離れざるをえなくなった兄の文吉は、岸和田在住の父の姉聟、金造の養子となるが、ひんぱんに折檻を受けるような日常を余儀なくされる。いっぽう弟の順平は、あちらこちらをたらい回しにされたあと、大阪市内で仕出し屋をいとなむ叔母に引き取られ、板場の修業をしてその腕を見込まれるようになるが、その家の娘が別の男の子どもを妊《みごも》ったのを利用されて婿養子となる。ふたりきりの兄弟は弟の挙式で久闊を叙して、弟が兄文吉を鰻料理で饗応する。しかし、それが文吉にとって命取りとなるのだ。カフカの主人公であれば「まるで犬死だ！」とでも叫ぶところを、そのような叫びさえ奪われたまま、かれは犬死するのである。この瞬間には、都市生活者の生態ばかりをとらえてきた織田作之助の思想が、奔放に息づいている。

――弟とともにした食事の味が忘れられない文吉は、衝動的に三十円を拐帯して養家を出奔し、大阪市内へ向かう。わずかな記憶を頼りにミナミの繁華街をさ迷いながら、鰻屋で腹を充たし、勘定を払うと二十七円あまり残った――という。

当時の遊興地、楽天地で映画館に入ってラムネを飲み、フライビンズをかじり、女が猿ぐつわをはめられている場面に欲情して飛田遊郭へタクシーを駈る。劇場を出たときの所持金が二十六円八十銭、そこから飛田で金を巻き上げられて店を出るまでは、二十六円十六銭、十六円十六銭、十一円十六銭と、かれの消費を数字が報告する。最後の十円札がなくなっても、五十銭で下駄を買うことは忘れない。

鼻緒がきつくて足が痛んだがそれでもカラカラと音は良かった。一辺被ってみたいと思っていた鳥打帽子を買った。一円六十銭。おでこが隠れて、新しい布の匂がプン〱した。胸すかしを飲んだ。三杯まで飲んだが、あと、咽喉へ通らなかった。一円十銭。うどんやへはいり、狐うどんとあんかけうどんをとった。どちらも半分たべ残した。九十二銭。新世界を歩いていたが、絵看板を見たいともはいってみたいとも思わなかった。薬屋で猫〇〇《ママ》を買い天王寺公園にはいり、ガス灯の下のベンチに腰かけていた。十銭白銅四枚と一銭銅貨二枚握った手が、びっしょり汗をかいていた。順平に一眼会いたいと思った。が、三十円使いこんだ顔が何で会わさりょうかと思った。岸和田の駅で置き捨てた車はどうなっているか、提灯に火をいれねばなるまい。金造は怖くないと思った。ガス燈の光が冴えて夜が更けた。動物園の虎の吼声が聞えた。叢の中にはいり、猫〇〇をのんだ。空が眼の前に覆いかぶさって来て、口から口から煙を吹き出し、そして永い間のた打ち廻っていた。

消費が微分されてゆき、所持金ゼロになることがそのまま死であるようなデカダンスを、ここからは読み取ることができるだろう。しかし、この描写がすぐれているのは、これまでしばしば指摘されてきたように、具体的な金銭や地名がばらまかれている、という織田作之助の思想が結晶しているからだけではない。ここにはのちの「素顔」に見られるような、自分のもっとも身近なひとへの共感と信頼があらわされているからなのだ。

「順平に一眼会ひたい」が、「三十円使いこんだ顔が何で会わさりょうか」という文吉のこころの動きは、かれを虐待しつづけた養父への反抗につながっている（「金造は怖くない」）。つまり文吉にとってはもはや、三十円使い込んだという事実が問題なのではなく、もっとも信頼し、裏切ってはならない人間を裏切ってしまったことが恐怖なのだ。そのために猫イラズを嚥下しなければならなかったのである。金銭をとおして人間が人間であることを喪失し、本来的な人間のありかた、信頼や愛情を問い返さずにはいられないほど圧倒的に孤独な人間というものの像が、ここには結晶している。それが「左翼の思想よりも、腹をへらしている人間のペコペコの感覚の方が信ずるに足る」（「世相」）という織田作之助の思想なのだ。

連鎖的衝動的にくりひろげられる三十円の「蕩尽」（バタイユ）は、文吉本人にとってまったく無意味なものと化している。胸すかしを何杯注文したかは不明だが、「三杯以上は飲めない」というとき、かれの生理的欲求は一杯でも充分だったはずだ。狐うどんとあんかけうどんを頼んでどちらも食べ残したという事実は、かれにとってうどんという食品の価値が問題なのではなく、ただ消費することだけが目的であることを露骨につたえている。とどのつまり、うどんを消費すること自体にすでに意味がないのだ。

この消費の無意味さは、早や文吉がミナミの繁華街にあらわれたときから決定づけられている。かれは鰻屋で腹を充たすことが目的なのではなく、弟との思い出を充たしたかったのだ。活動写真を楽しむことが目的ではなかったからこそ、猿ぐつわの女に敏感に反応する。遊廓での行為が目的なのではなくて、ただ人間と人間との原初的な会話をもとめていたのにちがいないから、現金を巻き上げられてしまうのである。

しかし、この無意味さにはなんの意味があるのだろうか？　ここがこの小説の、もっともユニークなところだろう。

このような消費の生態が描かれたのは、一九三八年四月に公布された国家総動員法によって、戦時経済が本格化してゆくただなかのことだった。翌一九三九年に発表された「俗臭」ではまだ生産と消費のバランスが保たれていたが、さらに一年近くを経たここでは、圧倒的に消費に重きがおかれる。費やすことにのみ意味があるような描かれかたなのだ。

生産手段を所有せずに資本主義社会に生きる人間にとって「自分」とは、金銭によって交換される有用性としてのみ存在をゆるされる。そのとき人間は、収入もしくは生産性ということばによって価値を形成させられる。人間が労働なり生産なりによって生きるということは、価値の再生産という経済活動に隷属してしか生きてゆけない、という意味だ。つまり、消費がなにものをも再生産せず、それのみで完結する状態をひとまず浪費と呼んでおくと、文吉の浪費は、たとえそれが情動としてであれ、生産や収入によって人間の価値が決定される、という資本主義の傲慢に対するかすかな抵抗へと転化するのだ。やや誇大にいえば、かれは商品経済が強要する非人間化のイデオロギーに背馳したのであり、それだけが自分を商品とする物象化から免れる途だったのである。

そのうえ文平は、三十円を遣いきって鐚《びた》一文残さずに世を去った、というわけですらなかった。汗びっしょりの手には、「十銭白銅四枚と一銭銅貨二枚」が握られていたではないか。これはこのかんの浪費が、三十円の価値すらなかったことを証明している。贈与でも交換でもなく、貨幣価値そのものを無化し、硬貨もまたじつは原価なんぼの鉄くずにすぎないことを思い出させてくれるのだ。

文吉のこのふるまいが、死を生と等価のものとして考えている人間にしか実行できず、その死がけっして無意味ではなかったのは、弟順平のその後の生のエントロピー（とでも呼べるもの）が、兄の死の「みみっちさ」（花田清輝）に比例してみみっちく増幅していることからもあきらかだろう。文吉の死があってはじめて、順平は生を自分のものとしはじめるのである――たとえかれが最後に無一文になろうとも。そしてこれが、いかにして「自由」を獲得するか、という彼ら兄弟なりの実践だった。人間の生は、みみっちければみみっちいほど意味を増すのだ。

――それにしても、猫イラズを嚥下し、口から白い煙を吐きながら生を閉じる文吉の姿ほど滑稽な死があるだろうか。猫イラズに意味がなければ、白い煙にも意味がない。同時代に喧伝されていた武士道精神や『葉隠』が、いかにも死に意味を持たせようと血道をあげていたことを思い合わせるとき、文吉の死は、敗戦にいたる日本人の死の極北に位置づけられるのかもしれない。

意味のある生活、意味のある労働、意味のある消費、意味のある生産、意味のある人間……。徒手空拳に等しい文吉は、わずか三十円をかかげて、孤独に、絶望的に、人間と貨幣価値の有用性をもとめてやむことのない社会に立ち向かったのだった。それは、戦争という厖大な浪費を異化する可能性へも開かれているだろう。そして、このような無意味さをくりかえし描くことによって、織田作之助はかれの生きている社会に「消極的な不信」を、しかし、はっきりと突きつけたのだ。このみみっちい生と死のエロスこそが、「放浪」のポジティヴな魅力なのであり、織田作之助の小説とは、じつはもともとそういうものなのではないだろうか。

（この「放浪」は、本書所収のほかの作品と比較して異同が少ないが、文吉の最後をとらえた「二」の章だけは、ぜひ現在流布している改稿版を味読してほしい。章中いちども改行することなく、何かにせき立てられるようにしてヴァニシング・ポイントへ向かう文吉の姿と文体とが、完全にシンクロしている。）

五、路地裏の「国策」――「わが町」から『四つの都』へ

一九三九年九月に発表され、芥川賞候補となった「俗臭」、そして翌四〇年四月に発表され、改造社の雑誌『文藝』主催「第一回文藝推薦」受賞作となった「夫婦善哉」をひっさげて登場した織田作之助が生きた時代は、いわゆる〈生産文学〉と〈戦争文学〉が横行し、肩書きのついた文学作品が、プロレタリア文学とまったく同じ作者によって、まったく同じ文法で発表されていた時代だった。

敗戦後の最晩年、一九四六年に雑誌『婦人畫報』に連載された長篇小説『夜の構圖』は、戦時下の「昭和十七年八月」、織田作之助らしい主人公の自作小説が劇化されたさいの舞台裏を描いた作品である。作中、治安維持法違反で検挙され、保釈後に変名で演出にあたっていた村山知義と思しき人物との応酬が試みられるが、そこでも主人公は自説を開陳している。「左翼と右翼は、結局正反対ですが、二つの極端というものは、どこかで一致点があるのですね。だから、旧左翼の連中なんか右翼に転向して、たとえば翼賛会の仕事をしていると、昔やっていた組織を作るという運動が、そのまま翼賛会でやれるという点に、案外張り合いを感じているんじゃないですか。いわば、思想の内容なんか問題じゃない」というわけだ。

この発言は、仮に左翼に「不信」を抱いていたとしても、旧左翼の動向を意識してしか戦時下に作家として活動することができなかった織田作之助の拠って立つところをあきらかにしている。だからこそ、イデオロギーではけっして表現しえない領域へと筆をすすめることができた、ともいえるのだ。

つまり、かれが好んで描いたような、ひたすら繁華街から場末の路地裏へと放浪をくり返し、職から職をわたりあるき、労働や余暇、住居や家族をすら放棄して転々とする文吉や順平たちもまた、生きてさえいればいずれ戦時体制の進行とともに、国家総動員体制下の生産力として取り込まれてゆかざるをえない。そして、いつかどこかでかつての「プロレタリアート」たちと出会わなければならず、そのときかれら「プロレタリアート」は、時局にふさわしい「産業戦士」として、装いもあらたな顔で文吉や順平の前にあらわれ、あまたの文学表現に描かれることになるのだろう。

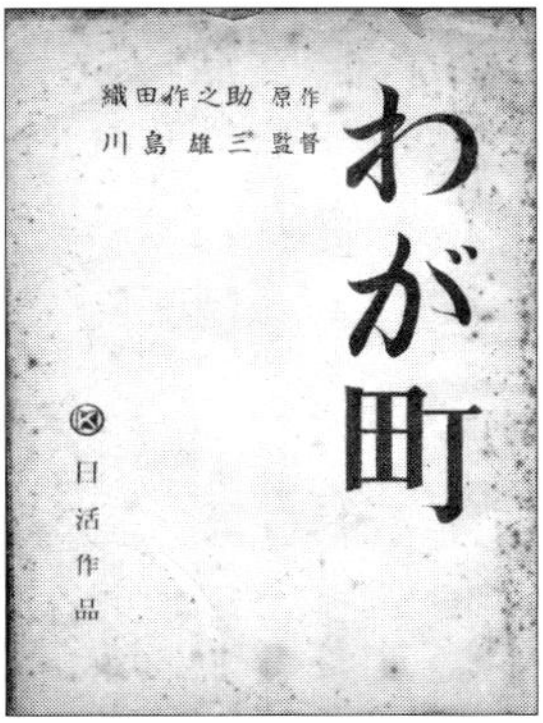

1956年に映画化されたさいの『わが町』撮影台本

これらのプロレタリアートや産業戦士を、すくなくともその初期作品のなかではけっして積極的に描こうとせず、社会の底辺を徘徊する「たんげいすべからざる情熱」の人物ばかりを描きつづけた織田作之助は、そのため一九三八年以降の少なからぬ作品の舞台をけっして同時代にはもとめようとしなかった。年代記の特性を生かして位相をずらし、大阪という都市そのものを虚像としてしまうことによって、急速に工業化されつつある後発資本主義国の一都市と、そのしわ寄せから周縁部にあらたに生まれつつあった群像だけを描きだそうとしたのである。その意味で、いっけん古色蒼然とした織田作之助の主人公たちは、近代によって生み出され育まれた《新しい人間》にほかならないのだ。

一九一〇年代から二〇年代にかけての物語である短篇「立志傳」（『改造』一九四一年七月）もまた、そのような作品のひとつである。

河童《がたろ》路地に暮らす人力車曳《ひ》き、「刺青《がまん》の他あやん」こと佐渡島他吉の娘の松枝は、言葉が不自由だったがために乱暴され、子の音吉が生まれたと同時に息を引きとる。その音吉も河内へ養子に出されたり月額八十銭で風呂屋の下足番になったり古着問屋で丁稚奉公をさせられたりして幼少時代を過ごす。しかし、唯一の身寄りだった祖父他吉の死と八百四十円の遺産が、かれの生活を一変させる。――「出世してこましたるぞ」を口癖に、古着屋をしながら夜学へ通う。女と同棲して逃げられる。小豆島で丸金醤油運搬汽船の火夫となるが、博奕で身ぐるみはがされて脱走する（火夫のエピソードは、初出稿「雨」から削除された豹一の属性だ）。岡山でサーカスに身を投じると、人寄せオートバイに乗りながら、「いまに見ろ、出世してこましたるぞと腹のなかで呟き、ひとびとの視線をさけてふっと空を見た。落日の最後の明りが夕焼けて美しく、音吉は大阪を想った」。

かれにとっては、サーカスで客寄せパンダになることも、あるいは「出世」することすらも、すでに惰性である。一九二〇年代なのか四〇年代なのかは後景へやられ、ただ音吉だけの時間が経過する。ただかれの「生」があるだけなのだ。ここにも文吉や順平のまぎれもない兄弟が息づいているのであり、これがイデオロギーをもたない織田作之助の世界観なのだ。

ところで、織田作之助の表現をまとめて通読してみると、「雨」がのちに長篇『二十歳』、戦後の『青春の逆説』へと変奏されていったように、あるいは初出「俗臭」の削除部分が「素顔」として再生したように、再話や焼き直しが少なくないことに気がつく。同様に、この「立志傳」をリメイクしたものが、「夫婦善哉」とならんで織田作之助の代表作と目される「わが町」（『文藝』一九四二年十一月）である。この初出稿に「夫婦善哉」や「婚期はずれ」といった自作を大幅に増補したものが、翌四三年四月に大阪の錦城出版社より刊行された長篇『わが町』となった。そして従来、もっぱらこの長篇のほうが全集や選集に収録されつづけてきたのだった（ちなみに本作には、なお「佐渡島他吉」、シナリオ「ベンゲットの復讐」と題するヴァリエーションが存在するようだが未見である）。

森繁久彌演出・主演『佐渡島他吉の生涯』公演パンフレット（『わが町』改題、1976年2月）

「立志傳」が「わが町」として再生することになった経緯についても、詳細はまだ調べがついていない。だが、溝口健二監督作品として映画の原作を執筆する話が、織田の許に持ち込まれたことが契機らしい。織田作之助の書簡や、当時溝口組で働いていた新藤兼人の回想（『シナリオ人生』岩波新書、二〇〇四年七月）などによれば、「立志傳」の「刺青《がまん》の他あやん」を、フィリッピンのベンゲット道路建設に従事した帰国移民として設定し直し、他吉の帰国後に孫娘が祖父の曳く人力車のあとをついて走らせたり、プラネタリウムで南十字星を観せたりする場面などは、いずれも松竹の企画部から提示されたのだという。「立志傳」を読んだ松竹関係者（もしくは溝口健二本人）が企画し、織田作之助を京都にカンヅメにしてストーリーを書かせたものの、「こんな貧乏人の話はうけません」（『シナリオ人生』）という溝口の鶴のひと言で頓挫する。織田がそれを短篇小説として練り直して発表した――ということのようだ。

フィリッピンのベンゲット道路とは、いまだ日露戦争下の一九〇五年三月に竣工した、マニラ－バギオを結ぶ幹線道路のことである。フィリッピンを統治していたアメリカ合衆国にとって酷暑を避けるための高原都市の建設が急務であり、そこで計画されたのがベンゲット道路だった。一九〇〇年に着工されたものの、峻険な山岳地帯での難工事のために、追って移民として加わった日本人の果たした役割が、戦時下に誇大に強調されることになった。たとえば長谷川時雨主宰の『女人藝術』に加わっていた大石千代子の『小説ベンゲット移民』（岡倉書房、一九三九年五月。戦後『人柱』と改題、新流社、一九六〇年八月）などが、その口火を切ったといえるだろう。対米意識とナショナリズムが生んだ、日本人の優越を誇る象徴として、「ベンゲット」ということばは口の端に上せられていたのだった。佐渡島他吉をそのような「移民帰り」として設定したことは、たとえそれが配給会社の要請だったとしても、大日本帝国が一九四一年十二月八日の大東亜戦争開戦と同時にフィリッピンへ侵攻し、占領していた現実のまえには、ご都合主義という批判がありえなくもない（敗戦直前には、くしくもこの附近に従軍していた、里村欣三、生江健次、中島榮次郎、山上伊太郎といった表現者が戦死することになる）。

また、本書に収録した初出稿と改稿版（長篇単行本）とをくらべると、紙数の都合だろうが、初出稿ではベンゲット道路をめぐる経緯や他吉の妻について書かれた「明治」から「大正」の章にかけて駈け足の感がぬぐい難い。もともと作者が主人公に据えようとしたのは他吉の孫娘、君枝だったようだが、「君枝にあまり僕のイキをかけると、時局的にどうかという懸念もあった」（杉山平一宛書簡、一九四三年六月四日付）だけに、時代が「昭和」に入って、かの女が「わが町」を自分の物語だと意識するようになってからは精彩陸離としはじめる。そして結果的に、佐渡島他吉を「明治」「大正」「昭和」の三代の元号を生きる主人公として設定してしまったがために、「時局的にどうか」という作者の懸念を裏切って、かれの死は、ほとんど滑稽なまでに無常観を漂わせることになっているのである。

フィリッピンでのベンゲット道路開削工事から帰国した佐渡島他吉は、「人間、身体を責めて働かな嘘や」という労働倫理が固着して、信念にまで昇華したような人物である。その信念が災いして娘と婿を失わせた、という自責の念を払拭できないまま、他吉は大東亜戦争開戦直後のある日、ひとり四ツ橋の電気科学館へ足を運ぶ。最上階のプラネタリウムを仰ぎながら、ベンゲットの夜空に輝いていた南十字星に思いを馳せつつ、この世を去るのである。

VHS『還って来た男』パッケージ（松竹ホームビデオ）

終戦後、一九五六年に川島雄三によって映画化されて以降もしばしばロマン化されて語られるこの「ベンゲットの他あやん」の死が、どうして抒情的でありえるのだろうか？　この作品が発表された一九四三年前後の「死」総体をめぐる状況のなかで、このような死にざまは滑稽なものでしかない。「死」それ自体にまとわりつく属性をまったく無意味化してしまっているのだ。まして、作者の知るところであったかどうか、ルソン島の中心部に位置するベンゲット道路からは、南十字星など見えやしないのだ――じっさいには。

人力車を曳きながら、身体ひとつを資本《もとで》に娘と孫娘を育てあげた佐渡島他吉の倫理であり信念である、「人間、身体を責めて働かな嘘や」は、本書の最後に収録したシナリオ『四つの都』では、大阪上町台地の路地にある矢野名曲堂店主、矢野鶴三に受け継がれている。軍需工場の増産戦に追われる少年工で長男の新吉とともに、自身の店を閉めてまで名古屋に移住することになるこの父親像の口癖も、「人間、身体を責めて働かな嘘や」なのだ。勤労精神を鼓吹し、労働に最上の価値をおく、という意味でまさしく「左翼」と「右翼」に共通の論理を、織田もまた自分の論理として用いることで、カッコ付きの「戦争協力」を試みている、といえるだろう。あくまでカッコ付きではあるが、労働力の再生産が喫緊の要請とされた一九四四年の決戦体制下にあって、これが織田作之助なりの身の処し方だったのだ。

「『四つの都』の起案より脱稿まで」というエッセイで本人が語っているように、『四つの都』も「わが町」と同じく、映画化を前提として執筆されたものだった。この『四つの都』のほうは、これが監督第一作となる川島雄三によって映像化が実現する。主演の佐野周二（タレントの関口宏の実父）が二度目の応召から帰還したこともあって、『還つて來た男』と改題されたものの、一九四四年七月二十日に松竹系で公開の運びとなって、現在も視聴可能である。川島はこの第一作について、「無償の行為を描いてみようとおもったとか、ひそかに近代の超克をねらったなど、口幅ったいことをならべたてて、冗談めかすほど、今の僕には余裕が無い」と語っている（『新映画』一九四四年七月）。

織田は戦後に長篇『夜光虫』をシナリオ化しているが（全集に収録）、かれが映画というメディアに何を見ていたのかについては、今後の研究をまつ必要があるだろう。少なくとも『四つの都』は全集にも未収録のまま、初出稿がふたたび活字化されるのは、本書がはじめてのことなのである。

「巴里祭のシナリオが参考になった」（杉山平一宛書簡、一九四四年、月日不明）というだけあって、この映像にはルネ・クレールばりの軽妙なユーモアが全編にちりばめられ、軍需物資の増産や帰還軍医による虚弱児童の錬成道場の設立という登場人物たちのモティーフ、あるいは一九四四年七月という戦争の局面すら、どこか夢物語めいたものに思わせる奇妙な作品だ。労働力の合理化を強調することによってユーモアという非合理を生み出している、という意味で、これも一種の「生産力理論」といえばよいだろうか。

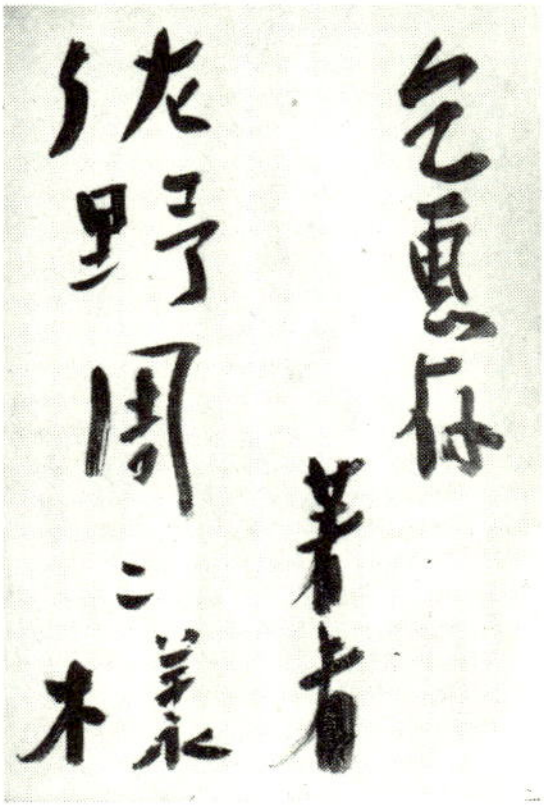

織田作之助から佐野周二に宛てた『わが町』著者献呈本の見返し

一九四四年という年は、三月公開の『加藤隼戦闘隊』（山本嘉次郎監督）をはじめ、同四月『一番美しく』（黒澤明監督）、同十二月『陸軍』（木下恵介監督）など、戦争が絶対悪であることを前提としていえば、現在でも鑑賞に堪える粒ぞろいの名画が製作された、豊穣な一年だった。この『四つの都』＝『還つて來た男』もまた、それら一連の作品に伍するといっても過褒ではないだろう。

たしかに『四つの都』に登場するのは、「俗臭」の千恵造のような「たんげいすべからざる情熱の男」や、あるいは「放浪」に描かれた、口から白い煙を吐きながら自死を選ぶようなみみっちい男などではない。親の資産を譲り受け、不労所得で錬成道場を開設できるほど、都市雑業はむろん労働とさえも縁のない優男である。また、男に身体を任せることによって「個」に覚醒する女、あるいは出自で人間の幸不幸が決定されてしまう現実を自分にゆるしはしない、二人の賀来子のような女などでもない。尋常小学校のエリート教員や帰国子女である。そればかりか、ここに描かれた「四つの都」の路地裏もまた、流浪の民がふきだまる都市の周縁＝底辺とはまったくほど遠い、実体のないトポスでしかない。

では、はたして、戦時下という制約のもとであれ、スクリーンに映し出されたこの河童路地＝「わが町」は、織田作之助が本当に描きたかった世界観の実現なのだろうか――？　それに応えるには、かれが「自由」を得て華々しく活躍した終戦後、わずか一年余に生み出された作品の再検証をとおして、戦後の――あるいは二十一世紀の現在の視座から、戦時下を読みかえる必要があるだろう。しかし、ここではひとまずその作業を別の機会に譲らなければならない。

*

本書の刊行については、ひとえにインパクト出版会の深田卓さんのご尽力によっている。ひさしく織田作之助の初出稿を世に出したいという思いを抱いていたが、今回、《インパクト選書》という、自社の名を冠した貴重なシリーズを刊行しはじめた深田さんに、恐るおそるご提案してみたところ、打てば響くようにして「おもしろい」とおっしゃっていただいた。この選書に加えていただける喜びはことばにしづらいが、深田さんにはこころから感謝を申し上げたい。また、入力に永井迅さん、校正に国分葉子さんのお力添えをいただけたことは、本書にとって僥倖だった。綿密なおふたりの仕事を享けてなお疎漏があるとすれば、すべて編者であるわたしの責任である。

多くのかたにとっては無用の長物かもしれないが、比較的長い解説を収録させていただいた。今後さらに織田作之助が読みかえられてゆく叩き台として、読者諸姉兄のご宥恕を乞う次第だ。

悪麗之介

二〇一一年四月二十六日

織田作之助（おださくのすけ）
1913年10月大阪市に生まれる
1940年「俗臭」が第10回芥川賞候補、「夫婦善哉」で第１回文藝推薦。
1947年１月東京都に没す。
著書に『夫婦善哉』『二十歳』『青春の逆説』『五代友厚』『西鶴新論』『素顔』『わが町』『清楚』『猿飛佐助』『六白金星』『世相』『夜の構図』『それでも私は行く』『土曜夫人』『可能性の文学』など多数。

悪麗之介（あくれいのすけ）
1968年１月１日大阪府に生まれる　編集者、現代文明論
「文学史を読みかえる」研究会会員。
ブログ：http://blog.livedoor.jp/naovalis68
　　　　http://naovalis.blog.shinobi.jp

俗臭《ぞくしゅう》　織田作之助［初出］作品集

2011年５月20日　第１刷発行
著　者　織田作之助
編解説　悪　麗之介
発行人　深田　卓
装幀者　藤原邦久
発　行　㈱インパクト出版会
〒113-0033　東京都文京区本郷2-5-11　服部ビル2F
Tel 03-3818-7576　Fax 03-3818-8676
E-mail：impact@jca.apc.org
http:www.jca.apc.org/~impact/
郵便振替　00110-9-83148

印刷・製本　モリモト印刷